Kōda
Rohan

足够努力,才能刚好幸运

[日]幸田露伴 | 著
商倩 | 译

图书在版编目（CIP）数据

足够努力，才能刚好幸运／（日）幸田露伴著；商倩译．— 南京：江苏凤凰文艺出版社，2019.5
（世界大师散文坊）
ISBN 978-7-5594-1975-0

Ⅰ.①足… Ⅱ.①幸… ②商… Ⅲ.①散文集–日本–现代 Ⅳ.①I313.65

中国版本图书馆CIP数据核字(2018)第088786号

足够努力，才能刚好幸运

（日）幸田露伴 著　　商倩 译

责任编辑	汪　旭
责任印制	刘　巍
出版发行	江苏凤凰文艺出版社
	南京市中央路165号，邮编：210009
网　　址	http://www.jswenyi.com
印　　刷	江苏凤凰通达印刷有限公司
开　　本	880×1230毫米 1/32
印　　张	8.25
字　　数	207千字
版　　次	2019年5月第1版 2019年5月第1次印刷
书　　号	ISBN 978-7-5594-1975-0
定　　价	42.00元

江苏凤凰文艺版图书凡印刷、装订错误可随时向承印厂调换

目 录

忘却努力而去努力 / 001

命运与人力 / 005

自我革新 / 011

惜福之说 / 021

分福之说 / 031

植福之说 / 039

谈努力的积累 / 045

修学四目标 / 051

平凡资质与卓越成就 / 061

接物宜从厚 / 065

四季与自身（其一）/ 071

四季与自身（其二）/ 077

疾病之说（其一）/ 083

疾病之说（其二）/ 089

静光动光（其一）/ 095

静光动光（其二）/ 101

静光动光（其三）/ 109

侠客的种类 / 121

骨董 / 129

学生时代 / 153

云之种种 / 157

花儿种种 / 165

命运即是开拓 / 185

新幸福观 / 191

旅行古今 / 195

食用之菊 / 199

无难 / 203

幸福树与不幸树 / 207

细微琐事实乃重要之事 / 213

水 / 219

水上东京 / 223

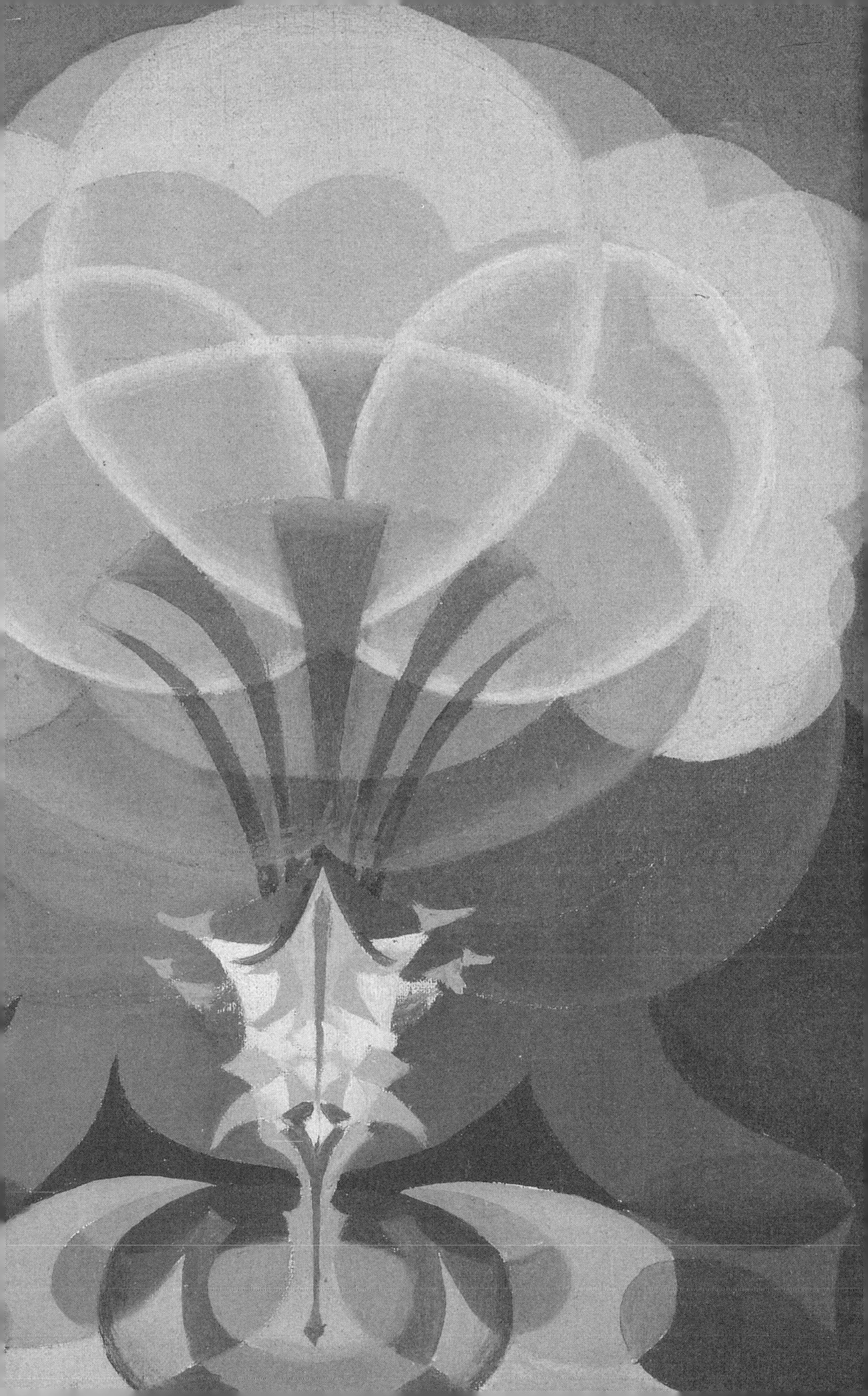

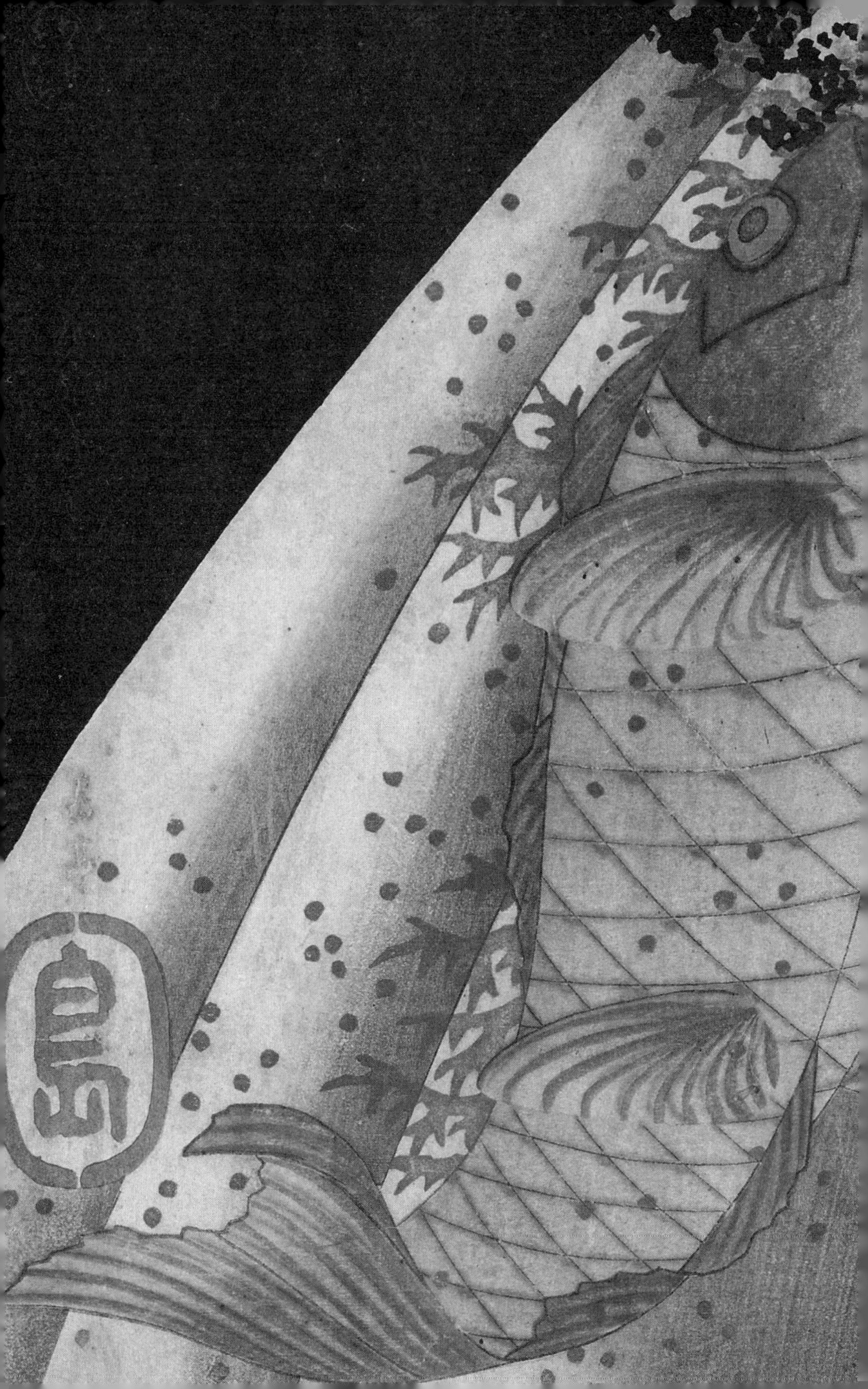

忘却努力而去努力

努力为一。然而察而观之，见其自成两种。其一为直接努力，另一为间接努力。间接努力乃准备之努力，为基础，为源泉。直接努力乃当面之努力，为尽心竭力时之所指。世人动辄嗟叹哭诉努力无效而终，然而努力不应以有功无功来判定是否值得为之。努力一事，乃人类不断前进、不知止步的本性使然，是以能够努力去做。而且尽几分努力得几分结果，此理自存其中。只是有时努力产生的结果亦有不佳。这或许是因为努力的方向有误，又或者是缺少间接努力，只知一味直接努力之故。为了无理的愿望去努力，则其努力的方向有误。愿望并非无理，努力却没有意义，恐怕是缺少间接努力之故吧。正如瓜蔓求茄子一般，努力的方向本就错误。想要体会诗歌的美妙之处，却徒然连篇累牍，缺少了间接努力。与其说方向错误的努力甚少，不如说缺乏间接努力为数甚多。正如诗歌，仅仅依靠当面的努力，不可得其佳作。并非不学习就可创出佳作，而是只依靠当面的努力，是不会作出好诗句的。即便从早到晚，一直临纸执笔，连篇作出成百上千上万的字句，其中亦无诗歌之逸品。于此意下，学习努力甚是低价。话说，亦有不喜欢努力、排斥学习之人。特别是在艺术上崇尚自然生成，排斥努力者颇多。此亦有有理之处。断不可认定努力万能。如印度古代传说，技艺天即艺术之神，也许是六欲圆满者在睡眠中脑海里自然浮现出来的人物。世间亦有"有心栽花花不开，无心插柳柳成荫"之谚语。然而即便如此，也不应成为其排斥努力之缘由，而是应该成为其追求间接努力之所在。努力却无效果，其中所反映出的，是在艺术源泉与基础的准备阶段努力不足，即自我性情的醇化、世相的真谛、感情的旺盛、创作的自在等非常重要的东西，仅仅徒劳地临纸执笔，依靠直接努力来表现。即使努力或许没有效果，其作为人性之本然，在人的生命存续之间，自然而然地世人就想要如此去做。乃无可厌倦之事。

然而，不可否认的是，世间存有不喜努力之人。将睡之人与渐死之人，无论是直接努力还是间接努力，皆不喜欢。此如可燃煤炭既无，则火势必将熄灭。

努力是好事。然而世人之努力，为人尚犹不纯。感觉何处存有对自己不服从之处，即以铁鞭挞之，以威压之使其顺从，此景亦有。

希望世人忘掉自己在努力，抑或想要努力诸类想法，而是出于本心自然而然地去努力。唯有如此，方是努力之真谛，深奥之妙趣。

为了努力而努力，此举并非真好。忘却努力而去努力，才是真的好。然而若要至此境地，必得体会懂得爱与舍，若非如此，即便是三阿僧祇劫①，也不得不努力。

壬子（大正元年）夏

---

① 三阿僧祇劫：佛教用语。菩萨从初发愿做佛到圆满具足运用一切智，也是圆满修得三十二相的过程，也是圆满具足运用十二因缘甚深智慧的修行过程，佛表法为三大阿僧只劫。

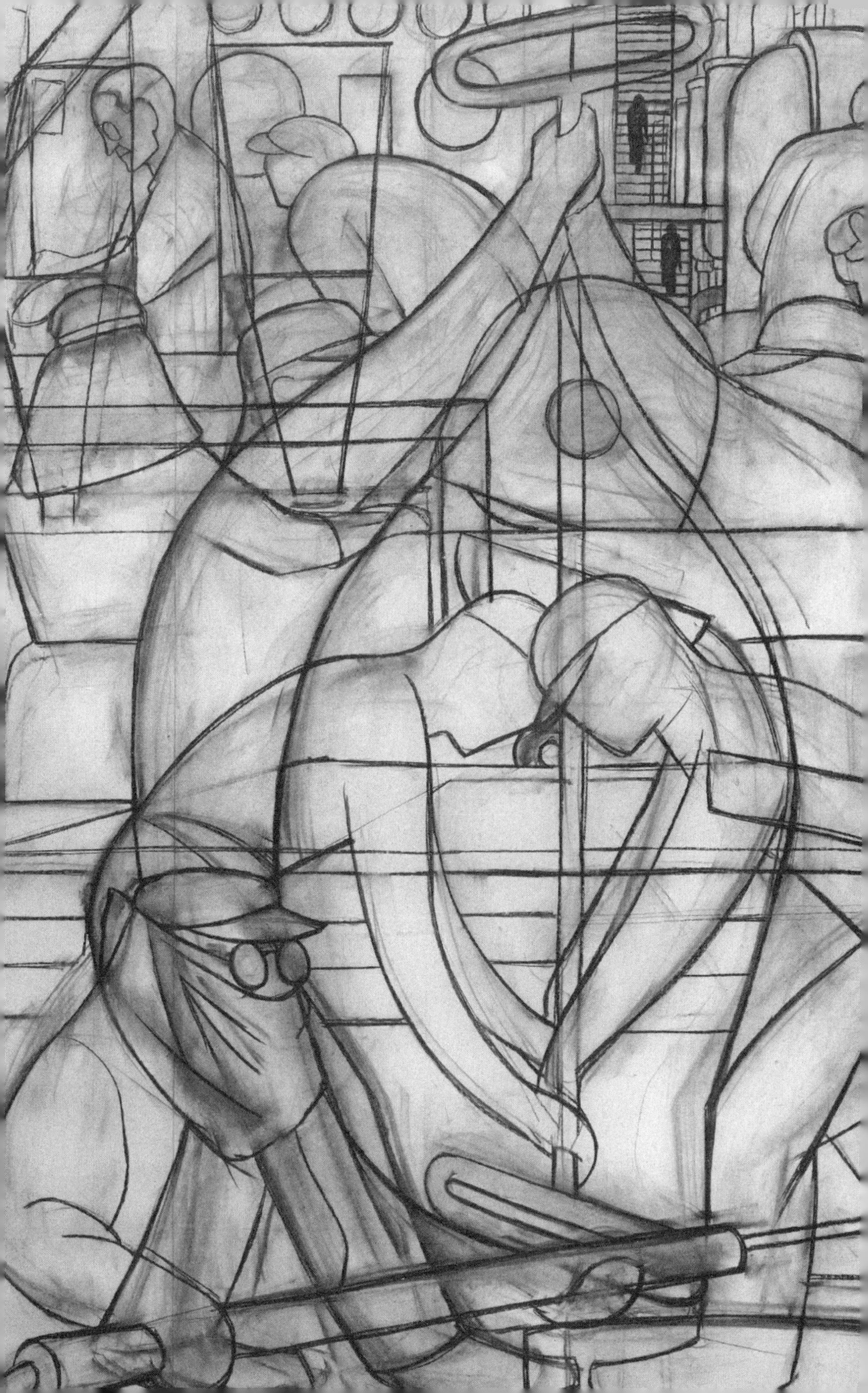

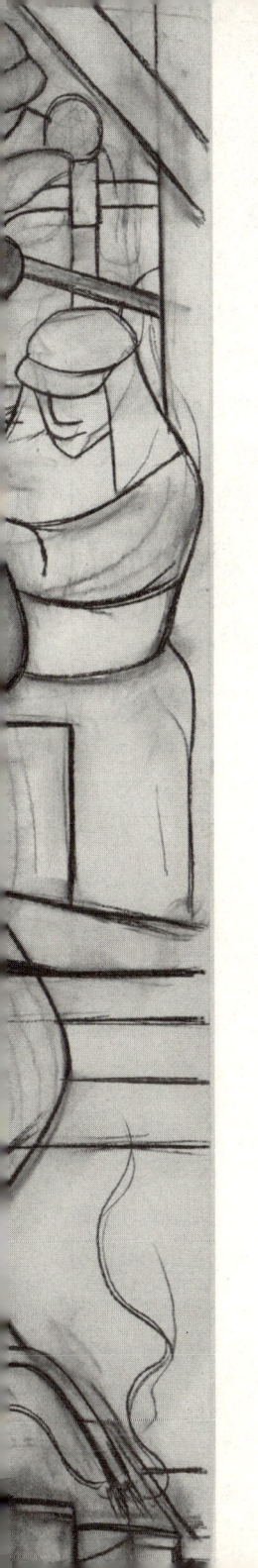

命运与人力

这世间若无命运则罢了，若真有命运存在的话，个人、团体、国家或世界等，接受命运支配的事物和支配这些事物的力量之间，一定缔结了某种关系或者存在某种规律。当然，自古以来，有很多英雄豪杰壮志豪云，曾讲过"我命由己不由天"这种气势磅礴的豪言壮语，这是不争的事实。其中不乏有人道破天机称"天子创造命运，不可乱言"，这句话其实是颇有英雄气概的说法，意思是："所谓的天子在人间拥有至高无上的权力，就如同造物主拥有绝对权力一样。他们可以创造命运，不应该做出因为命运对自己无益便感慨万分那般软弱的事情来。"的确，"命运"是一个非常有趣的词，可以说但凡有点英雄气概的人，多少都会有这样的感情和气魄；或者有这样强烈感情和宏大气魄的人，大多都是有英雄气概的人。嘴里念叨着命好命不好，像女人一样哭哭啼啼，希望以此来获得别人的同情的人，都是些平庸的凡夫俗子。如果有英雄豪杰气象的话，自然会放出"大丈夫自己决定命运，不可乱言"这样的豪言壮语，然后大刀阔斧地去创造自己的命运。而不应该听从占卜、看相、算命这些人的话，成为"命运既定说"的俘虏，感叹天不助我云云。

在这世间，大概没有人比相信自己的命运由生辰八字、身体或者气色决定而感叹命不逢时的人更可悲了。因为这样软弱狭隘的感情、气度和思想反而会让好运疏离，马上招来厄运。人的出生年月抑或自然形成的个人样貌是否跟命运有关姑且不论，单单是因为这些无聊的事情而烦恼痛苦，已经不值得受到别人的尊敬或钦佩了。

早在两千多年以前，荀子就曾在《非相》中论述过命运与相貌无关。汉代著作《论衡》中，也有名为"命虚论"的关于命运和相貌无关的论述。即使这些思想或者论述是错误的，假设命运其实跟生辰和相貌是有关系的，想到在一向主张尊重传统惯例主张顺从的中国人中，自古以来尚且有类似这般不屈服于既定命运的思想的存在，感到十分安心。与此相对，身为现代人，居然抱着一种向命运既定论屈服的悲惨思想，每每想到这里，我不禁叹息不已。

其实，如同荀子所说，相貌相似而志向不同的大有人在；王充也曾说过，数十万同时被活埋的赵国俘虏的生辰也并非同一天，但却都遭受了被坑杀的命运，这些姑且不论。总而言之，难以向命运屈服是人类的一种本能感情，这是不争的事实。或许我们现在正在处于命运的支配，然而，与被命运支配相比，我们其实是想要支配命运，这是无法欺骗或隐瞒他人的，是我们的真实欲望和感情。既然如此，我们就不能妄自菲薄，而只有马上开始着手创造自己的命运才行。这样的气概才是英雄气概，怀抱这样的英雄气概最终将目标变成现实的人才是英雄。

如果世间不存在命运的话，那就意味着人的未来全部都可以通过数字来进行预测，就像三三得九、五五二十五那般，今天的行为会为明天带来什么样的结果，应该也能准确预测出来。只是，世态混乱，世事复杂，不能简单地说同样的行为一定会导致同样的结果。于是，某些人的脑海里就会朦朦胧胧意识到命运这种东西的存在，进而认为所谓的命运拥有着强大的力量，这力量足以支配我们。在他们眼中，某人是命运的宠儿，而某人则遭受着命运的虐待。至于自己，也是有时得到命运的眷顾，顺水行舟，特别顺利，而有时却因为跟命运背道而驰而踟蹰不前。就这样，"命运"这个词作为一个不简单的具有权威性的词语，回响在我们的耳边，铭刻在我们的心里。

只是，就算还没有变成聪明的观察者，只要已经成为谨慎的观察者，对世间万象扫视过后，我们马上会发现问题的关键所在吧。那就是世上的成功人士，都认为是自己的意志、智力、勤奋或者仁德的力量成就了好的结果，而失败者则都认为自己之所以陷入失败的困境并不是自己的过错，而是由于命运使然，并对此感叹不已。换言之，成功者以自己的能力为由解释命运的眷顾，而失败者却在用命运的力量为借口解释自己的困境。这两种截然相反的想法，虽然不知孰对孰错，但都是在自欺欺人，在这一方面两者并无差别。只不过是在成功者的眼里，自己的能力更为重要，而在失败者的眼中，命运的力量更为强大而已。那么在事实的背后，究竟藏着什么呢？大概这两种想法都只有一半是真，将两种想法合并起来才是完全正确的吧。也就是说，世间有命运存在，也能够决定人类的幸运或不幸，同时个人的力量也存在，也能决定人类的幸运或者不幸。只是，成功者忽视了命运的力量，而失败者忽视了个人的力量，两者各自都带有自己的偏见而已。

在同一条河流的两岸有两个相同的村庄。左岸和右岸的农村都在地里种豆子。然而秋天河水泛滥，左岸的堤坝决堤，右岸却免遭此难。这时，左岸的农夫感叹天不助我，右岸的农夫因为自己的努力耕耘结出粒粒辛苦的硕果而感到喜悦，两者所表达的都是毫无隐瞒，丝毫没有掺假的事实和真实想法。不能因为两岸农夫的反应完全相反就断定其中有一方是虚伪的或错误的。而且，也不能否认天命和人力都是存在的。只是左岸的农夫忽视人力只言天命，而右岸的农夫忽视命运只言人力而已，显然人力和命运并没有因为河流两岸的位置而出现偏好。

那么既然命运是存在的，并且于冥冥之中在我们周围栖息，任谁都会产生这样的想法，那就是探究命运的流动规律，从而招来好运，远离厄运。于是，为了满足人们的愿望，占卜者、算卦者、看相者便应运而生，开始玩弄神秘的言论，这里对这些神秘的言论先搁置不论。我们最终应该秉着理智的烛火，照亮黑暗。那么理智会告诉我们什么呢。理智告诉我们，命运流动的规律，只有命运自己知道。而关于命运和人力的关系，我们则知道得很清楚。命运是什么呢。命运就是钟表上指针的行走。一点过后是两点，两点过后是三点，接下来是四点五点六点，七点八点九点十点，就像这样一天过去，第二天到来，一个月过去，下个月到来，春天过去，夏天到来，秋天过去，冬天到来，一年过去，第二年到来，有人出生，有人死亡，地球形成，地球毁灭，这就是命运。对于世界、国家、团体或者个人来说的好运或者厄运，其实只是命运的一个片段，而且其中包含的人类的个人主观评价色彩过于浓厚。只是既然已经认定哪些是好运，哪些是厄运，那么想要招来好运、远离厄运是很自然的想法。如果存在一种绳索，能够将命运牵引过来的话，那么用人力将好运牵来即可。换言之，即希望将人力和好运连结，而不希望将其与厄运连结起来。这是所有人都怀有的毫无隐瞒的欲望。

变成谨慎的观察者扫视世界是得到最好教育的途径。观察失败者与成功者，幸福的人和不幸的人，然后观察某人是如何通过某种牵引招来好运，某人又是怎样招致厄运，我们会得到很明显的教训。那就是能够招来好运的绳索，会让牵引它的人的手掌鲜血淋漓，而招致厄运的绳索，一般都滑润柔软。也就是说，招来好运的人经常责问自己，让自己手掌流血，然后忍受难以承受的痛楚，最终牵动了那条绳索，招来了身躯巨大的幸运之神。不管什么事情都善于从自己身上找问题，把所有过失、龃龉、不足、不好以及拙劣愚蠢不讨巧的事情的原因都归结到自己身上，绝对不责备下属、朋友、他人和命运，只是认为自己的手掌不够敦厚，自己的能力不够强大，所以才没有招来好运，然后继续忍受着非常人所能忍受的痛楚，努力做事，世上的成功者都一定会赏识这样的人。大概再没有比问责于自己更能鞭策人去有效弥补自己缺点，再没有比弥补自身缺点更能推动一个人的成功。或者说再没有比责难自己更能博得他人同情，而再没有比博得他人同情更能促进一个人的成功。这个道理显而易见。

在上文提到的左岸农夫辛勤播种却一无所获的故事中，如果他没有怨天尤人，而是问责于自己，深刻反省自己智慧不足、考虑不周到，第二年重新在高地种豆子，在洼地种玉米，如果他能像这样默默地忍受巨大损失所带来的痛苦，且对第二年的计划进行改善的话，那么好运不一定不会降临。翻阅所有古往今来英雄豪杰的传记就会发现，他们一定不会怨天尤人，而是经常责问和反省自己。同时，如果对经常惹事的人的履历进行调查的话，就会发现他们反省自己的意识十分薄弱，只是一味怨天尤人，抱怨心很强。招致厄运的人就是这样经常抱怨别人而不去反省自己，然后选择一条手感很好的绳索去牵，不让自己的手掌承受苦痛，最终，轻而易举地将身体轻快面目丑陋的厄运之神召唤到自己身边。

一个人是选择让自己的手掌流血，让自己受尽苦楚呢？还是选择手握润滑柔软的绳索，让自己舒适度日呢？这两种不同的选择，显而易见关乎命运与人力关系的好坏，是其关键所在。因而，一个人此生将为自己带来这两种命运中的哪一种，确实值得认真思考。

自我革新

年岁这种东西并没有实实在在的开头和结尾。但是，就如同古代徘人所说的"除夕是无常之世的定数"那样，人自然而然也有"元旦"和"除夕"，"除夕"相当于结尾，"元旦"相当于开始。那么，既然有了开头和结尾，那么在作为一年结尾的除夕这天想对这一年来的事情进行盘点，新年伊始想为未来的一年制定计划也是人之常情。不管是年末的感慨，还是年初的展望，都源于人的情感，万事随我们所愿的时候十分少见，因此在年末感慨时光易逝，岁月如梭，夙愿未酬，所思未成；年初时，手举屠苏酒，对着年糕汤等美味佳肴，祝福自己今年一定(会有好运)，并怀着对前途的十二分希望和规划，奋然而起也是十分正常的。没有人会去想"年岁不应该有开始和结尾"这样愚蠢的问题。大部分人都会在岁末感慨嗟叹，在年初奋起祝福。无论大人还是小孩，俊杰还是凡人，大概都抱有同样的感情，因此这是一种合理的感情。

如果这种感情的萌生是合理的话，那么接下来我们自然会产生这样的想法，那就是今年一定要避免年末的感慨嗟叹，今年一定要实现年初的希望，这样的想法本来就很合理，也很美妙。

说实在的，世间所有人每年都抱着同样的感情，产生同样的想法，或是感慨嗟叹，或是振奋起来。不妨换个立场，暂且不要同情自己，客观来看，我们不得不承认，这不过是一个演技拙劣的演员按照同样的情节，遇到同样的机会，在同样的舞台上，以同样的状态，把同样的想法演绎出来而已。想到这里，不禁笑出声来，觉得自己很愚蠢。只是，这种想法对于自己来说并不是一种好的想法，不管如何超然物外，心胸豁达开朗，如果被问到既然如此明天干脆就成为脱离社会的人吧，是做不到的。还是老老实实按照同样的情节，产生同样的想法，发出同样的感慨，怀抱同样的希望更好一点。这样的话，需要努力的地方就是，在即将到来的下一个岁末或年初，接受跟到现在为止不同的角色，出演一些扬眉吐气，心情畅快的表演，按照要求的那样能够贯穿起来。换言之，就是创造一个新的自己。如果是因循守旧，跟以前的自己一样是不行的，而是应该把自己改造成为一个比以前的自己更优秀的自己，除此之外没有其他合理的道路了。但是，这样的想法其实大家都懂。肯定会有人说，每个人都为了创造一个新的自己煞费苦心，而正是因为没法成功所以才一直重复着年末与年初的嗟叹和祝福。不管是自己还是他人，事实确实是这样的。只不过，无法创造新的自己并不是一个既定事实，而是因为很多人试着努力去创造新的自己却没有成功才会这样说，因此并不一定所有的人都没法成功。相反，成功地将自己改造成与去年不同，或者与前年不同的自己的人也并不少吧。可以这样说，如果没能成功创造新的自己的话，不是因为无法创造，因为做了不适合的事情，虚度光阴，才会导致这样的结果。因为在考虑要创造新的自己或者是付诸实践的过程中出现了疏漏才会导致最终没能成功，这是很明显的。

就像同样的货币在同一个时间的价值是相同的一样，如果今年的自己和去年前年相比没有任何改变的话，那么命运也自然是一样的。也就是说，只要不创造新的自己，就无法获得新的命运。大概只能一直重复同一个状态吧。在这样的重复过程中，时钟的齿轮会逐渐变得松弛，人也会渐渐失去活力，最终不仅得不到幸福，甚至连想都不敢想。如果就此大彻大悟忘却一切幸福与不幸，这种情况姑且不论，从一般的角度来看，如果对往年的自己感到不满，时而嗟叹，时而祝福的话，那么一定要振作起来，试着去创造一个新的自己，然后在新的命运庇护下去迎接新的境遇。那么，现在的关键问题就变为，如何才能创造一个新的自己呢。

这是一个我想仔细进行考察的问题。首先，必须决定是依靠谁来创造新的自己。换言之，即是靠自己的力量还是靠他人的力量。假设这里有一块自然形成的石头，它是某种材质，呈某种形状，多年来一直重复着同样的命运。如果想让这块石头获得新的命运的话，让它成为"新的自己"以后自然能做到。也就是，把它的凹凸不平利用起来用于建筑，或者使其表面富有装饰性用作工艺品。这就是依靠他力获得重生，然后自然而然招来新的命运。假设有一个学医学的学生，数年来每年都参加开业考试，但是却一直重复着失败的命运。这个学生有朝一日突然明白了同样的货币价值一样的道理，开始发愤图强，刻苦钻研，最后终于通过考试，开设了自己的诊所。这就是依靠自己获得重生。

综上所述，要想创造新的自己，有两条路可选，一条是依靠他人的力量，另一条是依靠自己的力量。这世间，借助他人的力量获得重生，并成功改变自己命运的人一定不在少数。寄身于伟人、贤人、有势力的人或者勤奋的人之处，把心托付给他们，成为他们的一部分，深深感到为他们工作就等同于为自己工作，和他们一起发迹一起进步，也就是说将他们的命运看做自己命运的一部分，以此来规划自己的前途，世上也就如此这般的人，这样的人也不应觉得惭愧或者被他人讨厌。其实这很伟大。往往有这样的例子，看起来并没有很强能力的人，跟随别人之后，意外地变成了一个有能力的人，并开始崭露头角。然后，靠近他仔细观察过后，发现早已不是昨日的吴下阿蒙，他的个人价值得到了提升，因此现在受时运垂青也就没有那么不可思议了。也就是说，从他寄身于他人之处开始，便已经开始了依靠别人的力量创造新的自己，然后等获得重生之后，迎来了新的命运。像这样依靠他们的力量创造新的自己，最重要的一点在于要把自己当成寄身之人的一部分，切不可投机取巧耍小聪明，或者出于私心起意将小利益占为己有。

如果想要依靠他人的力量创造新的自己的话，那么就必须舍弃昨天的自己。如果想要依靠别人的力量使自己活得重生，却还保留着跟之前的自己一样的习惯和感情，以此来树立在家里的威信，这是互相矛盾的，因此不仅不会带来好处，还会给双方带来无益的苦恼。如果如此拘泥于自己或者说如此觉得自己很好的话，也不必依靠他人，自己独立起来，继续之前的状态和命运即可。这样的人根本没有必要创造新的自己。树是可以弯曲的，而化石却无法弯曲。这世上，像化石一样冥顽不灵的人不在少数。具有这种性格的人即使去依靠他人，大概也不会从他们身上受益吧。紫藤即使和竹子缠绕在一起也无法变直，而艾蒿如果和麻缠绕在一起的话会马上变直。这世上像麻一样懂得变通的人也不在少数。具有这种性格的人，会忽略自己的存在，而去追随那些比自己优秀的人，也就是自己希望成为的那种人，将自己的命运和追随的人的命运融为一体，这种做法不仅不寒碜，相反是非常合理贤良的。想来古往今来的良臣之中定有这种人吧。以上谈论的都是依靠他人的力量创造新的自己的方法。

如果想要借助他力创造新的自己的话，首先就必须把自己埋没于他力之中。就如同净土宗信奉者既然决定要借助弥陀本愿的他力成佛的话，就必须要扔掉半途而废、耍小聪明这些把戏。只是，世上有一种人，他们无论如何也不能无视自己的存在。因此，这样的人就只能通过自己的力量创造新的自己。如果说借助他力获得重生是一条简单的道路的话，那么通过自己的力量则是一条很难的道路。为什么这样说呢？因为我们是因为之前的自己不够好所以才想创造新的自己，而要创造的这个人却还是自己。如果戏谑来说的话，大概就相当于想通过脚的力量帮助自己飞起来一样，可以说是几乎不可能的。正因如此，才会有这么多人每年都或感慨或展望，心想着要创造新的自己，却苦于无法成功，而继续重复感慨或展望的命运。如果用转语来说的话，那就是"能够改变自己的人，舍我其谁"。

举个例子来说，就如同用自创的方式学习围棋很难提升棋艺，但如果跟随棋艺高超的老师进行学习的话进步则会很快一样，在世间只依靠自己的力量创造新的自己，随着时间的流逝逐渐进步的人非常少，还是借助他力，逐渐进步的人比较多。但是，通过自己的努力创造新的自己是一件既高尚又伟大的事业，即使结果不尽如人意，也不妨碍它是一件非常伟大的有男子汉气概的事情。更何况古语有云"百川学海而至于海",只要没有失去远大的志向,即使遇到一两次挫折,经历了三四次困难,不管起起伏伏,一直向前迈进的话,就算是愚笨的人这样发奋努力也绝不会不进步。因此,无疑情况一定会逐月逐年变得更好。通过自己的力量创造新的自己,换言之即为努力实现个人理想,这绝不是仅仅是为了个人的发达,而正是因为有这么多努力的积累,社会才会进步,因此对于社会整体来说也是特别高尚十分值得嘉奖的事情。如果想要改变自己的人很少的话,国家就会变得腐朽陈旧。对现状的满足,其实就是拒绝进步。人之所以活着,就是因为有不满于现状,寄希望于未来,怀有改变自己的强烈意志。即使是借助他力改变自己,信仰终归还是来源于自己的,也就是说在借助他力的过程中,也有自己的力量的作用。同样,即使是借助自己的力量改变自己,自省的智慧其实正是外围的恩赐,所以自己的力量中也有他力的作用。因此,虽然可以分为自力与他力,但是严格区分二者很难。只是,一旦借助他力,便会埋没掉自己,就如同乘船坐车一样,前进会变得比较容易,而如果选择依靠自己的话,就相当于利用自己的手脚步行前进。现在需要对其方法进行研究考量。那么,到底怎样才能依靠自己的力量改变自己呢?

这并不是假设,想来实际上大多数人都是这样的吧。"某个活了几十年的人反省自己发现,之前的自己跟预期的自己大相径庭,时至今日,追究过往的对错也无用,于是决定发奋图强,改造自己,是自己成为善良美好的人,从而希望实现自己的理想和愿望,到达理想的境地,实现功德圆满。"一般善良的人都会这样想吧。还有一种不如普通人的人,他们根本不做出一点点努力去改造自己,而是一味地相信命运。这种人不值得谈论,暂且搁置不论。总之眼下亟待研究的问题就是怎样改造自己。而后,知其着手着意指出而无过错,处其实行实效而不失误,人所欲之,吾亦所欲之。

要想改造自己,第一步应该做的就是把存在于认为应该彻底改造的地方或腐朽的东西大刀阔斧地除掉，不留任何余孽。比如有一个长满杂草的园子，觉得不能再这样放任杂草生长下去，于是想要栽种一些品种良好的蔬菜，也就是说要强行改造，当这个园子被成功改造之后，不管多少只要有一些蔬菜已经长成，就代表着这个园子的命运已经被改变了。这样的话，因为必须把杂草除掉而改种蔬菜，第一步应该做的就是先把旧的东西，也就是杂草彻底除掉。腐朽即为敌人。不管是长在自己家地里的东西还是其他，所有腐朽的东西都是敌人。对照这个道理我们自然就会明白，如果想要改变自己之前的心术和行为的话，那就必须把存在于认为必须改变的地方或旧东西大刀一挥，果断地去除干净。比如说到此为止一直持续保留的东西，或是思想或是习惯即使是很难马上舍弃掉的，但是既然已经决定要成为跟以前不一样的自己，那么就必须将思想、习惯等所有不好的腐朽的东西全部扔掉。只是这样的话，可能会出现恋恋不舍，无法割弃的情况。但是，如果在拔除旧牙时迟疑的话，对新牙的成长没有任何好处，如果不除掉杂草，就不会长出嘉禾。必须将昨天的自己看做是敌人。至于必须要舍弃的东西则因人而异，想来大家都对此心知肚明吧。

具体来说就是这样。比如一个身体一直不是很健康的人可能会认为不健康是万般祸事之源，因此想要变成一个身体健康的人。如果这样想的话，那就必须对一直以来自己保养身体的方法进行反思和核查，首先应该把明显错误的，明显有很大危害的方法舍弃掉。然后再对症下药，不断努力，以求达到目标。举个例子，如果平时很贪吃，容易犯胃病的话，那么就要舍弃贪吃这个习惯，必须进行节食。为了贪吃进行辩解，说即使贪吃也可以通过多做运动来弥补，这样是不好的。即使不去除杂草，只要多施肥料，蔬菜的长势也会不错，诸如此类的理论或许成立，但终究不是正统理论。如果保持原来的习惯和行为，那么身体状态也自然会跟原来一样。如果想要改变之前的身体状态的话，那么就必须把之前的习惯和行为看作敌人，果断舍弃。要想得到跟原来相反的结果,那么就播种跟原来相反的原因即可。因为贪吃而犯胃病,在借助药物的力量痊愈之后,继续贪吃继续犯病,然后感叹自己胃功能不好的这种人有很多。只要敢于舍弃昨天的自己,那么明天的自己绝对不会再犯胃病。贪吃和健胃片都是杂草,如果都能除掉,自然会获得像健康的人那样充沛的精力。观察一下经常犯胃病的人,发现其中大多或是贪吃,或是乱吃,或是爱吃零食,或是酷爱喝酒,或是异食癖,抑或是久坐不动。他们聪明地为自己胃病的病原体即生活中的坏习惯进行辩护,就像理论家认为不用拔出杂草只需对菜地施以足够支撑杂草和蔬菜生长的肥料,就不会影响到蔬菜生长一样。如果想要改变自己,那就不能献媚于昨日的自己,而是必须一刀砍死。如果不能做到在做任何事时都要考虑到以健康为重,那么一切可能会付之一炬,因此发愤图强,把导致不健康的坏习惯都一刀砍死比什么都重要。天生体弱的人着实比较可怜,不过即使如此,如果尝试着把以前不好的坏习惯都摒弃掉的话,最终也不一定不会变成比较健康的人。再次申明,必须斩钉截铁地把觉得不得不改变的旧东西扔掉。

　　身体不健康的人过度在意卫生问题,经常这呀那呀地为了小事自寻苦恼,这样其实是不对的。为了牙膏、肥皂这样的小事烦恼,吃一些形状像玩具或者零食一样的药物,在这些事情上费尽心思的人,他们根本就不明白这才是最不卫生的。戒烟戒酒,改掉不规律的生活习惯比拘泥于琐事对健康的影响不知要大多少。如果之前因为不健康而蒙受损失,这样的人一定想要改变不健康的状态,那么如果真心想要改变的话,就必须断然改掉之前的生活习惯和保养方式。今后也依旧保留以前的生活习惯和保养方式,却希望从明天开始健康状况能得到改善,这样任性的要求是根本无法成立的。就胃病而言,如果平日特别喜欢吃零食,那么就应该远离零食;如果喜欢喝酒,那就应该从此和酒壶绝交;如果经常乱吃,就应该摒弃掉不均匀的营养摄入方式;如果是异食癖,那就不应再吃奇怪的东西;如果久坐不动,那就应该扔掉坐垫，打碎火盆，养成户外运动的习惯；如果特别喜欢喝茶的话，那就扔掉茶碗；如果是烟鬼，那就扔掉香烟。如果生活状态发生改变的话，身体状态也一定会发生改变。突然改变这么大，身心肯定不会很畅快，但是如果不这样做的话，那脸色就会永远跟去年、前年、大前年一样苍白，会永远为了胃病而苦恼，成为胃病宗的皈依者，最终因为胃病而葬送了一生，也不必再叹息自己的不足之处了。讨厌右边的就去左边，讨厌左边的话就去右边。相信良医的诊断，改变自己的生活状态，如果这样做胃病还是没能治好的话，那就没办法，只是大多数人并不是这样的，而是因为没办法改变自己的生活状态，也就是说对之前的生活习惯和保养方法恋恋不舍，因此依旧被同样的命运纠缠。如果不想成为陈旧命运的俘虏的话，没有什么比改变之前的状态更有用的了。

并非仅仅是胃病。有人因为经常吃粗粮而体质薄弱；有人因为摄入过多刺激性较强的食物而导致心神不定；有人因为经常熬夜而患上眼疾；还有更愚蠢更可笑的人，因为酷爱吃辣椒而导致生出痔疮，疼痛不已。为生活所迫，经常久坐不动，缺乏运动而导致肌肉迟缓，身体逐渐变得羸弱，着实令人同情。因为父母的原因天生体质不好，经常抱着药罐子的人，是最可悲的人。但是，总而言之，如果对以前的自己感到不满的话，那就去改变自己原来的状态即可。同时，对过去的自己感到爱怜不已，明明知道"酒对身体不好"却还"无法舍弃酒"也是人之常情。总之为了过去的自己找理由辩护，却希望能获得比过去更好的结果，这是人情所在，值得饶恕，但是如果真的给予饶恕，就表示自己还是原来的那个模样，没有任何改变。一定要做一个英明的决断。身体羸弱是一切不幸之源，会导致幸福的泉水枯竭，如果想要改变自己的话，就必须忍受苦痛，与引发自己不健康的坏习惯进行斗争，然后战胜它，毁灭它。

只是，身体羸弱的人并不一定就不能成事。如果身体羸弱意志坚强的话，能活一天就能做一天的事。但是，如果明知身体羸弱的原因，却意志薄弱，没有勇气去改变自己，借口称改变自己是很难的事，无法从原来的状态里解脱出来。这样是不行的。而应该好好发奋图强，改变自己。

惜福之说

行船遇风，不足为奇。水面广阔，自会起风，本就在情理之中。然当此风与我们想要去的方向相同时，我们称之为顺风，并为得此福利而开心。当此风在我们行进的方向逆向吹来之时，我们称之为逆风，并为遭此不利而伤心。当风不是全然顺风，也不完全是逆风，而是横风之时，由于纵帆使舵的技术、船的既有形状以及优劣善恶的不同，虽程度有差异，但是却都能够利用到风，因而平日里，我们并不会过多地把风的有利不利挂在嘴边，也不谈论我们是有福还是无福。

　此种情景下，风本来也是没有被定义为有福的或是无福的，故而同样是南风，对北行的船而言是有福，对南往的船就成了无福了。这风，既是顺风的人遇到的令人欣喜之风，也是令逆风之人觉得难过之风。被视作无福的风，也是被视为有福的风。如此看来，不管是享福还是没能享福，遇到的都是相同的风，因而并非因为享福的船好而享福，亦不是由于未能享福的船不好而享不到福，而是有所谓运气这回事，所以关于有福无福也是如此，这并不是基于某种较量计较所应得到的。

　然而将有福无福视作偶然运气，这种想法有些过于草率仓促。因为风本身原本没有有福无福之分，甲视为福气的风，同时也是乙视为无福的风。不管怎样，虽然风肯定难以预测，但是又未必是完全不能预测的，所以在船只临近出发之时，可以经过十二分的思虑测量，预计风向对我们是有利的之后，才会出海，十有八九应该会享受到福气而避开无福，所以将遇到福气或者遇不到福气仅仅归结于偶然的运气，不能被认同为正当的解释。虽然在人类社会中遭遇的事情百端千绪，但是普通大众动不动就说的"福"字，是指在社会的大海上，借助无形的风力轻易所到达的好位置，是指获得权势、得到财富之类的事情，所以说一个人有福气，即是说他富贵通达，或者实现了部分的富贵通达。

　期待得到福气绝不是最了不起的希望。比起在世间获得福气的希望来，再高升几层、跻身上层这样的希望才更气派。然而，因为没有上乘的资质所以希望有福，也不是没有道理的，而且也不是非要批评打击这种想法。想要得到福气到达极致，也不乏有所谓淫祠邪神之事，如白蛇献媚、狐妖谄惑之类，虽然其丑陋姿态不是常有之事，然而滔滔世间几多人，或心苦，或身苦，孜孜不倦，勤勤勉勉，想来也多是为了得到福气之故。就福气而成此言，是不是亦是徒劳无用呀。

太上①先立德，其次立功，再次立言。大概对此等人们而言，祸福吉凶或许仅是无聊之物，没有太多值得深入其中去研究思索的价值吧。或者到了为了单纯获得福气而殚精竭虑地思考此事的地步，想来有其弊端、其难救之事，也会去论究思索，若单单止于"究竟该如何获得福气"这一问题，恐怕会有脱离人间正道误入邪门歪道的担忧吧。从根本而言，关于接物待事，我辈务必应该考虑的是"应当不应当"，而不应论及"有福无福"这种事，但是此文所作的幸福之说，愚意仅在于所谓落草之谈，人之想要前进的道路，此外无他。若严重地谈论正邪，就有视人褊狭可怕之嫌。多言福祸，就有视人卑小之倾向。成言也实在是何其难哉，但是读此文之人若能体会予之意而忘此言，亦可。

幸福不幸福这种事，与风的顺逆一样，归根到底是依主观判断而定，并无定论。但是，首先对世人的幸福或者不幸的定义大概是一致的。话说，观察那些遇到幸福的人、得到幸福的人以及并非如此的人，就会发现他们之间似乎是有细微的奇妙情况的。第一观察遇到幸福的人，会发现他们多是在"惜福"上下功夫的人，而那些不是如此幸福的人，十有八九是毫不惜福的人。虽然惜福之人也许不一定会遇到福气，但是在动脑筋惜福和福气之间，肯定存在着难以割舍的关系。

说到惜福为何物，是指对福气不使完取尽。比方说，手中有百金，而

---

① 太上：太上天皇。日本对让位后的天皇的尊称。

浪费花光，甚至不留半文钱，就是没有用心惜福。除了正当的使用之外不敢用，不妄用浪费，就是惜福。假如我从慈母处获赠一件新衣，我高兴于新衣服的美丽与轻便暖和，虽然旧衣服尚能蔽体，却穿上了新衣，将旧衣服压在行李里，使其发霉粘上灰尘而污脏，新衣也早早地就穿坏了，甚至于连衣服的折痕都不得见，就是不尽心惜福。感谢慈母的厚恩而不随意穿新衣，在旧衣尚能蔽体之时，将旧衣服当做日常着装，在婚丧嫁娶等正式的时日里再穿新衣，旧衣服亦能尽旧衣之功，新衣服亦能尽新衣之能，对他人保持清洁严谨而不失敬意，对自己也能如俗语所言不论一般场合还是特殊场合，免去仅有一件衣服的寒酸之态。如此，则是惜福。

无论是果实还是花朵，在其充分结果，完全绽放之时，必然收获最多，也最美观。然而这并非是惜福。二十朵花蕾，摘去七八朵或者十余朵，百颗果实在尚未结果之前，先摘去数十颗，即是惜福。若让花果完全生长，树木则会疲惫。若是七八分之程度，则花朵甚大，果实丰盈，树木亦不疲惫，到了来年又会开花结果。俗语有云："好运七次来拜访。"无论是怎样的人物，都会有身边的事情为其带来好运之时。好运来临之时，若是竭尽全力应运而行，不是惜福。拘谨缄默，自我节制，才是惜福。毕竟不将福气取尽，才是惜福，不将福气用光，才是惜福。父母有十万遗产，若自己身为长子就全部拿走，不分分文于兄妹亲戚，此举就缺少了惜福的用心。若是分一些给兄妹亲族，珍惜爱护自己应得的福气，相当于将福气存置起来。此举可谓惜福之功夫，即不将自己的福气取尽之意。别人给予了自己极大的信任，借给你十万元无担保无利息，此时若你欣然全部借之，丝毫没有不妥之处，但是此举却缺少了惜福之心。借十万元中的一部分，或者主动提供担保，或者付正常利息，才是珍惜自己的福气。换言之，不将这份自在使用十万元的福气用尽，存下几分，就是花心思去惜福。俭约吝啬却不能解释为惜福，所能享受到的所有的福佑，不取光用尽，此为天命，为将来，冥冥之中都预置累计给了茫茫命运，这就是惜福。

如此，有的事情也许在当时的人看来，是迂腐糊涂、愚蠢鲁莽的，也有的是掩饰自我或伪装欺瞒性情的，但是真正的迂腐糊涂和愚蠢鲁莽，比起人们言语的判断，还是交于世间实际情况来判断为好。此外，如圣贤那样，拥有纯粹美好的禀赋，由此所生之物，就不得不委以自然，委以天成了。曲竹多被捆束。不必矫形弯曲的，只有笔直的竹子。粗木多涂漆而用。能够保持原状的，唯有纤密坚美的良才。空有愚蠢且狂妄自大的想法，却不自我矫正，不自我治愈，谁都不会如此的吧。这些姑且搁置一旁改日再叙，但是如上所述，花费心思惜福之人，总会意外地再次遇到福气，而不肯用心惜福之人，也奇怪地总是遇不到福气，这才是有趣的世间的实际现象。试想那些被称作有福之人的富豪们，是动脑筋惜福的人多呢？还是不肯用心惜福的人多呢？不管是谁，都会立刻承认多数的富豪都是惜福之人吧？反观世间，有些人虽具有才干能量，却起起落落，沉沦于世，不免薄幸无福，可见他们中大多不肯尽心惜福吧。

同样的事例，古往今来，在有名的有福之人的传记中，也能够轻易找出。如平清盛一般福分之大者甚少。然而因其缺少惜福的用心，最后落得病中愤慨而亡、家灭族亡的下场，此事人所皆知。木曾义仲在攻陷平氏中功勋卓越，然因其不知惜福，旭将军之光辉转瞬即逝。源义经在讨伐平氏中亦立有大功，何其可惜的是，在朝廷任命之时，因他私自领受，遭到兄长忌讳，而断送余生。或许赖朝的猜忌，最终也难以避开，但是义经不知惜福也确是其不幸的缘由之一。东照公与太阁秀吉相比，在器略上或许逊色一二，然而他肯在惜福上下功夫，又胜出了几筹。即使是擦拭肿物脓水的一张纸，他也不肯轻易丢弃。与好聚众取乐、夸耀奢华的太阁相比，就可知其是何等惜福了。而且，比起不舍得丢弃一片废纸来，他为子孙遗留下了庞大的财富，在稳固初期的数代德川政权上，发挥了重要作用，由此当知惜福之利害。当时的众诸侯，实为马背上叱咤号呼之群雄，皆是悍然激烈之人，疏于在惜福上下功夫，众人多随性对待原本的不如意，待到调度紊乱，却无维持之能，或者势微，家道中落，甚至于性命不保、封号被夺之时，也不得不垂首顿足，受制于此。像三井家、住友家，其他的旧家族以及酒田的本间氏这样，家族之所以能够连绵不断地存续下来，追根溯源，是因为皆善于惜福而不使福气枯竭，福气未竭之时，又遇新的福气，是故得以福气不断，家族永续。即使是国外的富豪，其坚定不移之处，也是探索求之，在惜福上下功夫。

贪食粱肉①，狂呼于灯红酒绿之间，一掷千金，非大醉淋漓不能尽兴，种种行径，看似豪迈，实则似刚出监狱的恶徒莽汉，一旦回归到渴求的自由世界，初尝自由滋味，便竭尽所能去狂欢纵乐，此种行状，反倒令人觉得可怜又可悲，充满寒酸之气，更是丝毫不见稳重沉着之处。据理而言，器小性急之人，未有余裕之能，是以不知惜福之人多乃器小性急之辈，而懂得惜福者，即为器大心宽之士。刚出监狱之人，意欲饱饮求一醉，乃人之常情，然名门望族之士，即便美酒佳肴陈列在面前，也不会有此念头。就此观之，能够惜福之人，皆是已经享受着福气之人，因而他们能够三番四次再遇福气，也不足为奇。试想这世间，如张三李四之流，未必一次都没有遇到过福气，只是一遇到福气之时，他们就如同刚出监狱的人一般，着急忙慌地求一醉饱，好似恶狗扑肉，猛火燎毛，不一举将此福气取尽用光就不肯罢休。此举又如同土耳其古人，所经之处，土地皆变为赤土。福气亦如种子，若一粒都不曾种下，就无法再次生出福气来，这也并无奇怪之处。

鱼虽能产卵数万个，若因此而不知珍惜，残酷捕捞，则离鱼之灭绝不

---

① 粱肉：泛指美食佳肴。粱，通"梁"。《管子·小匡》："九妃六嫔，陈妾数千，食必粱肉，衣必文绣。"一本作"梁肉"。唐 孟郊《出门行》："君今得意厌粱肉，岂复念我贫贱时。"一本作"粱肉"。宋 范成大《古风送南卿》："粱肉岂不珍，瀹雪烹黄独。"清 王端履《重论文斋笔录》卷十一："而君业日裕，然履丰如困，老而益壮，不御粱肉，不衣裘帛。"

远矣。更何况人之一生,福气仅七次造访,若人毫不惜福,残酷虐待福气之神,福气自然就踪迹灭绝了。家禽聚集在爱禽之家,青草在惜草之家的庭院里才生得茂盛。福气亦是如此,总是降临到不取尽用光之人手中。世人唯愿得到滔滔福气,能够惜福者,又有几人呢。但凡遇到福气,世人皆如新出狱者之态。偶有对福气不取尽者,却又将福气用完,或有未将福气用完者,却又将其取尽,真正惜福者甚少。是故世间有福之人稀少,也不无道理。

个人若不惜福,则会遭遇不利,于团队于国家而言,亦同此理。例如水产业如何?只知一味渔猎珍贵海兽,却不加以保护,最终导致的,难道不是我国沿海的海獭海狗日渐稀少吗?这正是因为不肯下功夫惜福,才导致福气枯竭之故啊。致力于蒸汽渔船的使用,其结果导致欧洲,特别是英国海底鱼类变得稀少,最终该类船只被卖至遥远的日本等国,才得以牟利,这亦是福气枯竭所招致的不利。山林亦是同理。若是滥伐山林,不知惜福,必然导致遍地山秃水枯,土地状况恶化,气候不佳,一遇暴雨,势必山崩水涨,酿成不测,贻害世间。虽然伐木可获利,然而若一个国家肯累积福气,则山林定可永久繁茂吧。虽然捕鱼能获利,然而若国家能够惜福,则水产业必将永久繁盛吧。山林之中,有轮伐之法、擢伐之法,水产之中,有划地之法、限季之法、养殖之法以及渔法制度,若将这些方法制度贯彻行之,惜一国之福,则此国必成福国。

军事亦同。夸耀将强兵勇,穷兵黩武,不知爱惜,终会招致破败。军队强勇本乃一大福气,然而若不加以珍视,将会落得武力损伤之地步。武田胜赖此人并非弱将愚将,只是不肯惜福,乃至福竭而招来祸端。长筱之战[①]

[①] 长筱之战中武田胜赖鲁莽冲动不听老臣劝告,出击进行决战,然而等待他们的是织田家的新武器三千支国友铁炮。武田精锐骑马军团死伤约达七千人,几乎全军覆没。胜赖逃回信浓,而武田家老臣名将大部分都抱定了战死的决心,山县昌景、内藤昌丰、马场信房、土屋昌次、真田信纲与真田昌辉等大将战死。其后信长夺回美浓岩村城,秋山信友被杀,武田家受到极大的打击。

中，其不知惜福至极，以马场山县为首的勇士忠臣们，皆在此役中战死，此战之后，武田一氏的威势再难恢复。将士忠勇，威风凛凛，本是一大福气，然而不加以爱惜，最终导致福气散去。这与虽有黄金万两，却不珍惜，黄金也终会散去同理。拿破仑乃旷世英雄，武略天纵，实为难得之人才，然后亦是不肯惜福，长驱挺入俄国，结果武运之福枯竭，败北而终。我国恃海陆军队之精锐，震慑宇内之强国。然而，摆在眼前的是，若不在此事上下功夫惜福，将会陷入与水产山林相同的窘境。

勇将忠士其数亦有限，金粮船马也绝非无限生成，更何况军队之精神，并不是如烤面包一般急速可成。海陆军之精锐是我国一大福事，若不尽心爱惜之，实令人寒心。将福气取尽用光，实乃大忌，惜福之功夫于国而言，亦颇为重要。

究竟何故使得惜福者再遇福气，不惜福者离福气渐远呢？吾辈存于世间，仅能认清此等事实，然真理之钥却未在吾辈手中。若勉强试而解之，或是因为惜福者被人喜爱值得信任，不惜福者受人憎恶令人恐惧，因此福气屡屡降临于惜福之人，却最终远离了不惜福之人，甚至彻底不再造访，想来这也是情理之中吧！譬如前文中所列举的慈母赠送新衣一事，惜福者之举确能惹妇人怜爱，作为母亲，见自己的儿子如此重视自己所作之物，当是心满意足，充满愉悦之情的吧。反之，不惜福者粗暴穿坏新衣，又将旧衣囫囵团作一团，无论多么慈爱的母亲见此情景，虽不会因此而稍减慈母之心，却会呜呼长叹吧，自己倾心所做之物被如此草率对待，如何不过分，是当可叹。人为情动，若是满足心怡，再造新衣亦是倾注心力，若是丝毫不得欢愉，及再做新衣之时，或拖时延后，或草草了事，势必会有几分吧。若是慈母，不会有甚差别，然而若是继母，对不知惜福者或会生气延误至年，又或者因为此故再不为他做新衣，也未可知。无担保借款亦然，惜福者会付利息，提供担保或者减少数额再借之，这也使得使出资者对自己更加信任，故而其后再有借贷之时，需要立即应承之事，也存下了一条融通之路。不惜福者的举动，即使在直接的出资者看来，未有任何厌恶之处，但是出资者的家眷，乃至友人、仆从等人眼中，或存担忧。若是不知何时从这些人口中说出种种闲言碎语，最终将导致出资者的担忧，为融通之路埋下障碍。如此两则事例实乃琐碎小事，然而万事皆同此理，暗暗之中，冥冥之间，惜福者福气屡次来访，不惜福者福气渐远，直至不见影踪。

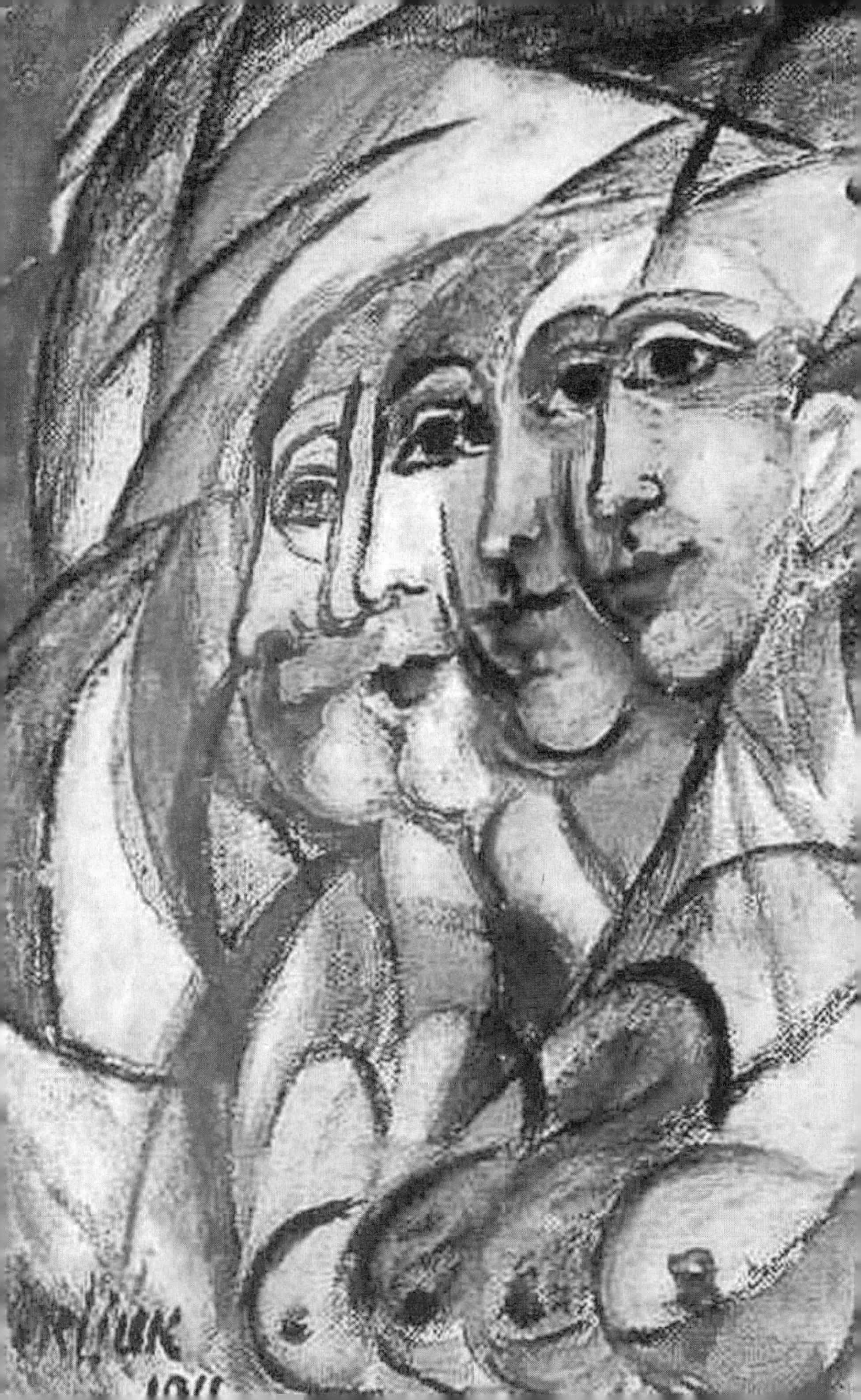

分福之说

与重视惜福相同，分福一事也当重而视之。惜福是一己之事，略有消极之倾向，而分福则关乎他人，本身就带有积极色彩。准确来说的话，是不是惜福未必是消极的，分福未必是积极的呢？然而，惜福与分福是自动相对立的，分为消极与积极。惜福已如前文所说。说到分福为何物，就是将自己所得之物分于他人之意。例如自己得一大西瓜，吃不完一整个时，留下几分，是为惜福。若是将这几分分于他人，与自己共享美味，并以此为幸，是为分福。惜福一事论及用心惜福与不知惜福，分福则无此论，皆是分割几分自己所享之幸福，颁与他人，若是他人亦能享受到与自己相同的幸福，哪怕微少也觉得是享受，就是分福。惜福是对自己的福气不取尽用光。分福则是将自己的福气分给他人，是而两者着实不同，却又互为表里。惜福是自我抑损，分福是颁与他人，是故彼为消极，此为积极。

　　然而，若是从一时之论、眼下观点而言，惜福是对自己的幸福不完全取尽，留出几分，交于茫茫不可测的未来，或者委以冥冥之命运，可谓预存累积。分福亦是不充分使用或享尽自己的幸福，将其中几分直接分于他人，是以在不尽享一己福气这一点上，二者完全相同，而且对于己而言，这两者均消减了眼前之利益，遭逢不利。惜福间接可成大益处，能够惜福者福气就会来访，分福亦是间接使分得福气之人，迎来福运之降临，世间多有此实例。

　　世间有些人，虽有大福分，性格却刻薄吝啬，丝毫不肯分福于他人，忧可分与人，好事却一人独占。俗语有云"厕所里吃包子"，做出此等吃独食之卑劣行径，内心却自以为聪明，这种人也大有所在。诚然，若只看眼下，比起分福于人，自己独占自然可享受更多福气。但是福气仅能供自己享用的心情，独占福气的感情，着实狭小吝啬，无论如何说，都是无情且寂寞的吧。换而言之，难道享受着的不是已经变了味的福气吗？好比，得一瓶美酒，若一人独自饮尽，足以醉倒，若与他人同饮，则自己与他人均不会醉倒。若是自己一人饮尽此酒，不分丝毫于同座或同宿之人，即为独占福气。

此事与个人酒量无关,若是独自饮尽,是为不知惜福。若与他人同饮,即便仅仅口有留香,也远非一己独饮所可比拟,与他人共饮即为分福。不知惜福者的贪婪之态,一如前文所言,皆如刚出监狱之徒,毋宁说可悲可叹。

不知分福者的寒酸吝啬之态又如何呢?此态亦如恶狗不让其友,真可谓是"人类也是动物"的有力佐证,岂不可悲可叹?恶狗不让其友,实乃畜生不得已所为,若生而为人,所做之事却与畜生相差无几,真是可怜无情至极。纵然生物学家指出,人类也是一种动物,与脚走羽飞之动物并无太多不同,然而人类至少当属生物最高级,当有其他生物所不能追随企及之能,人类高尚典雅之情状,即为正情亲义,克己复礼,正是其崇高美好之处。若非如此,人与动物再无任何区别。克己让人,是其他动物所不能之举动,唯人类可行。物虽不足心却知足,欲虽难填,却情感充盈,甘之如饴,亦是动物不可,人却能做到之事。盖以唯有做到此种情状,人才得以立于其他动物之上,若非如此,人类又有何处与动物不同呢?

一瓶酒,我虽不足醉,却可分与他人共品之;半鼎肉,我虽不足饱,却可邀请他人同食之,如此分福之举,方显出人非恶狗,非贪狼。比起单纯谈论获得幸福的条条框框,发现人的高贵情怀更胜一筹。正因为有此类高贵情怀的发现,我辈才远超"野兽山禽之社会",居于生物链顶端,这种情怀的发现,自不必说能够给自己带来"超脱物质的高尚幸福",而且亦可带给他人物质上以及精神层面的幸福,换而言之,这种行为是构建高尚、善良、愉快的人类社会的重要的因子之一。

一瓶酒,半鼎肉,分与不分,原本是细微小事。然而,被分到一瓶酒或半鼎肉的人,却会因此而萌发出非常甘美之情感,此情涌动所带来的影响,绝非小事,乃是甚为重大深刻之物。翻阅古代名将传记,因其分福赠惠于士兵,从而可见古之名将是如何临机应变的,反之,那些愚将弱兵总是不知分福,做出鄙陋吝啬之举。故有大将,在酒少人多之时,将酒倾倒于河水之中，与众将士共饮之，此举可谓分福的极致。将酒倾于河水之中，无论何人皆不足醉，道理显而易见，然而纵然如此，将军犹且不忍独占此福，是以分与他人，此种情怀，饱含仁慈宽洪之德。因此，是时掬流水而饮的将士们，本不会醉，却因这份难言的恩德，醺然沉醉。将军如此爱惜部下，部下亦会以身献之，甘为所用。大凡居于人上统帅众人者，都必须在分福上痛下功夫。禽类宿于荫深之枝，人则依附于慈爱深厚之处。慈爱深厚之体现，唯有两条途径，其一是为人分忧解难，其二则是分己之福，使人悦之。分忧一事姑且搁置一旁。分福之心实如春风之和煦，春日之温暖，因而若人果真怀有分福之心，即便所分之福甚少，不足道哉，譬如春风虽和煦，长物之力不及南熏，春日虽温暖，晒物之能不如炎炎夏日，亦是无关紧要，但有春风春日，就足以惹人无限亲睦。因此，缺少分福之用心，于己难免寂寞萧条，反之，大胆行分福之事，自然而然地就可感受到，周围摇曳着和气祥瑞之光，众人之心亦归聚此处。

兼具惜福之心与分福之心者，可以说此人既已是有福之人，纵观世间现实，能惜福者多不知分福，能分福者多有不知惜福之嫌，着实可惜可叹。不肯用心去惜福之人，居人之下不值得抬爱；甚少尽心分福之人，居人之上却非值得归依信赖之人。居人之下，若想立身安命，必须惜福。若不惜福，则无福累计，其人将久处无福之境地。若不分福，其人将久因于唯凭一己之力求福的狭小境界，最终不能借助他人之力得到任何福祉。

我若能分福与人，人亦会施福于我，纵使无力分福于我，皆会在心底默默为我祈祷，愿我得福之恩惠。例如一家商店之主人，若其一旦盈利，便分利于雇员，则雇员们会将店主的福利视作自己的利益，从而勤勉敬业，竭力为店主牟利，此事不言而喻。反之，若店主获利，却只知一味揽于自己怀中，不肯分些福气给雇员们，雇员们仅依照合约，获取劳动相当的报酬，那么即使雇员们未有任何不平不满，但对他们而言，店主是否盈利，无关痛痒，自然牟利之心淡薄，假以时日，店主最终将获利渐少，错失牟利之机遇。契约、权利义务之观念，法律、道德，种种锁链，存在于人世之间。假使不知分福之人不会突陷窘境，然而其人所能依仗的，可以说唯有一己之力，借他人之力得福之事甚少，世间现实，便是现证。

若论力气，未有胜过团结之力者，若说才智，未有大过人之才智者。高山大川之飞禽走兽，以一人之力，尚不能得之。大事大业、建大功大利，又岂是以一人之心计身力所能成就的呢？是故得大福者，必能分福与人，不会一人独断专享，希望众人获得我之福气。换而言之，我分福于众人，而依仗众人之力所得福气，亦是我之福气。而不知分福之人，至今仍不足以成就大福气。

于惜福上痛下功夫之人，福气多会屡次降临，现实事实也的确如此，暂不论历史古人如何，吾辈所见所闻之今时今人，更是直接明了地印证此理。于分福上痛下功夫之人，多会有好运，亦是显而易见。特别是人在尚未发达之时，若肯惜福，则其人渐渐得以积累福泽，而当其人逐渐发迹，及至地平线之时，若仅知惜福，则不能成就大业，是以必须分福。身为经商者，面对店员、雇员、相关者和客户，若常有分福之觉悟与行动，这些人自然就会希望福运降临到店主身上。人望所归，天意亦眷顾此理，是以其人必会迎来福运。农业经营者亦是这个道理，若是对佃户，对肥料商，对种苗供给者，常怀分福之温情，则佃户对耕耘必会勤恳周到，农事就会十分顺利；肥料商亦不会供给粗劣之物，效果就会十分明显；种苗供应商亦会提供上好的种子或种苗，最后就会大丰收。

世间诸事皆如时钟之摆针，向右摆动与往左摆动相同，往左摆动与向右摆动相同。天道好往复，世事同理，我分福于人，人亦会分福于我。无论是工业，还是政治，世间诸事皆是如此。是故疏于分福之人，甚难居于人之上。

在惜福一事上，东照宫胜过太阁，然而在分福一事中，却是太阁更胜一筹。太阁功成早，东照宫功成迟，虽然其中因由绝非一二道理可决定，然而太阁分福之甚，确为原因之一。东照宫对于自己的臣下，并未给予太多权益。德川氏谱第恩顾者，亦未分得过多福禄。反之，太阁豪爽，其臣下多分得高俸厚禄，这一点上，太阁实乃独步古今。无论是加藤、福岛，还是前田、蒲生，或最初即为臣下，或中途入其麾下，皆毫不吝啬分福于之，此乃太阁一大美处，一名勇士也可分得数十万石。丰公一得福气，臣下亦被分福赐之，是以当主公欲取一国之时，臣下亦能分得一郡或一城。臣下及麾下将士，竭力为主公效犬马之劳，浴血奋战。此为太阁能早早夺取天下的原因之一。

譬如蒲生①，无疑是雄才伟略之士。得封会津之时，立即受赠百万石，是以蒲生氏乡置身于深不可测的伊达政宗与德川家康之间，为丰公之故，苦心谋略，竭力拼搏，绝非偶然。灭北条氏，丰公赐予德川氏之物，实为关八州，然而焉知德川氏竟对丰臣氏怀有异心。太阁曾在宴席之上有言："天下大小名，当不会对予心怀异志，如予这般良主，天下无二。"太阁此言不虚，在当时的朝代，太阁可谓是不吝分福的天下第一人。读氏乡传记之时，曾记有如下轶事：是时群雄集会的宴席之上，他的侍从问曰："谁人可在太阁百年之后继承天下？"蒲生氏乡答曰前田之老父。侍从再问除前田殿下外，又有何人呢？氏乡回答说是自己。惊讶于氏乡眼中竟无德川氏，侍从于是又问德川氏如何？听此言，他那头戴银鲶头盔的主公笑而答曰："德川此人太过惜物，能成什么大事！"氏乡心中常对德川怀有芥蒂，因而此言或为一时豪语，而且此事也未必可信，然而氏乡之言，大概正中德川短处，切中东照宫要害吧。

---

① 蒲生氏乡(1556—1595)：伊势松阪城主，会津领主，信长之婿。战国时期智勇兼备的名将之一。侍奉织田信长、丰臣秀吉两代立下无数战功。

事实也正如氏乡所言，德川公之臣下，未有高薪厚禄者，此遗制延续至近代，直到明治维新前，德川氏的谱第大名们，皆是小禄薄俸之徒，所以为德川氏所尽之力日渐式微，最终反被原本败于关原之战中的毛利岛津等外姓大名所压制。太阁虽不知惜福，却能十二分地分福，东照宫在惜福上更胜一筹，在分福上却稍显不足。

　　平清盛其人，短处甚多。然而在分福一事上，实乃十二分尽力，分福于一门一族，毫不吝惜，如清盛者，日本史上少有。与清盛相反，赖朝乃不肯分福之人，在赏赐佐佐木之功时，赖朝说当分日本半国于他，然而其后却未践行，是以佐佐木最终皈依佛门。至于其弟义经、范赖，非但未能分得福禄，反而惹来祸端。是故为赖朝家出死力者少，平家多忠臣，并非偶然。拿破仑亦是能够分福之人。其一族及麾下众臣，不知道为拿破仑赢得了多么巨大的福气。一败之后，拿破仑卷土重来，再树旗帜之时，其势能宛若狂风暴雨，并非没有道理。足利尊氏是缺点甚少的将军，分己之福，得天下同情，是以如新田楠一般智勇超群之人，他也能凌驾其上。遍览今世，于千万人之中，又有谁能惜福，谁能分福呢？若是世人试着屈指数之，想想自己取得的大小成就，会很有意思吧。的确不得不惜福，也不得不分福。

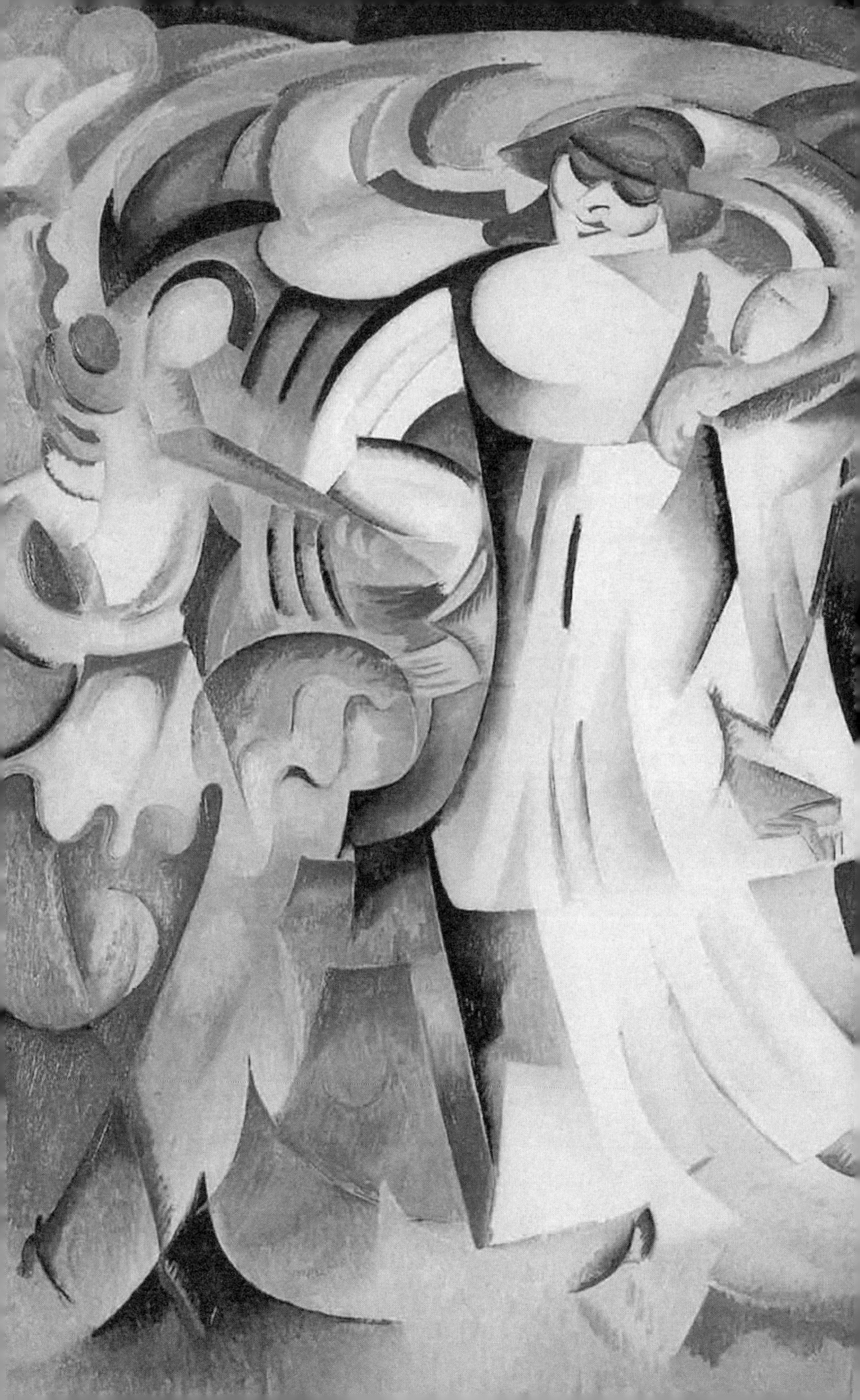

植福之说

世人皆知有福应当羡慕，却不知有更值得羡慕之物。世人皆知要敢于惜福，却不知有更应敢做之事。世人皆知应当学习分福，却不知有更应该学习之物。有福确实应当羡慕，而且所谓有福气，就如同离弦之箭冲向天空之势，力穷之时难免下落，与此相同，致福之力穷尽时，便会立刻失去福气。惜福必须敢于为之，而且所谓惜福，如炉中炭火，不可随意暴露，即使对其珍视至极，若不加入新炭，则火势亦不得增进。应该学习分福之举，自不待言。然而分福一事，如同与人同吃红彤彤且熟透的美味果实，吃完即感空虚。因为别人的愉快与自己的欢悦，只是在一时之间，大体上进行的加减乘除之举，关键在于，与自己独自欢愉相比，使别人愉悦更胜一筹。有福、惜福、分福，皆是好事，然而比这些更加优秀卓越的好事，乃是植福。

植福为何物？是指以我之力、之情、之智，贡献可使世人获得吉庆幸福的物质、情趣或智识。换而言之，就是指能够增进培育世人幸福之行为。如此行为应当值得尊重，虽然有常识者自会理解，然而恕我少见多怪之嫌，欲试着解说一二。

予单说植福，植福虽是单一行为，却有两重意义，生出两重结果。那么，何为两重意义、两重结果呢？植福这一单一行为，在种植自己福气的同时，也相当于为社会植种下了福气，所以说其有两重意义。他日自己收获福气的同时，社会同样可收获于此，是以说生出两重结果。

举一最微小最浅显之例示之，有人的庭院中有一棵大苹果树，果树年年开花，年年结果，味道甘甜爽口，其人肯定会感到幸福无异。那么，这就是此人拥有幸福，此为有福。不恣意使苹果多产，而是保全果树的坚实与健康繁茂，即是惜福。对于丰硕甜美的果实，不自己独享，而是分与亲朋好友，此为分福。有福一事无善恶可否之分，惜福分福皆是高尚之举。

此事既已说到此处，那么植福又是怎么回事呢？播种苹果的种子，培育起新的果树，就是植福。移植苗木培育成树，亦是植福。或者将良树之穗嫁接于恶木之上，培育美味果实，也是植福。若有遭虫害濒临枯死之树，用药治疗使其死而复生，亦是植福。但凡帮助天地万物生生不息，又或者增进人畜福气之举，皆是植福。

一棵苹果树自不必说，一棵树又能结出数颗数十颗，乃至数百颗果实，其中一颗果实又可生出数株乃至数十株树木，果与树相互交错循环，育木产果，无穷无尽。是以种植一棵树，虽是微小琐碎之事，然而其中所包含的将来，甚是久远鸿大，其久远鸿大之结果，实际上与世人心思的微妙相关，一心一念的善良之举，不知将来会带来多么大的幸福。一棵果树只有忍受霜虐雪压，经历时间，从无生有，结合地之水与天之光，方能结出甜美芳香的果实。既已结果，必会使品尝果实之人感到幸福，无论是主人自己食之，还是主人的亲朋好友品尝，又或者主人将果实出售，由别人品尝之，不论何人都能享受到造物主赠与人间的这份恩惠，心中充满满足愉悦之情。因此，种植栽培一棵树，虽然是件琐事，然而无论是对自己还是对他人，都成为了幸福的源头，所以说此举为植福，绝非虚言。

大抵如这般创造幸福利益源头之行为，就是植福，虽然不知凭借植福之精神与举动，世界将会进步到何种地步，人们又将会获得多少幸福，单是人类若无植福的精神与举动，即使人类勇猛，从数千年前的远古至今，仍与狮子狗熊等野兽为伍吧。即使人类有智慧，至今也犹如猩猩猿猴一般分林而栖吧。即使人类有构建社会组织的本性，至今仍像蜜蜂蚂蚁一样聚集而居吧。幸而，吾之人类自数千年前的古代祖先起，就富有植福之精神，遵从植福之举动，一世一代的增进幸福。凭借自祖先起的勇气，建设出人类的权利，比其他动物卓越；自祖先以来智识的累积，创造出人类的便利，令其他动物望尘莫及；自祖先以来社会组织经验的积累，使人类拥有了其他动物无论如何也构建不出的复杂又巧妙的社会组织。

私以为农业能够体现出植福的精神与行动，事实上，可以说播种插秧的

SBADIGLIO
sole bruciaticcio
città moderne
STRADA
ORCHESTRA
RUMORI
traaak tatatraak
echi echi echi echi
EVVIVAAA
ACERBA
MUSIC - H
cervellinmelma
ECHI
(Tokio)
EEVVIIIVAAA
RÉ
EEVVIVAAA
L'ESERCITO
STOP
COSTELLAZIONE per nuovi più acuti
NOI
aviatore
SPORTS
flatulenze
mori odori pesi calore
ITALIA
MILANO
Richiami
canzoni
calma
granitiche deserte
TRRRRRRR

劳苦，是福神暂且化身为人，为传播福气之道所进行的劳作。工业、商业亦然，如果是真的为了自己将来的幸福，又或者是他人幸福的源头，从事此举之人，皆是植福之人。

世间祈求有福之人甚多。然而有福之人少有。得福而知惜福者少有。知惜福又肯分福者少有。知分福又能植福者少有。想来欲得稻谷，必先种植稻谷，欲得葡萄，必先种植葡萄。依此道理，欲得福气，必先种植福气。然而世人多视植福为迂腐之举而不肯顾及，甚为遗憾。

前文曾以植树为例，这里再就此例说之，已经植好的树，对植树人、他人乃至国家，必然不是全无用处之物，所以没有比这件植福的事例更清楚明了、更好说明的了。换而言之，种植的福气，时时刻刻都在生长，一分一寸地伸展，毫不停歇，与天运星移共进，无时不增长，无时不结果。杉树、松树等大树中，也有参天大树，然而其种子，以两指捏之尚绰绰有余。因此，植福的结果非常之大。即使植下的福气甚为微小，也不足为奇。给口渴之人递上一杯水，无论力气如何微小之人都可做到。给饥饿之人一碗饭，即使贫穷者亦能做到。然而世间如这般微小之事，有人虽然做了却觉得没有价值，但也有人不肯为之。然而，这样做显然是错误的，正如前文所言，不足一捏的微小种子，就能长成参天大树，是以当知琐碎之事未必终于琐碎。自己想要获得幸福，从而施恩于他人，虽然并非尽善尽美，但是却有必须植福之觉悟，遵从植福之事而行，远远胜过不植福之举。一杯水，一碗饭，对口渴饥饿之人而言，将会感到多么幸福啊！

这样的举动，于植福而言，是处最末端之事，然而却绝非小事。比起饥渴难耐之心，解救他人饥渴的举动，是人与禽兽的区别所在，正因为有这种人类情怀的累积，人类社会才有了今日之态。在他人疲惫困苦之时，乘虚将其捕杀，乃野兽所为，正因野兽有如此之心，故而直到现在，还在继续过着野兽的生活。因此，看似小事，实则关系重大，可以说，如果人类对他人的饥渴没有同情心，就不会出现与野兽社会完全不同的当今人类社会，所谓微乎其微之处却导致大相径庭，就存在于此。不难想象，今日的我们与古代相比，更甚者与原始人相比，拥有巨大的幸福。这皆是前人植福之结果。也就是说之所以会有优良的苹果树，是受到了植树之人的恩惠。既得前人植福之庇护，吾辈亦当行植福之事，留与儿孙。真正的文明，是所有人植福的结果。所谓灾祸，是所有人丢弃幸福的结果。吾人不一定非要依据自己将来的幸福做判断，再用心去植福。吾人不甘为野兽，想要以野兽不能之立场去植福。积德是人类获得今日幸福之源泉。积累真正的智慧亦是人类今日幸福之源泉。积德积智，是成就大幸福之所在，植树赠与来者恩惠，无可比拟。当植福哉，当植福哉，可以说能够用心植福，人类方始有价值。

　　有福若是来自祖先庇荫，则无可敬之处。若能惜福，此人才稍显高尚。若可分福，则其人愈加可敬。若能植福，可谓真正值得敬爱之士。有福之人或有可能失去福气吧。惜福之人大概可保全福气。分福之人大抵可得到福气。至植福之人，却可以创造福气。当植福哉！当植福哉！

谈努力的积累

如果将人类行为进行分类,则可分为多种类型。其中不乏无价值的行为,而努力可以说的确是处于尊贵地位的行为。世间有与"努力"意思相近的"奋斗"一词,适用于存在假想敌的情况,而"努力"则不局限于是否存在对手,有发挥最好的自己去做某件事之意,与含有感情意味的"奋斗"相比,它宏大,公平,明确,能够将人类认真的意义发挥出来。可以说一切的世界文明原本都是扎根于努力二字,并从中发芽,分枝,生叶,开花的。

与努力相比,恰有与之相并存在的另一种行为,这就是因为喜欢而做某事。我们可以称之为嗜此不疲。努力是即使对于不喜欢的事情,忍受烦闷也从事这项劳动,而嗜此不疲则是忘记苦闷的事情,抛开厌恶这种情感,换言之,意志与感情是并行的,或者说是一致的。在这一点上,努力与它稍有不同,即使意志与感情有所偏差,也要燃烧思想的火焰,抑制感情的潮水并时刻充满热情。

某人一直忘我地尽全力从事某事,与其说这是努力,不如说嗜此不疲这种说法更恰当。那么,世界文明是由努力创造的还是因热爱而致力其中所产生的呢?有努力创造文明之说,亦有乐而为之创造文明之说。比如为文明而做出贡献的人,即各个时代的英才,为了某项事业付出而恩泽后世的,究其原因,既有因其努力而成,亦有因其热衷所至。这因人的观察、解释以及评价方式不同而异。如果合理地进行解释,乐而为之的情况下,如果不伴随努力,亦会中断进程,否则的话也不会出现期待的伟大结果。不论是艺术家帕里西的陶器制作,还是哥伦布发现新大陆,皆如此。不论有多么热爱,例如有幸从事园艺事业之人,有时也会感觉到苦闷吧,即从事严寒酷暑的工作,或者从事虫害之类繁杂工序、需周密观察而劳动时间又不规律的工作,凡此种种,如果不依赖努力,很容易半途而废,换言之,即使因为喜欢而去做某件事,期间也会发生不令人满意的事情,这是人生常有之事。当不理想之事发生之时,能够克制自己的情绪、为实现目标而全神贯注,这就是努力。

所谓人生，并不是像儿童的双六游戏，移动棋子便可以进入对方阵地获胜。就旅行而言，即使热爱旅游，尚且会有遭遇暴风雪的苦恼、会经历道路的崎岖嶙峋，有时会被岩石阻挡，有时在山路被云雾所挡、被青苔滑倒，不得不忍受这种种困难。此时毫无疑问，需要努力。如果一路坦途，乘良驹迎徐徐春风，这样的旅行好像不需要付出努力，但并不是所有的旅行都能如此。不论拥有多少财富，也不论身居何等高位，因天时地貌的不同，遭遇艰难困苦，这在旅行当中都是不可避免的。

因此，不论你有多么热爱它、不论你有多么杰出的才能，自始至终，投以恰到好处的情感，去完成某件事情，这几乎是人生不可能有的现实。遇到障碍，经历挫折，这都是不得已的事实。然而能将其坚持到底的、依靠的只能是人的努力。诸如周公、孔子一类的圣人，拿破仑、亚历山大之类的英雄，或者像牛顿、哥白尼这样的学者，皆因其努力才使其事业大放光彩、大有成就，这一事实，在此不再赘述。更何况才疏学浅、品德低下之人，可以断言，努力是其唯一的伙伴。这恰似财力不足、地位低下的旅行者，不乘车马，只依赖双脚跋山涉水一般。

然而，我们会发现这种情况，英才们的事业，有时不努力也能取得成功，但这只是表面的现象，即使骑马，也会经受雪日的严寒，即使乘车，也会途经荒芜的驿道。不管是多么才高行洁的人，也不可能始终处在安逸舒适的状态。况且，千里之马本身就比劣马行进得更远，人生旅途中才高行洁之人旅行本就多于常人，也更能到达常人无法企及之处，因此他们遭遇的各种不愉快、焦虑和障碍挫折就随之增多，需要付出多于常人的努力，这不言而喻。

翻开为文明作出贡献者的传记，也会有些人的努力并没有被记载。特别是各类发明者，或者新言论的倡导者、真理的发现者等等，可以说他们都是因努力而铸就了一生的事业。在东方流派的传记和历史中，会看到英才顿悟或者与生俱来智勇双全人物的记载，好像英才们不论何种事情都能轻易完成，然而这种记载可以说并没有得到事实的真相。另外，如果英才可以轻易完成某件事情，那么他的才智是从何而来呢？可以得出这样的结论，那是在血统上，他的前人累积的努力渗透到他的血液里，才获得的结果。

天才一词，动辄被解释为不靠努力就可以得到的知识才能，这被认为是理所当然的事。但这种观点难免过于肤浅。所谓天才，是他们血统上前人努力累积的结果，这种解释最为合理。好奇的人往往欣赏拥有美丽的斑纹，或者生有奇异形状的植物，但是通过研究万年青可以发现，这不是偶然形成的，归根结底是其具有高贵的血统。植物尚且如此，更何况人世稀有的令人尊敬之人，就更不可能忽然诞生。

盲人手指的感觉，敏锐到能辨别他们看不到的纸币的真伪。然而他们的这种感觉力并不是偶然得到的，是弥补因眼盲所带来的缺陷而付出努力的结果，从而使其指尖分散的神经细胞紧密排列，换言之，不单是他们的感觉变得敏锐，而是通过紧致神经分布从而获得敏锐的感觉力。也就是说，不仅仅是"机能"出色，而是"器质"发生变化进而比常人更出色。努力的不断积累最终带来物质上的变化，这作为例证，足以被理解了吧？

由此可归纳出的结论是，像英才这类人，与其说他们是天赋才能的所有者，倒不如说他们是优秀器质的遗传者，即不断努力积累的继承者或者发扬者更为恰当。这一言论对于英雄圣贤而言，听起来也许会觉得贬低了他们的德行，实际上并非如此。努力是人生之中最尊贵的行为，之所以成为英雄圣贤，正是他们不断努力积累的结果，这也更能彰显他们英雄圣贤的光辉。

没有受过教育的人不擅长算数，是他们对于算数积累的努力不够，也就是说没有代代累积的努力做基础，他们不会突然理解高等的计算方法，所以很难到达数学的高深领域。

我们动辄认为不经过努力也可以获得成功，这是完全错误的观点。没有什么比努力更能改善我们的未来，也没有什么比努力更能装点我们的过去。努力，就是生活上的充实；努力，就是各自的发展；努力，就是生存的意义！

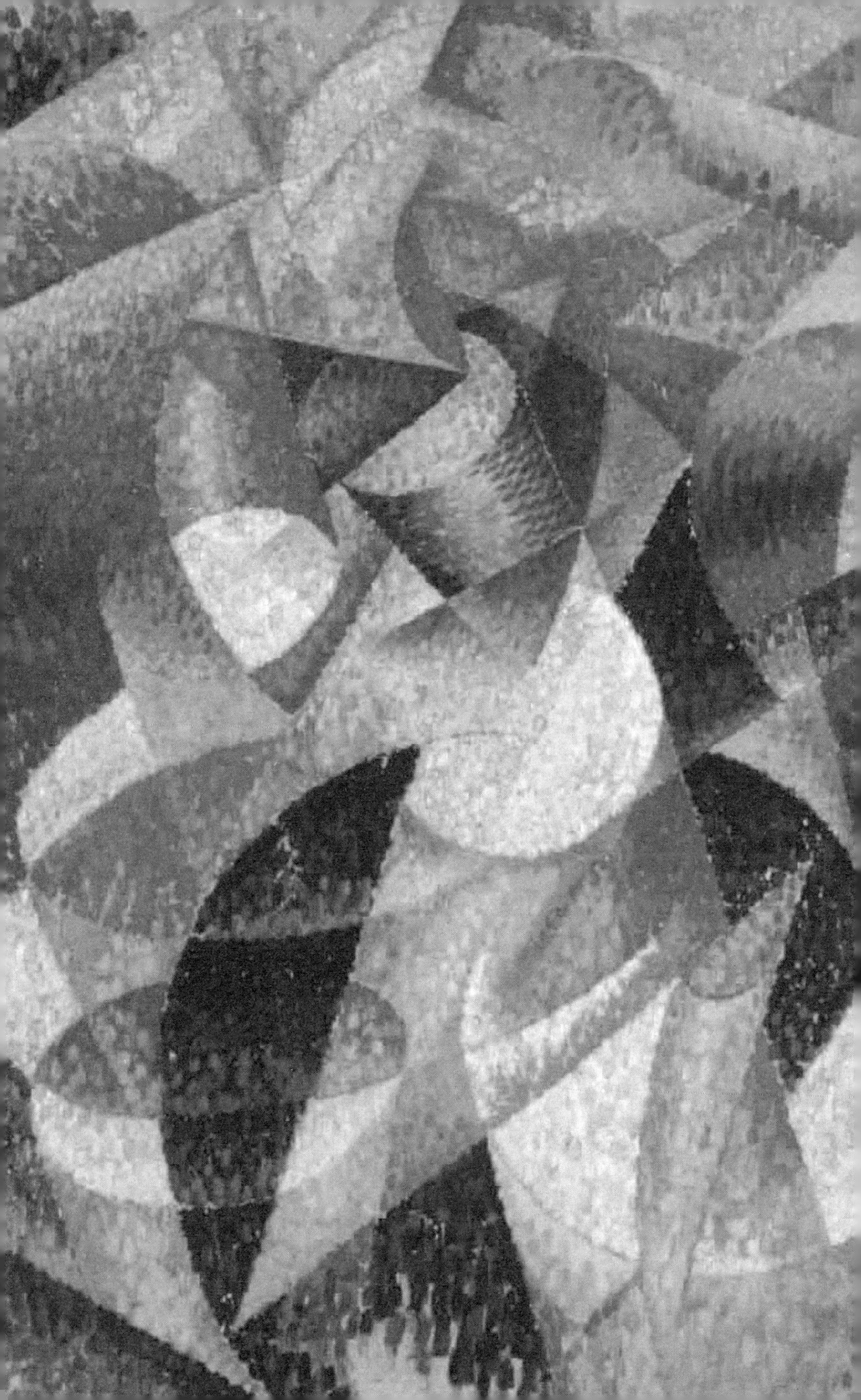

修学四目标

射箭不可无目标，行舟不可无目的，赶路不可无目标，人之修学治身亦不可无目标。是以普通教育，即教授每一个人立世成功基础的教育，亦不可无目的，而且接受教育者，也不可无目的。若无目的而学习射箭，技艺终为空；若无目的而行舟，船只飘荡，不知归处；若无目的而赶路，日暮亦不见驿站，饥渴而无所食；生而为人若没有目标，仅会沦为造粪机器；教育若无目的，则受教育者不知当以何为目标，读书最终与蚊虻鼓翼无异，雪案萤灯之苦学，也不过是枉费了劳心劳力。那么，基础教育当有之目标，是何物呢？此外，受其教育者当有之目标，需重点关注与用心学习者，又是何物呢？

现今的教育之完善普及，已发展到前代无可比拟的程度。其善美精细之处，进步程度亦远非往日所能及。不偏重智育，不缺少德育，对体育亦不松懈。教育家竭力研究教育方针，致力于教育设施之完善，其努力之结果，几乎不容置喙。一切皆整齐完备，是现今教育之状态，就此点而言，虽仍有缺陷，却没有什么值得多说了。只是教育的目的，未能最简单明了地指示出来。受教育者也不能清楚地意识到其目标，甚为遗憾。因此，今欲就此点简单论之。

最能称之为教育目标、教育精神的教育诏敕，炳然明示于吾辈头顶。

若将其熟读之，烂熟于心，则万事自足，无须如我这般絮言。然而我额外所言之事，仅是我一片苦口婆心，不得不说出来。原也不敢狂妄地提出与诏敕不同的主张，再立异议，相信我私下所言必与诏敕归于同处。

对于教育和受教育者，若是无师而自学自教，予荐其作为目标者，唯有四点。目标仅有四个，以此为题，虽一口气读来尚有余，然其义理，其含义，其情趣，其应用，滚滚无尽，汪然欲溢。予唯愿与胸怀天下之士共同口诵心念之，不至遗忘。何为此四目的呢？一曰正，二曰大，三曰精，四曰深。此四者于修学、立身、成功、进德而言，眼必观之，心必念之，身必殉之。以此为目的前进，或偶有小蹉跎，然最终必将成就大业，此事确凿无异。

正、大、精、深。如是者陈旧老套。今又提出此四点，或有人会说，我早已知晓此事。的确陈旧老套。非新奇之事。然而作为修学进德之目标，再无如此恰当之物。以陈之故而斥之，以新之故而迎之，是轻薄才子与淫荡女子之所为。日照月明，久已有之，人依赖之。山川河流，其已有常，人依仗之。三三得九，二五一十，此理永恒，人无争辩。是以所谓大道理，其行事不变，其存在难以歪曲，人信赖之、依归之。换而言之，可见愈久愈值得信赖，愈故愈可依仗。如毒菌生细雾，冷炎燃朽木，攸生忽灭，乃无常之物，其愈新愈不足取，愈奇愈不足道。对于受教育者或自学者而言，拈来新奇题目，令人视听一惊，也许会受欢迎，然而实际上却并无裨益。正、大、精、深四目标，说来平淡无奇，却决不可以陈旧之故而斥之。况且，日月虽旧，实则朝暮为新，山河虽老，实则四季新鲜，三三得九、二五一十之理不稀奇，实则新开算数之术日，竟未有出此理之外者。细细思来，此等皆是愈久愈新，愈易愈奇。正、大、精、深四事，品之其味无穷，有取之不尽用之不竭之妙。又如何不新奇呢？

正为中。是不邪僻偏颇，不诡诐倾斜之义。为学者，想要超越他人之心甚强，本非恶事。然而，若求胜之念太重，则稍稍有失中正。有强求知人所不知，思人所不思，为人所不为之嫌，错过不知不识的中正公明之处，最终误入小道邪路。竭力以避之，自己欲正而不可之时，其后必会招致极大的损失。读僻书，亦失中正。遵从奇说，亦失中正。对于普通寻常之事，皆不以为有趣，单单视诡怪稀有之事为乐，是失正之举。譬如饮食之事，首先应当致力于仔细地把饭做得不软不硬。燕窝鱼翅之珍品，其后再以文火烹之。然而，若只管搜罗珍馔异味烹饪，而疏于日常饭菜的做法，就有失妥当。为学亦然。学问之道自有大门，有正途，师教之，世示之，首先当坦坦荡荡地行走在大路上，而后再追求个人之志向。然而好立一己之见，以小聪明洋洋自得，望旁门小道而行，这些行为或许本无恶意，但是最终大约也不成善举。近来，世人好胜之心日盛，好听诡诐之说，视古往今来万人乃至万万人所行大道为愚昧，却奋力向前，想要突破荆棘遍布、磊石填路之小径。其意气虽可爱，然有失中正，不可嘉奖。学业稍有所成之后，或许可以取如此小路而行，或者按照个人思虑而动，然而对其而言，不失中正之心，乃是不可或缺之物。更何况读书未破万卷，学识尚未贯通古今，此种力量身份之下，不失中正之心甚为缺乏，而猎奇之念渐盛，会被偶然读到的新闻杂志等只言片语中的一时之论、过激言论所煽动，好走旁门小道，甚是危险。若想周全不失中正，自己当抱有为正之念，而后从学。

　　大，人皆好之。无须多言。今时世人尤为好大。是以更加无须赘言。然而，世间有时也会有以小居之而有所得者。善良正直的青年一派中，以小自居者格外多。举一二例而言，他们或曰，予才疏学浅，唯好俳谐，仰慕阑更[①]，愿奉献一生来研究阑更。又或者，曰予对于诗文算数法医工技，皆不能为之，唯私下里喜好收集诸物，既已收集了一年火柴盒贴纸，约得三五千枚。欲向天下夸耀其日积月累所集大成。如是此类者，或如学者，或如收藏家，或如畸人，实不在少数。此外，又有一派青年，所思甚小之物而居之。或曰，予大成无望，学成只为糊口，能得积蓄两万元足矣。或曰，予依仗祖上余惠，家中负有良田数顷，公债若干，今虽从学，然学成亦无所用，是以吾仅以自己之喜好读书、观画，不费不得，以中人生活度此一生足矣。如此类者，或如卑陋之人，或如通学之士，亦不在少数。如此等者，皆无可强行责难。研究阑更亦可，收集火柴盒贴纸亦可，低身求财亦可，甚至空坐等死与犯罪相比，亦无不可。然而正当修学之时，若如

---

　　① 高桑阑更（1726—1798），日本江户中期俳人。名正保、忠保。金泽人。为天明期间中兴俳坛的有力人物。游历各地后定居京都，获"花的师傅"称号。编著有《蓬莱岛》和俳句集《半化房发句集》。

此行事，则我之所学有限，丝毫没有求大之念，甚是不可。若是既已从学，则须常怀壮大自我之心。却并非劝人怀有狂妄自大的野心。也不是说要废除阑更之研究、收集火柴盒贴纸。只是如此之举，当在修学既成、稍年长之后，再做无妨。从学之时，当竭力扩大眼界，开拓心境，宽广智力，博学多识，必当有壮大自我之欲。

七八岁之时，努力才可获得的瑰石，及至年长，轻易即可获之。七八岁之我，不及十五二十岁之我，此理显而易懂。故此青年修学时代之我，不及他日岁增且治学稍有所成之时，亦是同理。是以今日之我，较之约束将来之我，不若勤勉于眼前之事，学而习之，无须痛苦得拘泥小处、自我贬低、自我界限、自我狭窄。修学之道最忌拘泥小处，当然自尊自大亦须忌讳。想要成其大者，并为此而尽力，乃是最重要之事。人学之，则渐大，不学，则永居于小，换而言之，可以说学问可使人壮大，亦不为过。决不可画地为牢拘泥小处。自己应当致力于使自己真正壮大。

大含广之意。如今世界之知识，互相混淆，互相交汇，成一盘漩涡。当值此时，修学一事，格外期冀广大。眼须睁大，胆亦须大。必当有马立万仞峰头、眼望八荒之气概。亦须有观大千世界如掌中罗汉果之意气。为一卷凡书耗瞎双目、白首皓髭，犹不离书案之举实不可取。此亦须心念"大"字，方能超脱得此境界。

"精"一词与其反义词"粗"所对照，其意显而可知。俗语中的"马虎"一词，即指不精之意，是以"精"就是不马虎。一物缺精密，少琢磨，选择草率，构造不周，即为粗。譬如大米不精白，不良美，食之味不佳，多糟糠，是为粗。与之相反，若一物本质十分精密，经过充分琢磨，选择亦不错，结构周到完善，即为精。如大米之除尽糟糠，良美精白，如白玉，似水晶，其味道甚佳，是为精。若是用"精"一词来评价的桌子，则若此桌必然不仅可以令人满意，而且可长久保存，又可堪长期使用。是以其材质之选择，会十分注意，即使遭遇干湿，亦无忽然反裂歪缩等事。能充分考虑到其构造，即使受到稍微冲突撞击，亦不会突然出现桌脚脱落、桌板松动、七零八落解体之事。又此物本质精密，当不会疏松脆弱，自然受伤折损之事甚少。且经十分雕琢，则其外观亦足以值得买来爱好珍重之，是以可堪长期使用，又能长久保存，如此一来，使人恒久满足之事，自然存在其中。米亦然，若以"精"一词评价之，则此米当十分有价值。若是用以与此相反的"粗"一词评价的桌子，则此桌不仅使人感到不满、惹人不快，而且过不几日便不堪使用，破损得成为废物。其材料质地甚差，构造亦不人性化，琢磨亦不周到，无论何人对其爱惜之情亦淡薄，其物自身稍遇冲撞立即便有损伤，是以出现如此命运，也是必然之势。米亦同此理，若是粗米，反倒劣于其他低贱谷类的精品。无论何物，精粗之差实在巨大。学问之道，亦有精粗二事。当然亦是崇尚其精。必然摈斥其粗疏、马虎。然而，对于桌子、大米，谁都可以以"精"一词来评价其制作，评价其物本身，但是对于学问，不免存在异议。话说自古以来的雄才伟人，时有貌似反对"精"的为学之道，是以其后的疏懒之徒，动辄以此为借口，毫不忌惮地强作豪杰之态大胆放言，不崇尚"精"却能自然而然地成就出一流来。然而其主张，误解而来者居多。

不尚"精"之徒，动辄挂在嘴边的一件事就是，句读训诂之学，我等才不勉强去做。诚然，句读训诂之学并非学问中最大最有用之物，然而古人欲成就句读训诂之学，此一点可见其志向高远广大之处，吾辈当效仿之。若因其言而认为句读训诂无足轻重，就大错特错了。做句读训诂之学，若是以为仅仅通达句读训诂足矣，甘为句读训诂之师，如此为学之方法，其也为非。然而若全然不顾句读训诂，又以何来读书并理解领悟其意呢。完全埋头于句读训诂，当然不对。豪言学习句读训诂，却浸染于马虎的学风中，也绝非好事。字以载文，文以传意，完全不通句读训诂，又能学到何物呢。是以不通文辞受此弊端。如徂徕先生这般有豪杰之姿，犹且对文辞呶呶不休，实在是不得不为之事。

假如不将句读训诂当做一回事亦可，读书之时不顾句读训诂也能习以为常，那么无论做何事，免不了粗笨得招致脱漏甚多，误算失策频出。做事之时，不认为误算失策是恶事之人，难说没有，然而恶习既成，想要改正甚难。是以不将句读训诂当做一回事或许可以，然而其做事缺乏精密，而且对此不以为意形成恶习，有百弊而无一利。更何况做学问日复一日累加精致，是今日大势所趋。所以，似是而非的豪杰之流的习惯，必须留心，决不可习之。也并非命令诸位必须把句读训诂当成大事，而是为学之道，必须尚"精"。

做学问不尚"精"之徒，动辄引以为据的一件事，就是诸葛孔明读书之时只阅其大略。陶渊明曾说过的读书不求甚解，亦是其中之一。渊明是名家之后，且又生于做何事都甚难之世。其人以诗酒度一生。情意甚高，其幽致，难以直接以庸常之人的规矩来衡量。更何况所谓不求甚解，并非是说粗漏空疏也可。所谓甚解，乃不妙之意。是以不求甚解，并非指读书做学问，可以缺少细心精致。孔明领会大略，领会之处自有妙味。孔明其人，身体渐衰，食量大减之时，犹自己执掌吏事，并非盲目执印之宰相。是以其政敌司马仲达言道"事多食少，如此岂能长久"，预想到诸葛之死，实乃做事精密周到，不辞劳苦的英俊之士。若是认为孔明在读书治学之时，会马虎行事，那是极大的谬误。庸人读书，多记得细枝末节处，却忘记了大处。及至孔明，却可领会其大略之意。引用渊明与孔明传中如是内容，谓之为学可不精，其人既已落入读书不精的过错中了。精，实乃修学的一大目标。

特别是近来人心甚忙，即便是做修学之事，人亦有力求其速，不求其精之嫌。此事亦是时运时习使然，不能直接苛求个人。然而，不精一事，无论事情如何，都会令人极其不快。造箭若不精，如何能射中目标呢？即便如源为朝①、养由基②般的神箭手,若箭杆不直,箭羽不整,射马亦是不中,此乃显而易见之道理。做学问不精之时,人将只剩错误。

谚语有云"窥一斑可知全豹",正如此理,在修学一事上,若不力求学之精,则其人于万事的观察设施之上,皆不会精,及至立世处事,自己招致过失之处,大概颇多吧。反之,做学问若尽力求其精,则对万事皆会用心。此外,自己求得精,则不知不觉之间,多得智,多解事,立世处事之时,自己招致的过失,应该会很少吧。法拉第发现电磁感应定律,牛顿发现万有引力,世之如是者,多将其归之偶然,实为其求精之功,才得此成果。精于学,精于思,万事不马虎,不等闲视之,正因为其人有如此习惯,才会有如此有益之大发现,如此言之最是恰当。实际上,如牛顿难道不是也曾说过"不断精思之余方得之"吗?可以说,大约世界文明史上的光辉,无一不是"精"字之变形。

深,虽不同于大之趣,却也必须作为修学的目标之一。只努力于大而不勉于深,则有浅薄之嫌。只勉于精而不求深,恐会涩滞拘泥。只努力于正而不求深,则会迂阔没有奇奥。掘井尽可能得深,未有不得水者。做学问尽可能得深,未有不功成者。虽然做学问若褊狭固陋,是为病弊,但是做学问博大与浅薄,亦是病弊。只是令人遗憾的是,竭力其大者,多不求其深。

然而,人力本有限,而学海茫茫,广阔无涯,是以对百般学科皆能达其深处,当然是无法做到的。因此,以深为目标之情形,必是自我限定之处。对一切学科,皆欲通达至其深处,若无万全之能,则其人不免神疲精竭,困

---

① 源为朝(1139—1170,一说死于1177年),源平时期著名武将,源为义的第八子,源义朝的弟弟、源赖朝的叔父。母亲是摄津江口的游女。通称"镇西八郎"。源为朝身高七尺,豺目猿臂,膂力过人,且左手比右手还要长四寸,因此适合弯弓射箭。好用强弓、射速也快、是著名的弓箭高手。

② 养由基(?—公元前559),春秋时楚国将领,是中国古代著名的神射手。周代有养国,后来被楚国灭掉,春秋时为楚大夫神射手养由基的封邑。相传养由基能在百步之外射穿作标记的柳叶,并曾一箭射穿七层铠甲。

闷闭死。因此之故，深应当仅限于专业方面而求之。若胡乱求深，则会发狂得病。

虽然每个人天分有厚薄，资质有强弱，但是其心既定之，其念已系之，若不努力求其深，则掘井得不到水，仅得一空坎罢了。不得不说，这是令人多么不快之事。无论何处，不可不努力学习致其深。天分薄，资质弱，其力不足以掘巨井，则最初不必掘巨井，而是挖小井。与此同理，最开始不要做方面广大的学问，而是吸纳一小分科即可。虽然分薄资弱，但是致力于一小科，竭力求其深，亦能得其深，从而最终获得成功。例如想要学习纯粹哲学，需用之力甚为洪大而不成，则可择某一哲学家，专攻研究此人的哲学，就容易在一个方面得其深，亦如此理。想要将攻读美术史作为一生的事业，然而探其深处甚为不易，就可专攻一探幽，一雪舟，一北齐，即便资弱分薄，亦能达到他人不易企及之处，进行深度研究。因此，对于深这一目标，每个人都应预先思考。总之，修学之道，在完成稍显普通的学问之际，看到深这一目标，然后自己必须预先做好选择。而且无论是学问的世界，还是事业的世界，都必须将"深"字置于眼中，此点是无论致力于何事皆不可忘却之事。

以上所述，虽毫无新奇之处，然眼中若有正、大、精、深此四目标，学而从之，则其人必不会得大过。对此，予确信无疑。

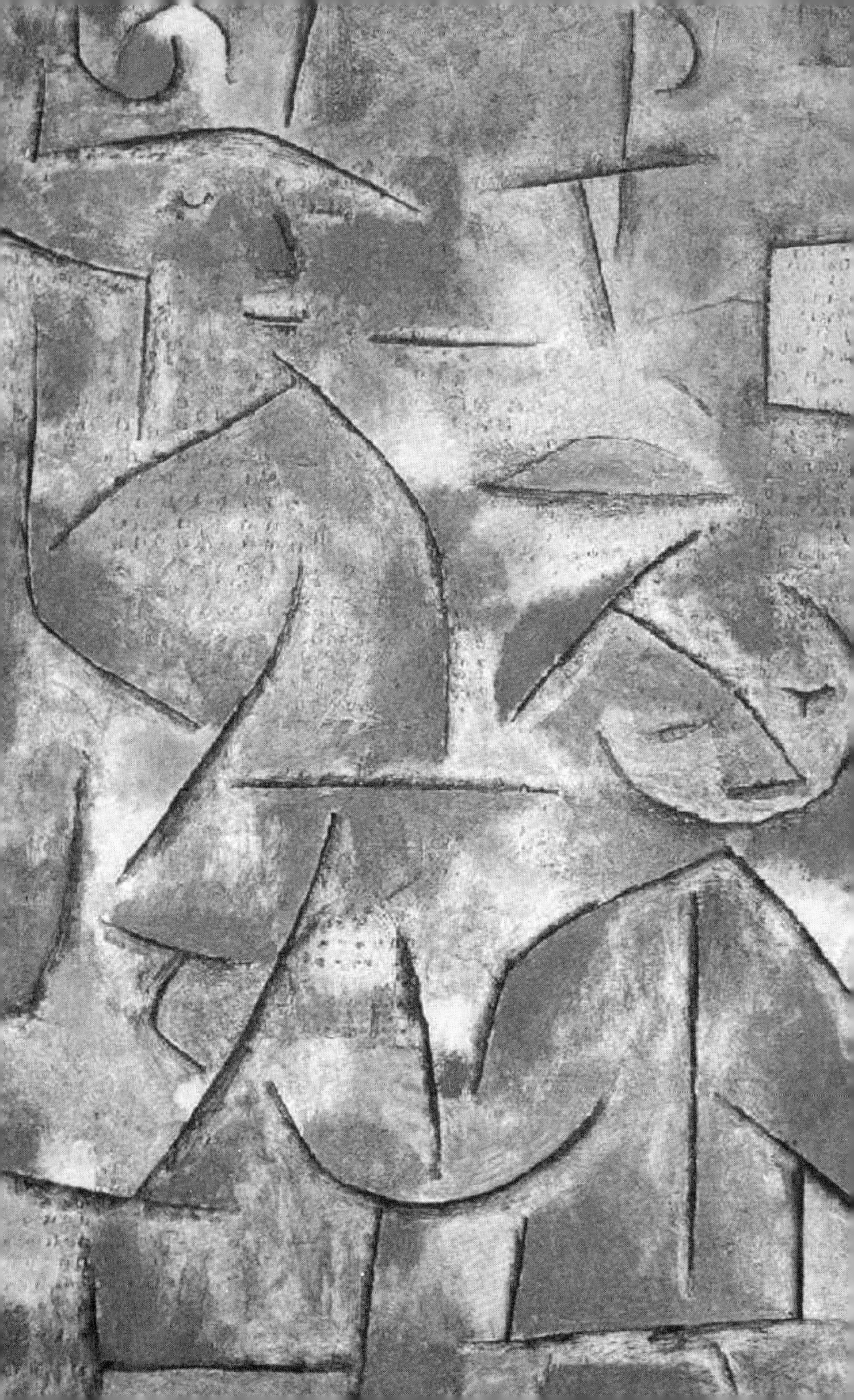

平凡资质与卓越成就

人世之事，均需花费时间去完成。充实生活，要么灵魂有栖息之所，要么精力有消遣之处。对于"虚无"这种境界，或许有的人能够领悟，但大多数普通人却无法做到。如果有所寄托是人生常态，那么都希望追求极致。

所谓立志，是指向着某事确定心的方向，换言之，也就是选定心之所属。正因如此，凡事追求尽善尽美，便成为很自然的事情。说到立志，在确定志愿之前，首先有必要确立高远之志，并且在确定志向之后，需要坚定不移地付诸行动。

那么，所立志向是不是越高越好呢？答案自不必说。然而，所有的人确立相同的志向，这是不可能的事情。

个人性格皆不相同，应该让心向着自己理想的志愿行进。或是取得政治上的最高地位，为世间建功立德，或是到达宗教道德上的最高级别，为人世施恩布惠，又或者是抵达文化艺术领域最纯洁的领地，向世人施仁布泽，不论是哪一志向，都是属于最高级别，虽领域不同，却都非常出色，只是因迥异性格而方向各异。可是，某种性格的人将相同的最高最好的志愿作为努力的方向，对于某件事情而言，也有适合与不适合之别。即性格如果与志向不相合，也是徒劳的。

以上都是针对最出色的人而言，普通人不可能都具有最优秀的性格。人分不同种类，有第一级性格的人，也有第二级性格的人，当然也有第三级性格的人。人的性格原本并没有等级之分。然而，对人的身高而言，有的五尺六寸，有的五尺三寸，也有很多高五尺之人。正如同人有高矮之分，性格本身，有的人品性很高，有的人位居中等，也有的人品性很低。因此，第一级性格的人，不期望做第二级性格的人所立志之事，同样，第二级性格的人，不希望做第三级性格人所望之事。这是社会现状，基于人的不同性格，也是没有办法的事情。譬如立志成为一位美术家，有的人希望成为古往今来第一人，有的人则认为能与史上某某人比肩就非常满足，也有人认为，达到心目中比某某人成就更低的前人的水平就非常满意。更有甚者，认为能被当时时代所称赞，对生活状态没有不满，就感到非常满足。这正如人的身高有所区别一般，每个人志愿的设定，也与各自性格相应，呈现出高低不同的情况。

其中有些人非常谦虚，他们取得的成就远远高出自己所立的志向。这类人非常稀有，例如，南宋的岳飞，他认为能与历史上的关羽、张飞并肩就非常满足了，然而，岳飞的事迹岂止与关羽、张飞并肩，毋宁比关张二人更伟大。再比如，三国时代的孔明，将管仲乐毅等人作为自己的榜样，然而孔明的人品事迹，决不在管仲乐毅之下。像他二位这般具备谦虚秉性的人暂且作为个例，更多的人则是得尺进寸、得寸进半，聊以卒岁。正因如此，志向在与性格相符的同时，需要尽可能设立得高远。不管怀有多么远大的志向，随着年龄的增长，三十岁，四十岁，五十岁，时光消磨，最终碌碌无为、殁于陋巷是常有之事，所以须臾片刻都不能忘记自己设立的远大志向。

托付终生的事业暂且不谈，日常琐细之事亦是如此。娱乐也好，其他事情也罢，心之所属之事都希望尽善尽美。有些人盆栽只买低廉之物，饲鸟也是饲养不喜欢的鸟，园林艺术也只依靠加工制造。此外，也有些人不论谣曲、和歌还是三味线，诸如此类娱乐，都停留在最低最劣的状态。在这种种娱乐之中，也有这样一类人："热衷于盆栽而心无旁骛。盆栽之中虽有很多草的种类，但除此之外，我钟爱林木。林木也分很多种类，我独欣赏石榴树。因此对于石榴树，钟爱程度胜于常人，并且关于石榴的知识及种植经验比任何人都更深更专，于是我要培育出最好的石榴树。"这虽为琐细之事，但有的人会希望在石榴研究方面成为天下第一，确立此领域的最高志向。他如果将精力转向其他娱乐，不会获得理想的结果。像他这样矢志不移，即使不会成为天下第一，但只要不是蠢材，在石榴研究领域绝对不会平庸无为。在石榴盆栽种植方面，他能拥有别人无法比肩的难得的才能。这是他立志高远的结果，即使是平凡之人，在最有限的范围内追求最高的目标，也许相对而言他就更容易取得成功吧。

　　最近看到这样一则新闻：有人就蚯蚓的生殖作用进行研究，使专家大受其益。这是非常有趣的事例。对于蚯蚓这么无趣的生物，在这极小的领域内常年潜心钻研，就算并不是杰出的动物学家，却也能使卓越的学者受益，其长期积累的经验为学术界做出一定的贡献。这难道不是很有意思的事情吗？

　　每个人的能力都是有限定的，不必苛求人人都在最大范围内达到最高水平。即使是平凡的人，在比较狭小的领域内立志取得最高成就，那么也会不知不觉地为世间做出巨大的贡献吧。无论做什么都是非常出色的。毕生种瓜也好，制造马掌也罢，抑或是毕生靠削卫生筷维持生计，这都没有关系。不论做什么事情，都竭力把它做到最好，在感到幸福的同时，又为社会做出了一定的贡献。与其不顾第二第三级的性格徒然地追求第一级的志向，倒不如设立符合各自性格的最高志向，这样必定会发挥最大的才能，或多或少地为世间做出贡献。

接物宜从厚

黄庭坚有诗云:接物宜从厚。人只要活着，就必须让自己的心灵保持温暖。

人的性格有很多种，境遇也有很多种。各种不同性格的人会遇到各种不同的境遇，因此人一时的思想、言论以及行为实在是千变万化，即使是本人也无法拥有事先预知推测的能力，这是除圣贤之外的所有人都无法逃避的事实。因此，如果通过捕捉某人一时的所思、所言或所为，来对这个人的整体进行议论或者评价，本来就是十分不合适的。只是，对就是对，错就是错，也没有理由能够否认明辨是非是恰当的。因此，其实判断是非纯属多管闲事。古谚语有云"言多必失，祸从口出"，对于这个观点的对错不妨先搁置不论。眼下先考虑一下，如果遇到类似有人把是说成非，把非说成是的时候，大家会怎样呢？不管是不是个人性情或者境遇使然，都是断然不可认同的。何况此人性格乖戾刻薄，在万事不顺、遭遇坎坷失败之后，才愤恨不平，如饿狼渴虎般放出这样的过激言论。显然他的言论是不足挂齿的。因此，也不必对他进行大肆批判。总之，不管性格如何，人都希望自己拥有"柔软"和"温暖"的一面。在某件事情中都想起到"助长"的作用，而不是"克杀"。

举个身边的例子来说吧。相信大家很容易皆可以理解我的意思。我所说的"助长"就是如字面表示的那样，是促进支持的意思。而"克杀"即意为阻挠、妨碍。假如从地里拔出一株牵牛花的花苗，给它浇适量温度适宜的水，或者施以淤泥、腐鱼、糠秕或者磷酸石灰等肥料，沿着其枝蔓缠绕一些竹条，使它能立在地上，仔细为其除虫，这就是"助长"。与此相对，不分青红皂白摘掉花芽，剪掉叶子，蹂躏其枝干，向其扔瓦砾，即为"克杀"。对猪狗牛马等动物，精心饲养，使其健康长大即为"助长"。此外，不仅仅是动物和草木，即使是对一张桌子、一个茶碗、一个盒子、一把剑，也存在"助长"和"克杀"。如果经常抚摸经常使用的话，即使是一张桑木做的桌子,也会逐渐显现出桑木特有的褐色质感,比最初的淡黄色更加美丽。如果一个乐烧茶碗,使用一段时间后粗糙的地方也会逐渐变得滑润,不会再有硌手的感觉。如果是黑色的漆盒,则那不讨人喜欢的臭味会逐渐散去,浮光也消失不见,变成古色古香值得观赏的工艺品。此外,宝剑如果经常擦拭的话,即使不能使其更锋利,也能保持它的尖锐,不必遭遇生锈的厄运,如此即为"助长"。反之,把桌子弄脏了也不打扫,放任桌子被刀和锥子穿透也不管,任凭渣滓污垢留在碗中不做清洗,或者听凭盒子受到撞击,遭受"玉瑕冰裂"的耻辱,以至于被损毁,抑或不好好保养宝剑,使其锈迹斑斑,如此即为"克杀"。对古人绝妙的书画墨宝等亦是如此,为了使其流芳百世,将那些残章断简整理起来,重新装订并让它们重见天日即为"助长",没心没肺地扔在灰尘堆里,使其遭受老鼠的啃噬,火烧雨淋的煎熬便是"克杀"。

　　对照上面的事例,我想表达的意思已然十分明了,那就是对一切美好的事物要抱着"助长"的信念,决不能做"克杀"它们的事情。心中常怀"助长"信念的人,他们周围的花儿会美丽绽放,鸟儿在空中高歌,羊肥马壮,器物摆件都会优雅美丽典雅洁净。而不忌讳"克杀"的人的周围,花儿枯萎,鸟儿不鸣,羊瘦马衰,鼎折脚倒地,弓脱胶裂开,罂粟花缺少花瓣,鞘尾无耳,一定是这样一片杂乱纷纷,乱堆乱放的情景。

　　人的性格是多种多样的,因此也有无意识"克杀"万物,而毫无忌惮的人,然而这种人也并不一定就是狂妄放肆的人,可能是少年的经历使然,这样的习惯即使不会连累本人,也一定不会给这个人带来幸福。世间还存在另一种人,他们性格乖僻,自发地去"克杀"万物,在名画上乱涂乱写,在宝物上刻刻画画,而且意气风发,眼神凌厉,妄自尊大,这种人才是真正的痴人废物。他们做的事情不仅对自己无益,而且伤天害理。因为他们的存在我们不知遭受了多么巨大的损害。雪舟和尾形乾山他们都是一个人,而破坏雪舟书画损坏乾山陶盘的,却有好几十好几百甚至几千人,因此世上没有比不忌"克杀"别人的人更无价值的人了。从哲学角度来说的话,"克杀"也是造化的一部分,敢于进行"克杀"的人无疑也是在帮助造化。这样的人为后人开辟了道路,这样说也不是不可以,但是这终究是超人理论的观点,与现实社会相差甚远。除了毁坏美好事物或者残害有用事物再没有其他能力的人,这世上没有比他们更值得怜悯更让人悲伤的人了。人应该抱有"助长"的信念,不应产生"克杀"的恶念。

以上都是针对动植物和器具摆件而言,其实我的本意并不是针对这些东西。而是说在面对并不坏的思想、言语和行为时,我们不应盲目产生诸如"克杀"他们的思想、言语和行为的想法,而是必须抱有"助长"的信念。

假设这里有某人想要做成一件事情,如果这件事情不好,或是凶恶,或是狂妄,那就算了;如果不是那样的话,为什么不推动这件事的成功,使这个人达成自己的志愿呢?即使是个人并不喜欢去推动它的发展,也不要在旁边想方设法阻挠限制,或者希望他的志向无法达成,否则事情无法获得成功。然而,这世上有这样一种人,他们思想激进,大放厥词,坏事做尽,本应明辨是非,却混淆黑白,什么时候都贪图一时之快,随心所欲,对这种人的存在我们只能深深叹息。这样的人或者这样的东西本不应该存在于这个世界上,但是就如同对动植物和各种器具一样,非但不表示出助长的意思,还要对其进行"克杀"的人很少,对于人类的真善美进行帮助的人也是比较少的,同时想要毁灭、伤害它们的人却绝对不在少数。

前几天我在山手一条不知名的坡道上,看到了一辆正在运送家具的车子,由于行李很重,车夫力气不够,加之道路险恶,上坡十分困难。就在此时,正好两位学生结伴从坡下走来,其中一人不忍袖手旁观,主动走到车后面用力帮助车夫往上推车,车终于开始有了向上走的趋势。正在此时,同行的另一人立刻大声咒骂起来:"快停下,你是阴德家吗?"然后,帮忙推车的学生立刻放开了正在推车的手,随后去追赶已经超过行李车好久的同伴,两人结伴走远了。而车夫则突然失去了助力,车往后退了好远,事态十分危险,幸好此时车后有两位路人经过,搭了把手才免于酿成大祸。此时的我站在坡上正好看到整个事件,不由得感到心寒。

这只是一件琐事,不足挂齿,与此类似的事情十分罕见。其中一个青年帮助车夫推车,不管是动了恻隐之心,还是仁义之心,都是内心受到触动,即使那些儒家士子认为不值得赞美,但是他的行为绝对不是不好的,也不是凶恶的。在我看来,另一个青年对这个内心受到触动的青年大声咒骂,进行了言语上的"克杀",这是不应该的。相反,他反而应该对他进行鼓励,说一些有正面意义的话,又或者走上前去与他一起分担一起推车也未尝不可。然后,他并没有这样做,却开始了咒骂,好像在讽刺推车青年自欺欺人一样。因此,推车青年的心里才如同牵牛花花苗被踩躏一样,突然失去了支撑下去的勇气,最后才停止帮忙,离车而去。目睹了事件经过的我后来在想起并思索这件事情时,不禁怆然。我不禁想到,我们在生活中也会像咒骂青年一样无意识做出类似的事情,并因此妨碍了自己与他人身上幸福的到来,反而招来了不幸。

对于动植物和各种器具,我们应该爱护它们,经常使用它们,不应该毁损伤害它们,这是不言而喻的。对于人的真善美,我们必须持鼓励、支持的态度,这也是不言而喻的。如果相信科学的我们遇到信仰宗教的他人时,难免会咒骂几句,反之,如果信奉宗教的我们遇到相信科学的他人时,也难免有微词。只是,人的性格是多种多样的,其境遇也各不相同。如果只认为自己觉得对的事情才是对的话,那世界上不对的事情会数不胜数。因此,只要不坏,不凶恶,不狂妄,对于他人的思想、言论和行为,都不应该持阻碍态度,而应该支持并鼓励它。更何况很多人之所以想要"克杀",是因为个人性格乖僻、对所处境遇感到不满，或者是遗传使然，更是不应该。可以说在现实生活中大家都已经很明白地意识到了这一点吧。

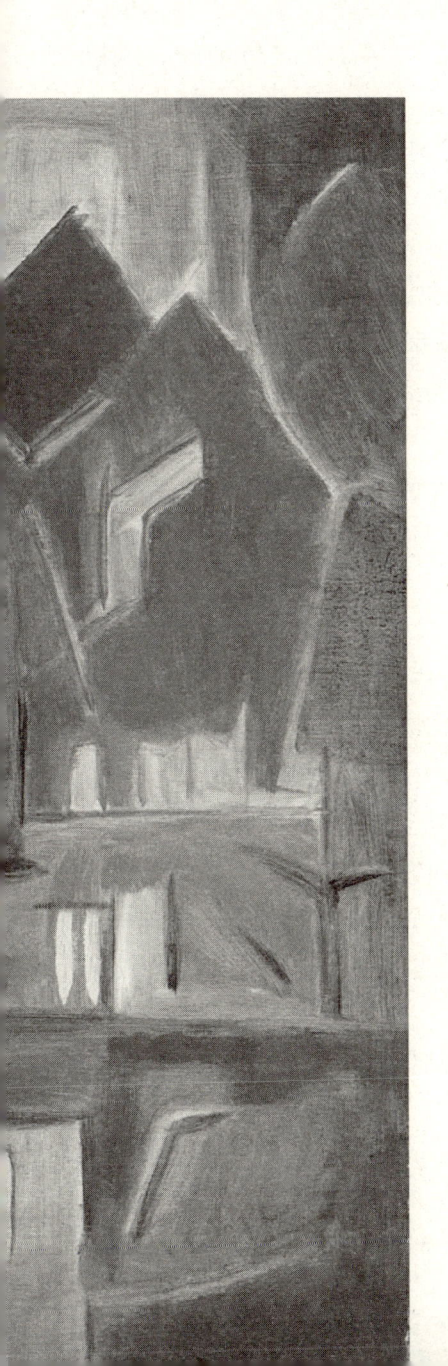

四季与自身(其一)

人若从其内而论之，可谓笼盖天地，涵盖古今。天地虽广阔，不过人心中之物。古今虽悠久，最终存于人心之中。人心可容一切而有余，莫有大于人者。

然，若从其外以论之，人于天地之间，如大海中的一滴水，大沙漠中的一沙砾，又人在古今之中，如天空中的一微尘，大河中的一浮萍。人在空间与时间之中，不过一微小之物。

自其内之事，今姑且搁置一旁。若就其外之事而言，人既已是笼罩于空间及时间中一微小之物，则难免被笼罩我的空间以及时间的极大威力、极大势力所支配，也就是说被其难以估测的极大的威力势力所左右。

生于日本，则自然而然地使用日语，拥有日本人的性情，遵从日本人的习惯，此乃事实。生于俄罗斯，则自然而然地使用俄语，拥有俄罗斯人的性情，遵从俄罗斯人的习惯，亦是事实。可以说，诸如此类显而易见的是人被空间威势所左右之事。

空间对人之影响姑且搁置不谈。

对人而言，时间加诸之威势亦甚是重大。镰仓时期之人，自然而然有着镰仓时期的语言风俗习惯，又拥有同时期的思想及感情；奈良时代之人，自然而然有着奈良时代的言语风俗习惯，又拥有同时代的思想及感情。每个人由于遗传与特质的不同而存在差异，这一点毋庸置疑，然而时代的威力势力却影响了所有人，这是无论何人都承认的事实。诸如此般一个时期一个朝代稍漫长的时间对人的影响，亦非今所欲言之处，故而暂且不论，今欲言者，乃一年四季对人之威力与势力，以及人当如何应对其威势，又当如何加以利用之。

一年四季对人自身之影响，与大空间、长时间的威势加诸于人的道理相同。一个时代有一个时代之威势，十年二十年有十年二十年之威势，与此相同，一年时间虽短，却犹且有一年当有之威势，并将此威势加诸于人。更进一步详细而言，春有春之威势，并将此加诸于人；夏有夏之威势，亦将此加诸于人；秋有秋之威，冬有冬之势，皆将此加诸于人。

人与季节之关系，当属古来感觉敏锐的诗人歌客等已十二分认同。予无须一一举例论证，对诗歌有理解能力者，若读春之诗歌，当很容易就可发现在春之诗歌中表现春之威势如何加诸于人的词句吧。若品秋之诗歌，当很容易就可发现在秋之诗歌中表现秋之威势如何加诸于人的词句吧，甚至可以说，自古以来四季之诗歌，换而言之几乎皆在吟咏四季威势加诸于人之状态，这就是四季之诗歌。

即便在诗歌以外，自远古以来，道破四季对人间之影响者，绝不在少数。若拾其只言片语为此事立证，则自人有文字以来的诸多文字，当皆可取之佐证此事吧。若求一比较详密且贴切的论说相关之事的例子，则除经书之外的古物中，当属《吕览》最详细吧。

古人思想中，认为天时不仅与人事相关，人事亦可影响天时，此事《吕览》中盖以论说分明。不然，何止如此。即便是看殷汤的自责之语，也可窥见古人对天人关系紧密相关之认同。然考证此事非吾之本意，今且不论，相关事例及佐证虽对古事所知甚少，但若引而用之亦非难事。古已古矣，不必多言。现直接就今之吾辈，感知吾辈之实际，基于所知真知而语之。且就吾辈双目所睹，心之所知之，成言以论之。是以吾辈没有理由不承认四季对吾辈之影响不在少数。

虽不知矿物界是否有生理活动，若先以常识思之，则其处不存在生理，似乎仅为物理。植物界是否存在心理活动虽然不明，然其处存有生理与物理，若依常识判断，似乎不存在心理活动。舍利产子，石榴石生长，黄玉渐老却不失其色，虽皆为事实，却为物理自身道理使然，并非生物所摄之事。阿伽陀树有感觉，捕蝇草自己捕食，含羞草因感情而动，又或有植物渐渐改变了自己的所在地，可以说如步行而观之，此为物理生理使然，并非心理之故。至于人与动物，则具物理、生理与心理。

然，即使是矿物界，亦受到四季之影响。矿物体缝隙之间存在的水分，因其遇冬之严寒膨而成冰，遇春之暖气消融化去，是故有倒塌碎解之作用。又或者遇夏之烈日暴雨，促进酸化作用，逢秋之暴雨严霜，在力学热学作用下不断发生变化。此外，植物与矿物相比，愈发受到四季的影响。太阳光线数量不同，热量各异，因此等事情，受到物理作用自不待言，再加之植物自身亦有生理作用，物理作用影响生理作用，生理状态随季节共同变化迁移，遂有其繁荣，有其衰枯。春华、夏茂、秋实、冬眠，树木多呈现出四季之影响。春生夏长，秋遗子，冬封闭，谷物之所现，亦是四季之影响。自然原有之姿态，是所有人都具有的认识，并对其加以利用，春天播种使其生，夏天耕耘施肥助其长，秋天收割收其功。此乃对谷物既有之道。又或者春天求其华，夏天取其叶，秋天收其果，几经春秋，而后取其材。此乃对待树木的自然之道。人类明白知晓植物与四季之关系，之后以人之智识，巧妙利用这种关系。与此相同，对于家畜家禽等其他动物，人类亦知四季对其所施加之影响，是以对此关系的利用，亦不拙劣。采蜂之蜜，收蚕之茧，取鸡之卵，收家畜之幼崽之种种，皆知晓因季节而得之。非狂妄之人，不欲得季节不予之物。

照此理而思之，有自省能力的人类，理应观察到自己被四季作用如何影响，并且洞察其与四季之关系，顺应而自处之。

只是较之其他动物，人类的确拥有卓越且有力的心理。其心理有力虽是有力，然受四季之支配，并不如其他动物显著，看起来仅仅是心理力量下的动作。若是下等动物，下等虽是下等，然其心理作用则弱，且心理作用越弱，其受四季之支配就表现得越发明显。如狗、马等高等动物多在心理下活动。海参、蛞蝓，或许也有心理活动，然而基本仅仅都是生理活动，在吾辈眼中几乎未见其心理活动，如此说来亦不为过。

心理作用下的大多数行动，即便是其一点头一投足，亦皆是从动物自身的意志情感出发，人们见其点头投足之举，却不见此乃大自然使然。特别是人类的自我意识旺盛，所以常感自己的行动皆乃自己所为，却感觉不到是大自然使之如此。因此，人类的确知晓四季对人类之影响，然而看起来却又做不到是否主动加以用之，是否顺应而行。于植物与家畜，四季之作用，甚大甚深，且顺应其作用，又加以利用的话，有理且有益。若承认此事，则人类亦非立于天地之外，又非居于日月光照不到之处，是故也与其他动植物相同，受到四季之作用，因有此道理，详细思考四季对我之作用，顺应之，或者利用之，乃是有理之事，又岂非不是有益之事？正因自我意识之往生，一切皆从自我出发，岂不是以己之掌遮蔽己之双目？

　　较之其他物种，人类更加优秀，无疑在自我意识旺盛这一点上，然而并非仅仅依靠自我意识旺盛就可了却一切事情。太阳之光热，无论是对自我意识旺盛者，还是无意识者，同样加诸其上。四季之循环，在一切物种之上，平等运行。任由自我意识旺盛，则会忘记大自然对我等施加影响之存在，是以观察之智不圆满。何不试着努力观察看看四季之循环对吾辈之影响呢？

　　春天使草木开花抽芽，令禽兽虫鱼从蛰伏之态转为活动之姿。可以说，草木之开花发芽，明显是草木体内的生命活动变得旺盛，其营养成分的水气之类，被根须吸收，上传至枝干，从而外发。换而言之，可谓又有太阳光热增加，空气湿度发生变化等缘故，末端受到刺激，且因此之故水气等得以促进上升。

　　禽兽虫鱼等遇到春天活动渐多，又是因何之故呢？吾非专家学者，若要详述自说，加以确信，甚难，总之，基于气温湿度的变化与地表状态是第一，其所摄取食物性能的变化，是第二个原因吧。在夏秋冬三季，动植物受到的来自大自然的影响，亦与春季相同，皆是由太阳热度变化引起的气温湿度等空气状态变化，以及由此带来的地表状态的差别、食物的差别吧！

人类因四季之故受到了怎样的影响呢?

春来风和煦,人亦与冬日不同。春一至,人面亦花开。此事自古以来观察世人既已得知。黄黑肤色之人,若面容红润,则变得鲜艳美丽,憔悴萎靡、干硬皲裂之人的肌肤亦变得水润而增加生气,看起来娇嫩年轻,皲裂冻伤亦得愈合,肌肉亦变紧实,血量亦会增加。从而心理状态亦与冬日不同,确会变得多进取,少保守,厌笼居,喜外出。对机械化劳作易感疲惫,想要从事生物所有的有意志、有感情之工作。比起踏实之事,更愿追寻华丽之事;比起稳健之事,更喜激烈之事;比起遵循理性,更愿听从感情;比起哭泣,更愿欢笑;比起愁闷,更想欢怡;比起勤勉,更愿游玩;于青壮之士女,更有所谓春心萌动。如此种种,大约即是春对人之所及。

四季与自身（其二）

颜色悦泽，感情怡和，人在春天变得如此，是基于自我意识之故？抑或是自然使然呢？毋庸置疑，此绝非仅仅源于意识。春天人之面色会变得美丽，是源于血液充实。血液何故冬日缺乏，春天充实呢？个中事实，气温计中的水银即可直接示之。橡胶毯中的空气亦明白告之。如同水银、空气遇热膨胀，即便同一重量的血液，一遇温热其体积则膨胀增大，在同一容器内看起来则会更充实。春暖之际，人皮下组织内血液看起来充盈满溢，虽然其理由绝非唯一，肯定有着复杂的原因才得以如此，然而明显感觉到温热的氛气体及液体，是以血液受到暖热之影响，在人体内膨胀，此确为有力的原因之一无疑。而且血液容量的增加，必然导致血压力即血管内壁压力的增加。大脑中血量的减少与增加明显会影响心理作用。肢体内血量的增加与减少，亦会对心理造成影响。饮酒、洗澡、按摩等会对心理造成影响，此事无论何人都会认同。血液凝滞姑且不论，所有适度的血量增加即血压增加，对心理都会产生阳性作用，在感情上则表现出愉快、怡和、亢奋，虽然理性也同样受其影响，但是在感情亢奋的掩饰下，理性的反应看起来反倒有些许迟钝。春天对人的影响，仅就其温暖一点而言，大抵如此。

食物的变化对人造成的影响亦是极大，即便是古人也认为养移体[①]。进入春天，人们多采新鲜的蔬菜海草、野生草木的嫩叶新芽而食之，此乃不争之事实，无疑在这些食物中，肯定会有有某物的特性作用对人产生影响。造成禽类兽类等在春天与冬日行为显著不同的一个强有力的原因，便是存在食物的变化，以家禽家畜为例就可清楚知晓。若是没有含有绿色素的菜类，即菘菜等，家鸡多不活泼。与此相反，若是添加进去，则其肉冠非常鲜红甚至殷红，其举动亦变得活泼。人类若是长期缺乏含有绿色素的蔬菜，则会陷入

---

① 养移体，出自《孟子·尽心上》："孟子自范之齐，望见齐王之子，喟然叹曰：'居移气，养移体。大哉居乎！夫非尽人之子与？'"指地位和环境可以改变人的气质，修养或涵养可以改变人的素质。谓人随着地位待遇的变化而变化。

忧郁，导致罹患血液病，若是大量摄取蔬菜，则血液净化，从忧郁变得快活，脸色从蜡黄变得粉红。此类普通食物尚且如此，更何况那些有特异性能的植物呢？除去药物专用的草木之外，用作普通食材的草木，其开花抽芽多值春天，而其性能又多存于花朵或嫩芽之中，举例而言，譬如山椒，譬如茶叶，其物之性能完全存于花朵与嫩芽之中。

芳香之花橙①，猛毒之乌头②，虽不是在春季开花，然其芳香、其猛毒同样是在花期之时存于花朵之中，诸如此类，草木值开花抽芽之时，其自身之性能精气存于花朵与嫩芽之中。因此，吾辈于春季所采得的植物食饵，即便是平凡之物，然其所携性能精气，对吾辈所施之影响，必不在少数。无论是芥菜、款冬③及其花茎、蘘荷、蕨菜、紫蕨，还是当归、问荆、马兰、滨防风，还是椿木芽、山椒芽，又或者是油菜花、竹子、鸭儿芹、菠菜，无花亦无芽的春香菇，诸如此类，其性质有平和恬淡者，有辛辣峻急者，其影响或多或少会波及到生理，进而影响到心理吧。茶之精气，存于老叶者少，皆在嫩叶之中。嫩叶之中，比起叶轴，更在叶尖。乌头在花期之时，其毒存于根部甚少，阿伊努族人待到花落叶枯之后，其毒皆归于根部之时，再加以利用。油菜虽平淡无奇，然而过多食用其花蕾，则会使人兴奋。虎杖所生之物虽不可食用，然而若贪食其嫩茎，则会令人有爽快之感想。不知款冬是否因味苦，确实含有些许药用效能。综合考量此等零碎事实之时，很难忽视在草木开花发芽之春季，植物食物对吾辈生理及心理所造成的较强影响。

香气使吾辈冲动之事，绝不可小觑。沉香、白檀、松脂等可激发起吾辈的某些感觉，此事绝不仅仅是因袭习惯而来的联想吧。佛教仪式中使用沉香、白檀，耶稣旧教仪式中，香炉里散发着松脂的香气。此等香气，显然

---

① 花橙：香橙的一种。果实表皮呈黄色，粗糙不平。树小，结果早，花可用于烹饪。
② 乌头：中药的一种，乌头的根对治疗风湿症、神经痛有效。有毒。
③ 款冬：菊科款冬的花蕾，性味辛温，具有润肺下气，化痰止嗽的作用。

是动物生殖欲亢奋时所成之麝香，不同于植物授粉时所发出的蔷薇花香、百合花香、堇菜花香、香水草花香及茉莉花香。物性相异则反应亦不相同。吾辈之感，对彼之时与对此之时相异，盖因其势自然而然不得不如此吧。春之世界与冬日相比，乃芳香四溢之世界。花朵散发着芳香。嫩芽嫩叶散发着香气，水沟中的水垢亦在春日里浮起流走，从而散发出异香。防风草生长的沙地里，问荆草、蒲公英生长的丘陵旁边，街道上的马粪，路旁的破草鞋，在透过烟霭水汽的柔和日光下，蒸发出种种气息。女子愈发有女人味，男子愈发有男人气。有狐臭之男女，其奇臭愈发刺鼻，混淆了空气之清新。在所提供的食物之中，植物性食物多散发着或值得人爱赏，或使人嗜好的种种香气，远多于冬季。

大抵此处数例，即温暖所带来的物理作用，食物所带来的生理，又或者药物作用，香气所带来的心理作用，以上种种皆是春季对吾辈所带来明显事象。况且除此之外，越研究越可发现，在春季的季节流行这一极大力量的背后，吾辈所受限制之事，绝不在少数。在如此诸般力量带来的冲动之下，吾辈在春日里，才变有如春天一般的心境，此乃不争事实。然而，又不仅是使吾辈在心里拥有某种心情。

不仅是春季，夏秋冬亦然。吾辈受四季之影响显而易见，此与草木，与鸟兽相同。假如果真如此，吾辈若顺应四季所施之事，则吾辈改变自身必然至为妥当，且至为奇妙。如是道理，吾辈当考察思之，春于我如何，又夏与秋冬于我如何，而后顺应，以改变或者调整自身。

再者，春夏使吾辈之肉体成长发育，其作用似远甚于秋冬。秋冬使吾辈之心灵成长发展，其作用似远甚于春夏。春夏是多运动四肢之时，眼见着四肢好像更发达。秋冬是多用脑之时，眼见着大脑好像更发达。且在春夏勤于体育运动者，于秋冬之时似乎更易促使大脑发达。予所言乃如是，而非然也。但是予在观察范围之内所想，诚如前文所言。此外，在春夏之际，若悖逆自然，肢体不运动而多用大脑，则其人大脑机能恐染疾患。此事难道不是因为违背自然规律所导致的吗？春分之后夏至之前，动辄胡乱用脑之人，恰在这一时期似乎会染上或者发作精神疾病，或者发作得更为厉害。其正值季节力量最为强盛之时，难道不是因为大胆违背季节规律才导致如此结果吗？此类事情乃小范围内确论之经验，属甚无思量之事，然而每个人都有每个人自省之能力，所以应该深刻自我考察方可吧。愚认为每个人都应该思考人与天之间的关系，并且去适应，为避免重回起点，须严以律己，这是一种富有道理的人文关怀。

OMAGGIO
a
BETUDA.
FUTURISTA
LOOPING
THE
LOOP
ALTE
SUD
ANDATA
ANDATA
VITA
SCENDE
di NESSUNO

疾病之说（其一）

疾病乃生物无能为力之处。虽然极其稀少，但是也有人从生到死，未有疾病之象，这般来此世离此世，然而此事之罕见，已无须费力去思虑考量。植物作为最低等的生物姑且不论，着眼于高等动物，特别是人类，自始至终不生疾病者，莫说甚少，倒不如说绝对没有，亦不为过。然而疾病有大有小，时间有长有短，人类虽受些影响，但是通常会战胜疾病，是以关于疾病，可稍微费心去考量思虑，却不是疑心生暗鬼般的耗费心思。不管怎么说，都应该适当地思虑考量。不可过分为之，亦不能认为毫无必要。

所谓疾病，若是装作学者之态对其定义，是相当麻烦之事。从何处至何处是平常状态，从何处至何处是疾病状态，即使有专业知识与之对应，然而预想到会有争议之处而立论时，并非可轻易发表意见的吧。但是，避开生理学、病理学、健全学、解剖学等精细讨论，从普通知识的角度谈论，讨论疾病的方法不踏入医疗家、卫生学家、解剖学家、生理学家等支配的精细知识圈，对一般民众而言更接近实际，反倒有益，更接近正确解释。通常所谓疾病，是指人的器官呈现异常，器官功能不全，换言之，即出现生理状态的缺陷，或对此的显示。

不管怎么说，没有比疾病更能给人世招致不幸的了。自己的疾病，亲朋好友的疾病，乃至素未谋面之人的疾病，皆会直接或间接地导致不幸。自己失去健康，当然是不幸的。爱子染病，亦是不幸之事。本町内出现痢疾患者，本市里出现黑死病患者，对己而言亦是不幸，此事显而易见。依此理推而观之，不管是北极圈内的蠢民，还是非洲内地或者南洋的蛮民，即便有一人发病，虽有厚薄深浅之差别，但是对吾辈而言也是应当悲伤的不幸之事，此事无可争辩。不管是从小心眼的利己主义出发，还是善良的博爱主义，没有人不想让世间没有疾病吧。

然而在这充满矛盾的人世，无论于何时，都不曾见过如人所愿的没有疾病的世界。历史常常记载因疾病而毁掉幸福，招致不幸之事，甚至也可以说填满了历史全部的纸张。疫病流行之事暂且搁置一旁,智勇善良之士不断被疾病所折损,并常使社会遭逢极大不幸。即使从这一点而言,疾病就给人间带来了多么大的灾难啊,就算可以说医术进步,卫生设施接近完备的今日,吾辈犹经常因疾病,直接间接地苦恼不堪。

疾病灭绝也许是不可能之事。然而,吾辈假定此为可能,若要到达充实吾辈理想即疾病灭绝之时,必须致力于祛除疾病。就算这是不能做到之事,难道不是不可欺的愿景吗?

疾病的灭绝之道,绝非一途。而是多样。

试而论之,一为社会,一为个人。个人之方法无须多言。评理而论,若不具备社会之方法,即使有某一个人幸而无病,然而社会之不幸持续存在,个人幸福也终将会被破坏。社会祛病方法亦多种多样。最简单而且最有效的方法,就是病人隔离法,就连野蛮人自古也行此法,比此先进的方法,有强制种痘,检疫检查,消毒方法,完善下水道排泄系统,改善饮用水等,为都市村落的健康,自然或人为地建设配置,起到帮助空气净化的作用,调节温度湿度,对光线及气流引起的不健康之处进行巧妙的处理,对几乎所有的既发及未发疾病采取了完全的应尽之策,无法一一枚举。在这些手段中,与疾病直接相关的大多是低级卫生法,对于疾病灭绝成效甚微。与疾病不直接相关的部分中,即水、空气、光线、地上物等相关的研究与设备大抵为高级卫生,此等方法未达十二分之程度,故疾病灭绝距离实现甚远。疾病如同个人持有之物,然而确实也为社会共有。是以在希望疾病灭绝一事上,若社会单为社会,个人单为个人,则不可实现。若不能做到社会视个人之事如同全社会之事,个人视社会之事如自己之事,则病根会存于某一方,轮番萌芽,或永不会灭绝吧。社会若因一贱人一凶人为一贱人一凶人,而对其冷眼视之,疾病必在其处发芽,然后如蒲公英的种子一般,乘风传播。个人若因是自己躯体之外感觉不到痛痒,而对社会冷漠视之,社会则会因其人而遭受可怕的灾害。病人向盛有消毒液的壶中吐痰与在路边吐痰，对他自己而言没有任何差别，然而社会因此受到影响的差别绝对不少。因此，在意识与感情上，个人与社会的融通一致对于疾病灭绝之道而言，甚为重要，但凡此事不成，则疾病一物绝不会灭绝。个人对社会，社会对个人，相互之间当有明确严正的意识与温良仁爱的感情，必为应为之事，决不做不应做之事，若非达到此种程度，疾病不会灭绝。南京虫①在物之缝隙中保其生。疾病寄生在个人与社会不完全吻合的缝隙里，若占其生存与繁殖之地，则其无处可蔽矣，就像对于个人的疾病，也足以在医疗上不怠慢，且不违背健全学的指示。然而，若论及疾病灭绝之道的个人部分，在此之上犹要传递善良，希望继续将此念视为当然的义务。希望恶劣的种性从世上消失，要将这种想法作为个人对社会的正确的感情，并继续坚持下去。如上所言，第一为社会，第二为个人对社会以及社会对个人，第三为个人，于此三个方面，灭绝疾病之希望若有十二分的思虑及设施，经由漫长岁月后，依赖充分的学术及经验之效力，或许人间疾病能够得以灭绝也未可知。然而，这是理想王国之事，大抵实现会难上加难吧。

虽然疾病灭绝是真正的希望之事，然此乃洪大永远的问题。若以一朝一夕论之，犹如掬水灭猛火，是以姑且搁置不提。只是疾病世间常有，吾辈当如何看待疾病，又如何应对疾病，就此问题试着考虑看看吧。

世间无有好疾病者。然而冷静观察之，疾病自有两条来路。一为不招而得之疾，一为招之而染之病。因行为不端而得麻疾，因暴饮带来心脏异常，因举动粗暴导致筋骨骨折，诸如此类是为招之而染之病。不知不觉中因空气而得结核病，因水或者蔬菜得十二指肠卵，因疟蚊而染上痢疾，诸如此事则为不招而得之疾。但是没有人会主动招致疾病，严格来讲，一切疾病都是不招而得之疾病吧。若不然反而论之，本可避开的疾病，因避之不及而染病，

---

① 南京虫：臭虫之意。

纵然非自己所愿，也可说是自己招惹的疾病吧。然而此等言论无论哪一种，皆已失中心。将自己制造病因之疾称为自我招惹之疾病，将自然而然所得之病视作不招而得之疾病，也并非不可思议吧。

只是值得注意的是，大多世人认为非自己之故而染上的疾病，其实是自己招染而得，此类事情存在颇多，就像非学者的解释中多有偶然一词，对疾病相关知识所知甚少者不懂是何理由，而在有识之士看来，多数明显就是招致了同样的事情而染上疾病，是无可争议之事，所以即便很少有病人承认是因自己染病，然而可以明白的是，自己招致之疾病，世间较多。入瘴气多发之地而得病，游潮湿泥沼之地而染痢疾，常坐水边而得风湿，如此之举，若是公务则无可选择，若非如此，即使称其为自己招惹之病，也无可厚非。如摄州的住吉、茨城、埼玉等地，为十二指肠虫的巢窟，若饮食该地的蔬菜井水，则危险至极，附近定会有很多相同病者，此乃无可争议之事。但是若不知此知识，饮而食之则会得病吧。若真得此病，虽不能说完全是由自己招惹的，但是近乎如此吧！德意志医生科赫①在京都时，曾询问从其旅馆下经过的多数车里堆积的是何物，当他得知此物之用途后，不再吃日本的蔬菜。当避则避之，便不会自己招惹疾病。从这一点考察而知，吾辈因知识匮乏而自我招惹疾病之事，绝非少数。仅仅是饮食穿衣的不注意，吾辈就得了多少病啊。对劳作、休息、睡眠、空气、光线等事一无所知的话，吾辈将自我招致了多少疾病啊。可知，除了未成年者、被保护者、从事公务者等人以外，因自己招致疾病者，亦颇多吧。

真正的非自己招染却得病之人，为不幸与生俱来的体质不强健者。提督纳尔逊，本身体羸弱，在军校考试的体检中落第，其后却成为了强健的好提

---

① 罗伯特·科赫（1843—1910），英文名Robert Koch，是德国医生和细菌学家，是世界病原细菌学的奠基人和开拓者。科赫对医学事业所作出开拓性贡献，也使他成为在世界医学领域中令德国人骄傲无比的泰斗巨匠。

督，此乃通过后天努力弥补先天缺陷之故事，然而千百年来仅此一人，若论及千百万人身上，则是失当且残酷的。世间值得可悲者，是不幸与生俱来体质不良，并因此成为疾病俘虏之人，他们完全是自己不招惹却染上疾病之人。

疾病之说（其二）

自己招染与非自我招染，简而言之，自我招染疾病者，须加以自我反省，不再重复同一事情。自己招染疾病，对自己而言是为愚蠢，对自己的父母长辈而言是为不幸无德，对子女晚辈而言是为不慈，虽较之其他事情轻重差别甚大，然总而言之，此举等同于对社会负债之辈，极端而言之，此为一罪。虽言辞苛刻，是为一罪。

　　苦恼于不是自我之故招致的疾病者，原本无罪，却置于不幸之顶点。父母为之悲伤，晚辈为之忧虑，社会如同对其欠债之人。如宿命论一般的言辞成为了真理，然而此类人既已存于世上，出现这种观点亦是不得已之事。并非自己做了何事，而是仅仅遗传了父母之恶血，乃至遗传了薄弱体质，且一年到头不离药物，遭受此等厄运，实在令人同情。按原本的道理来说，社会将做恶事之人收容之前，应先将受害者安置于园囿，并且加以十二分之疗养。可是事实上，因为坏人直接给吾辈带来了危险，所以将其投入监狱里，并供给衣食，而对不幸的病者犹课其租税，绞其膏血，并以此供养凶恶之徒。奇诡乎？凄惨乎，真乃大错特错之事。

　　承受先天可悲之体质，又遭遇社会如此之待遇，时至今日仍未有人热心指出此谬误，是故在社会重重压力之下，被压至崩溃。恰如低矮小草，无论太阳之光热还是空气之清新，生命种种皆被高大草木所夺，只能在遗憾中萎缩、枯死、腐烂，在悲惨情状之下衰亡。

　　对恶人处刑并无复杂含义，出于保护社会安定的文明精神，并为此消耗了大量的智虑、设施与费用，建立起完备的监狱。若依此理推之，对先天病躯之人，同样为了保护社会安宁，当对病者进行社会扶持，竭尽十分的智虑与设施，投入充足的费用，建设完善的福利院，在其恢复健康之前将病者安置其内。即便做不到，至少应免其租税，减轻其社会负担，不可将国家社会之重压加至羸弱身上，才是应当之理。然而今日之社会组织，对盗贼立膳与饭，裁缝与衣，令其居于一坪数十元之气派住宅，可理发可入浴，又有堂堂官员多数作为看护者附随之，有医师保其健康，有宗教家做其谈敌，其人免受自给自足的劳碌之苦，依靠国家供养，换而言之，以良民膏血供养之。然而对于那些先天体质不幸、饱受病魔折磨的病者，却丝毫没有因他们是病人给予斟酌，收税者在其滞纳税款之时，视规矩如铁律决不肯矫枉，而是严苛地攫取租税。医生是职业，看护是职业，解说神佛灵验等诸般事，为人做事必是因酬而劳，饮食衣服等其他材料提供方便之时，若非因为报酬，则是与疲敝病者的膏血相互交换，完成各般事情，此乃当今社会之现实。虽然现实无可奈何，然而对于无资力的不幸之人而言，难道不是太无情了吗？在社会尚未觉醒之时，此乃不得已之事，先天病弱之人确实受到社会误解而遭此对待。然而当前世因果论、宿命论等思想势力退去，先天病弱者对于如此冷酷的社会即便发出怨嗟诅咒之声，想来也绝不是没有道理之事吧。

无论是自己招染，还是非自己招染，疾病不仅于现在非人之好运，而且又于将来妨害人之好运。打破了人的希望，性格开朗者产生自暴自弃之凶恶的思想及举动，性格阴郁者生出怠惰、萎靡、悲观、绝望、死亡等念头，将连续招致一切不幸。特别是青年时期得病，更异常容易让人受挫、懊恼、悲哀。病者至如此地步，也并非毫无道理。盖以野心大者，功名心强者，聪明之人，在青年时期得病就愈发苦恼。得病者不仅因病深受其苦，又因生病内心煎熬，担负两重苦痛，实在可怜，而且内心痛苦为治病带来不利，致可治之病陷不治之地，小病变重症。然而劝说病者：你呀，不要心里痛苦，以此制止毫无效用。只是对病者给予深厚的同情，围绕在其周围，是为最善之举。对患者的同情如同骨折病人的石膏绷带，虽然没有药剂手术之作用，却可以从外部在不知不觉间使病者得利。对病者而言，他人可做之事也仅此而已，横加干涉之类倒是必须避免。于病者自身而言，因病陷入悲观，意气消沉，虽是万不得已，但是比起过多的自我想象主观苦恼，不如心胸放宽，悠然，相信上天或者神、佛，或者命运，顺应而行，此举最佳，故而纵然不是最优亦可安心之人，即便如此亦足矣。

既然疾病在所难免，那么偶尔得病也并不值得太过吃惊或者发愁。反倒是生命既已存在，当预先考虑到疾病一事。而且应当预先考虑的，第一是尽力不得病，第二是患病之时当如何应对。努力不生病，第一是尽力使自己健康，然后应当致力于使自己亲近者以及其他人不患病，然而以一己之力尚不能保护自己周全，此乃世间之真相与现实，因此较之单独努力，不相互配合更难以达成目的。譬如夫妻之间，丈夫当然会努力注意不让自己生病，但是妻子也必须为了丈夫的健康采取十二分的注意与努力。妻子也当然会努力不让自己生病，但是丈夫也必须对妻子的健康给予充分注意，敢于努力。

无论眼睛多么明亮的人，都难以看见自己的眉毛。但是就算是棋艺拙笨之人，在作为旁观者观棋时，偶然亦可看出一两着好棋。感情真正好的夫妇对彼此的健康互有裨益，世间多有此例。然而不幸一方去世，独存于世的另一人健康易受损，此等事情亦多见于世。虽然这是悲伤使人柔弱之故，但是真爱下缔结的保护者过世，真心亲切的忠告者监督者亡故，给病魔的侵入提供了可乘之机，此亦为其中一因。世间因体质良好而保持健康、幸福生活之人甚多，然而因妻贤夫良、父母慈祥、兄弟温厚、子女孝顺而得健康幸福者又有多少呢。观长寿之人，有孝子贤孙者居多。与之相反，观体质强壮却不健康者，多为妻不贤夫不良，又或者幸而夫妻善良，却不听其言反而亲近不良朋友。故而疾病必须相互预防。一家之中要家人约定一致，必须互相注意，防止病魔入侵。正如一兵一卒之懈怠可致数强敌来袭，纵然全军戒备亦难立下坚守之功。丈夫若勉学过度则会睡眠不足，导致四肢无力，又会因此引发感冒，因此妻子必须温柔制止。虽然妻子少主动干涉是美德，然亦不可过度由之。暑热、寒冷、雨雪、饮酒、日光直射、食物异常，甚至于饥饱、浴后的薄衣、皮肤的不洁等一切成为病因之事，须尽可能依照自己的判断与他人的批判，及个人或者相互间的注意，竭力避之。但是这些仅仅是平时按照健康学与卫生学应做之事，不管如何相互注意，若是已然病到需要医疗的地步，外行人侵犯医生的领域，对治疗横加干涉与指责，反而是危险不可行的。

意欲维持平常状态亦是击退疾病之大道，正如守之不足则攻之有余的道理，比起不要生病之愿景，致力于获得平常状态以上的健康，更为有效。使躯体能力超越普通人，若燃起如此希望而生活，实有神益。若期望普通，也许时有不能达到普通之时，若期望超越普通，也许就可达到普通之标准了吧。正如每天早晨刷牙清口是普通之人所为之事，若是每每进食后皆清理牙齿口腔，则比起普通人来，此人与龋齿等口腔疾病的距离一定远得多，此点确凿无疑。苦于胃弱之人多有，然希望自己的胃强于普通人者甚少，此确为不智之举。难道不应该努力使自己的胃强过普通人吗？希望一寸可得五分，欲求一尺可得五寸，此为人事之常。致力于运动，致力于规则正确之事，竭力而为，则胃必增强。

普通人对自己的身体疏于注意，实乃愚蠢之举。多见患有胃弱之人服用健胃消化剂，服用苦味中药，服用胃蛋白酶，喝粥，求购法国面包而食之，食用燕麦，然而却少见其延长咀嚼时间，细嚼慢咽进食之举，此为一例。不仅仅依赖药剂与松软食物，而是一步一步地合理地变胃弱为正常，再到强健，若是用心去做，其效果绝不会小吧。仅仅推崇药物与医疗，而不尊重健康法与持心之道，乃今人之弊。敬物而不敬心，重外而不重内，确为今人之弊端。

若仅在锅中熬粥，则入口皆为粥。若仅在药铺获得消化剂中的淀粉酶，则体内所摄入者亦是淀粉酶。未闻逃跑得以守城者。观察造化与我之物，一切不落空者皆是顺其自然，并且得成自然之缘故。以饮食为例，顺便再就饮食而论之。饮食之前莫闭双眼，教人若眼中见到应当忌口之物，万勿取之；莫堵塞鼻子，教人若鼻子嗅到应当忌口之物，万勿取之；莫欺罔舌头，教人若舌头尝到应当忌口之物，万勿取之；莫不用牙齿，以牙齿咬食，可使之破碎，食物分子之间可混入唾液使之浸润，易于咽下消化吧；口中莫含无意义之物，正因为食物在口中短暂停留，肠胃就会做融消吸收之准备，成为存于喉头以外之空处；莫使知识闲却，利用所知之识，可以在饮食上，就其他诸器官所不能之事，做出最有益的判断。肠胃虽不可随意而动，但是其分泌却受感情影响，是故万勿对胃存有不恰当的情感，使之受苦。倘若果真如此，则胃充分分泌其胃液，借此作用，可完美地消毒与消化吧。胃病患者对食物恐惧之时，胃液便不供给，导致越发消化不良。未生病之人，若能适当使用造化与我的一切之物，怎么还会导致胃病呢。其他以此为基准亦可。如我之肌肉，亦当用之，若闲却肌肉运动，则肌肉日衰，躯体薄弱。如我之呼吸器官，不可残暴驱使，而应适当用之，若呼吸不调恐与可怕疾病相关。若能如此对身体各器官毫无偏颇地使用之，则身体协调可得健康吧。

　　疾病的确令人忌讳。然而留给患病之人的，或许有其意义所在。虽为疾病之身却可成其志，此理古人也已道破。再者，若无疾病存在，也许人会疏于思道观理也未可知。疾病对吾之启发，绝不在少数。如此观之，可以说非自己之故却患疾病，虽然令人痛苦，却也未必全是不幸。然而道理虽然如此，对病人却不忍开口。尽管世之文明仰赖于呼吸器官患者神经系统患者甚是不少，然而还是祈祷世人皆能无病无灾长寿幸福。

静光动光（其一）

光有静光与动光。所谓静光,如密室中的灯光;所谓动光,如风吹着的野外篝火之光。

假设光有同等力量。然静光与动光,其力量即便相同,其作用状态却并不相同。借助室内灯光,即便小字亦可看清;若是风中火光,即便是斗大汉字也难以辨识吧。弧光灯光线虽强,却难以借此看报;室内电灯光线虽弱,反倒适宜读书。静光与动光其功能差别甚大。

假定心有同样的力量。然而事实却是,沉静安定之心,与动荡混乱之心,其作用大为不同。正如光的力量虽然相同,然而静光与动光在功效之上却是大大不同。散心,即散乱之心,乃是无趣之心。动乱之心,好比风中之篝火,即便使之明亮,照物之时亦无用处,一如《大论》所言。所谓散乱之心,是为何物?有云,所谓散乱之心乃不安定之心,详细而言分有两种。其一为有时性,其二为无时性。所谓有时性的散乱之心,譬如今日想学习法律,明日想学习医学,这个月想修习文学,下个月又想修习兵法。所谓无时性的散乱之心,一时之间已有两三个念头而使其散乱。然而进一步确切而言,原来一时当有一念,长期散乱之心与短期散乱之心的差别,仅在时间之长短,并无有时性与无时性之别,总之,恰如风中摇曳之灯火,心皆不能凝然安定。

譬如思考数学问题,在a还是b,m还是n,x还是y之间反复犹豫之时,眼睛犹且看着写满abmn的纸张,手中尚且握着写出这些字母的铅笔,心里却不知何时想起了昨日所看的电影画面,而且在想到电影中美人舞姿婀娜多姿的同时,又想到了其后画面一转,一个色狼沿着小路尾随美人其后,在小河边过桥之时,不慎落入水中的滑稽画面。想到此时,心中忽然一惊,自己现在怎么能想这种事呢,明明应该在学习数学呀,赶忙收心重新回到括弧a加b的三次方这一眼前的问题。然而,一会又开始纠结于x还是y。无论如何都不能很好地解答。此时听闻窗外犬吠声,不禁想到,啊,那只狗非常善于猎鸭。这个周日牵着狗，带着伯父的猎枪，去柏市手贺沼附近打猎去吧。猎枪还是greener①用起来痛快，虽是个毛头小子却想到了这些绅士品位。猎狗摇着尾巴回头一顾，手指一指，猎狗便一跃而出，野鸭瞬间跳起，咚地放一枪，其后只见蒙蒙白烟消失处，猎狗衔着到手的猎物飞奔而来，想到这种感觉，啊啊，真是愉快啊！啊，不对，不应该去想这事啊！根号下P减Q，又重新做起数学运算来。所有事情皆是如此，心不能专注于所应专注之事，而是晃晃悠悠地做些多余之事，即为俗语所说的"精力分散"，此精力分散，心神不定，是为散乱之心。此乃无论何人皆有之事。然，精力分散，工作则无法如愿开展，如此之事，人皆动辄可言。毕竟多数之人均不乏此种经历，是以有如此类俗语，且自古以来亦教人不可如此。诚如《大论》所言，此种摇摆不定之心，恰如风中灯火，虽明亮却不能照物，是以即便是资质聪颖之人，若持如此心境，则无论做何事皆不能十二分顺利。如此心态无可欢喜，不然，倒不如说，宁愿祈祷心中不是如此状态。

今若是执剑与人相斗，一念失神之时，必被斩杀。今若是三心二意与人下棋，必想不出深谋远虑之手段吧。不然，发呆恍惚中，会粗心大意地下出臭棋来吧，更别提解决数学问题了。算术中，即便是最容易的运算，若是精力不集中，则会导致算错数位、打错算珠。读解说难解难懂的高大理论的书籍，若是三心二意必不能领悟。创作三十一字之和歌，二十八字诗歌之时，若是心浮气躁必不得佳作。更何况伟大的事业，错综的智计，幽玄的艺术之类，在心浮气躁的浅薄之人手中是否能够成就呢？事实如何，其结果已是不言而明。

三心二意绝非好事。纵观多数学生中学业成绩不佳者，大多并非不聪明之故，而是多有心浮气躁之恶习。对世间凡庸者、失败者察而观之，因其他因素导致凡庸失败原本甚少，因精力分散这一恶习，一事无成、寸功难举

---

① 英国一种猎枪。

者，绝不在少数。精力分散之癖性实非好事。

与精力分散相反的，是凝气聚神。凝气亦非好事。然根据场合与事态的不同，比起精力分散来，凝气聚神为佳。若是沉溺台球游艺而心神集中者，往来行走之时亦会思考台球之事，把路面看做桌面，把行人的脑袋看做台球，想象着撞这个男人脑袋左侧，则会碰到那个男人脑袋右侧，然后撞上对面发结的防护网轱辘一转，再向着那边的厢发①头和角帽头一冲，肯定能取到五点。想到兴头上，终于挥起手杖对着前面男子的耳后就是一击，做出如此奇事之人，世间亦偶然有之。如此种种皆是凝气聚神导致的结果，着实令人苦恼。然而若说聚精会神之人为恶，比之心浮气躁者情况尚好，且若是专注于艺术等无关善恶之事，虽不至最上乘，然而仍可留下些成果，尚可优于之三心二意者。与此相反，若是沉溺于赌博等恶习中，则远劣于心浮气躁者。总之，凝气聚神，最终也与精力分散一样，并非好事。

再者，恰如昼与夜正相反且相互呼应；恰如黑与白正相反，且白日趋变黑，黑日趋变白一般；又如乾与坤正相反，且乾有招坤阴之能，坤可招乾当体之阳。分神与凝神正相反，神散才致神凝，凝神才致神散。

凝神不宜，分神亦不宜。然而或是凝神，或是分神，因此碌碌无为虚度人生者，即为凡人，实为可恨之事。

无论何人，少年之时皆是心神纯洁。婴孩时期更是如此。累经岁月，人渐生贪欲之心，此乃自然规律本无可厚非，却带来驳杂之气，纯洁的心神自然而然变得斑驳杂乱起来。少年时代，无论何人都是有足球则踢球，有毽子则踢毽子，虽然是赛跑等单纯之事，心中却装满了这些事情，这些事情亦装满了心灵，且兴高采烈地玩耍、做学问。然而随着年龄渐长，人皆会专注于某事。其后，贪欲生，真气日衰，心神再不复单纯之貌。内心欲望日益炽

---

① 厢发：日本明治时代末期，女子大学生及女子美术学校学生流行的发型。耳朵以上部分的头发绑在后头部上方形成马尾巴，再绑上蝴蝶结等装饰。

烈，最终追随于身外之物与身外之境。身外之物即便不在眼前，心中亦追逐之。身外之境即便在背后，心中亦追逐之。譬如眼前并无足球，手中却有毽子拍，然因喜爱足球，心中便想踢球，足球的影子在心中挥之不去，是以虽手拿毽子拍，心中却想的是足球，此举即为追随身外之物。又如虽身在学校教室，心中却想着昨日游玩的公园，此举即为追随身外之境。

以镜子为例，好比影像未能很好地映射于镜中，镜面好像沾了什么污垢一般，也就是精力集中于牢牢粘住镜面之物。又如镜子全貌未能清晰，即为驳杂之气。如是愈经岁月，愈失单纯之德，无论明处还是暗处，皆变得驳杂不纯，此乃凡庸之人常见之事。其状恰如在镜面上以墨汁书写种种涂鸦，此为普通人之心态，其涂鸦皆为得意、失意、愤怒、迷茫、苦闷、悔恨、妄想、执念等种种纪念。且随着年龄老去，镜子上再无空隙，皆被涂鸦填满，其原本所具照物功能渐失，又无吸收新学问见识增长自身作用之能，此为凡庸者常态。此镜面渐暗，一切对面之物皆不能映照于镜面，也就是说镜子再不能映照出大堆的眼前事物，此即心神分散之貌。除眼前事物的影像之外，另有他物闪烁不定，即为心神散乱之状，着实可悲。

人若行事，正值反复思量之时，自会注意胸中动静，若察觉到心神分散，必修而治之。因为若染上精力分散之恶习，则无论做何事皆不会顺利。纵使此人承天庇佑、才高力强，无论何事皆可顺利完成，若精力分散，则其人必少不得困顿，其后仅能勉强完成此事；若非精力分散，其人所获成就必然胜过此事。是以精力分散绝非宜事。

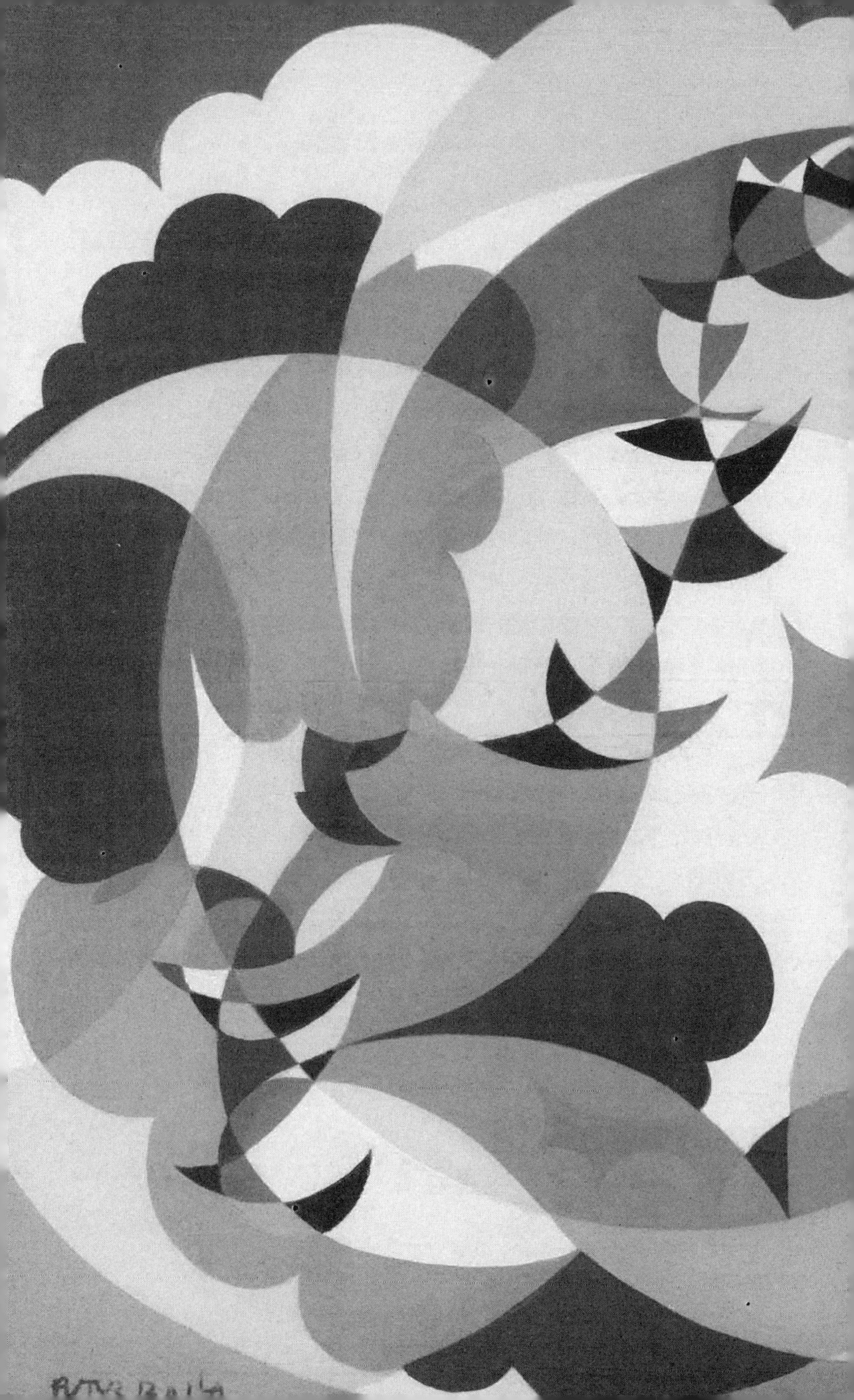

静光动光（其二）

心神分散之人会表现出何种样态？首先第一件就是其瞳孔魂不守舍。眼之功德达不到三百六十数或三千六百数。三百六十、三千六百乃圆满之数，眼之功德或有一百二十、一千两百吧。所缺两百四十或两千六百，此三分之二乃不可见者。此数之比喻，可见于佛经。因此，眼之所动，可观四面八方，然此动即心往指向处而动。是以，若心之指向七零八落闪烁不定，瞳孔自然难守其舍，最终变得摇摆恍惚，因此心神分散之人眼神摇摆不定。若不是如此，沉静下来，动作又变得迟钝，眼中无物，仅神色在忙碌。

其次，心神分散之人未保全耳之圆满。耳之功德圆满，不论从四面八方的何处被搭话，必能听辨出来。然而心神分散之人与人对话之时，有时漏听别人的谈话，因此其功德圆满之双耳变得不能保全圆满功德。此举不过是暂时耳聋，因为双耳虽在，不过是一时失神，故而对所闻之声充耳不闻。双目所睹之物，双耳所闻之声，心意所思之情理，原本种子只有一枚，这仅有的一枚种子，因心神分散之恶习，或是不知飘落至何处，或是落在了别处，是以应当去听之人没有听，导致可闻之声竟不可闻了，因此，双耳变得不能保全其之圆满。当别人说完话之后，又重新问道：哎，您说什么？漏听别人谈话之时究竟在做何事呢，认真追究而观之，调查得出的或是在思考如何制定自己的生意策略，或是安排明日薪金筹集，或是想起昨日酒宴上艺伎四处奉承谄媚之愚蠢而哑然失笑吧。心不在此处，则听而不闻，是以不知不觉间已无心听别人谈话，心思分散于外，因此双耳虽在，功能却失。是以所闻之言，如虫噬之物，到处都是破洞，最终难以首尾贯通、前后呼应，心中亦不能清晰地领会此事。若是如此，即便当面聆听释迦之教诲，执孔子之手学道，又哪里会充分领会呢？真乃可叹可憾之事。

其次阴性之人现蝉壳蛇蜕之相，阳性之人呈飘叶惊鱼之态，中性之人二者交替出现。

所谓阴性之人，即俗话所说的内向之人。其人染上心神分散恶习之时，身体四肢变得一动不动，恰如蝉所蜕之壳、蛇所蜕之衣，靠近桌子则坐于桌前，靠近火盆则贴在火盆上，手几乎不动，足亦几乎不动，活动几近呈停止之状态，而心里却在不停地摇晃不定地思考着种种事情。

所谓阳性之人，即俗话所说的开朗之人，又为活泼之人。此类人若是染上心神分散之恶习，恰如空中飞舞之树叶，飘飘荡荡，忽左忽右，一会打开书一会又合上，突然去拿笔又拿铅笔，想到该剪指甲了，中途又跑到户外去了。刚觉得如此，又像被东西惊吓到的鱼一般，听到一点动静就惊得失了分寸，又或者对无甚稀奇之事大笑出声，又或者因别人一丝闲言碎语就勃然大怒，或者不打招呼就离开别人，诸如此类。这些性情开朗之人，经常会有的表现，简单说来，就是无法冷静、慌慌张张的态度。

中性之人介于前文所举的二者之间，或者甚为安稳，或者摇摆不定，依时而不定，总之，交替呈现开朗与阴郁之人所表现出的状态。诚然，无论是阴性、阳性还是中性之人，当其举止仪表已表现出心神分散之时，其症恐已病入膏肓，对其人而言虽非可喜之事，然而却也因此不得不戒此恶习，决不可继续如此。状态未得其正，随之而来的则是血之运行不能遍其身。

血液之运行，与气相附相随。血率气，血亦随气。气血不相离人方得生，气血若分离人则亡，是故气血实则紧密相连。所谓气力旺盛即血行雄健，血行萎靡即气力衰亡。试着察而观之，即可了解之事。汝若欲气力旺盛，不妨试着使血行强健。汝大概可以直接感受自己气力之旺盛吧。以手边事情为例，试着直立扩胸握拳抬头正视，如横纲在上场仪式中傲视的姿势，且双臂不断挥动，或上下，或伸屈，或击打，或紧握，任意用力，不大工夫身体便可变暖，筋骨亦可放松吧，此时即血型旺盛之时，那么此时自己气力如何，与运动前相比，自不待言吧。再举一例而言，温水浴或者冷水浴亦是如此。浴后精神爽快虽有种种原因，然其主要原因乃血行增进带来气之畅和。血行则气动，气动则血行，血与气在有生之时不会相离。不然，进一步而言，血行之时即气之有存，气之所存即生之所续。因血行则气动，是以血行若疾于常时，气则会上升、亢奋、长势、强劲；血行若迟缓，则气下降、消沉、萎靡、变弱。因气动则血行，是以发怒之时血行变疾，忧郁之时血压降低，快乐之时血行平和如水行地上，吃惊害怕之时血行慌乱如投石激起千层浪。

有如是道理，是以心神涣散之人血行不佳。说到血行如何不佳，大多常有血行下降之癖性，头部血行不足，腹部常有沉渣。因此脸色或苍白，或蜡黄，或枯红，有时又如肺病征兆一般，两颊呈淡红色，首先出现的大抵是眼结膜轻微泛红，大脑血量缺乏，有时又与之全然相反，结膜呈殷红色，大脑充血，出现血液亢奋性习惯，此乃与分神正相反的凝气之表现。正如前文所言，正相反的二者间又互相牵引，所以气神分散严重者中亦有人有凝气之举，具体情况因人而异，有时也偶然会表现出凝气者所有的现象。

原本心率气，气率血，血率身。譬如现在自己脚力甚弱，希望成为脚力强健者之时，这一念头便会由心传递到脚。若是脚与自己不能一气相连自然不可，首先当处正常状态即并无病态，心让脚行动之同时，气因心之所率而动，其后脚自可行动，此乃脚与自身一气相通之故，自不必言。然而若是健脚法之练习，仅仅溜达散步则不可，要一步一步入心，如此气才可随心注入其处，其后血则随气充盈脚部肌肉。当血管末端膨胀压迫神经末端时，腿肚、大腿内侧、脚踝一带则会疼痛，若以手指压之则痛感极大，此与远足之人所经历的脚痛相同。因此，要以毫不退缩坚持每日锻炼的勇猛之心率气，以气积功，虽每天因充血导致脚痛，然渐渐地其痛将会减弱，最终变得全无痛感，至此血既已统领全身，不知不觉间将拥有胜于常人的强健脚力。换而言之，血液不断对此局部进行供给，终使肌肉组织紧密，即俗语所说的强筋，不再如常人一般脆弱。之后身上加以一贯[①]或者两三贯的重量，依旧按

[①] 一贯：重量单位，1贯约合3.75千克。

照一气一心练习步法，之后脚又会开始痛，脚痛即为血之故，然经过些时日疼痛又无，脚力愈强。复又增重，则脚又复痛，终又不同，则脚力又强。不断重复如此顺序，达到其人限度方止。其间学尽种种形式的步法，健脚法得以成就。于是，其人之脚与常人之脚相比，实际上组织紧密的程度将变得大为不同，因此常人与其脚力相差悬殊也毫不足奇。正所谓气率血，血率身，可至如此结果。

大力士拥有比常人卓越的体力，绝非全部源于先天因素。能以心率气，以气率血，以血率身之男子，即为优秀的大力士。诚然，先天因素，即拥有禀赋是无可争议的事实。然而后天因素，即修行，将会带来何种程度的变化，其范畴是无法限定的。祐天显誉上人①原本资质愚钝，然其以心率气，以气率血，终成得道高僧，此乃人所皆知之事。清代阎百诗乃一代大儒，然其幼时愚钝，读书至千百遍，字字着意犹未熟，且其人口吃，又多病，实乃天质实奇钝之人。其母每闻儿之读书声不免怜惜，心中充满难以言明的悲哀之情，是以每每阻其勉学。然而，百诗在十五岁时的一个寒夜，精心苦读犹未解，是以发愤不肯入寝，夜深寒气更重，笔砚皆被冻住，而百诗仍然坚坐灯下，凝然苦思不敢动。就在此时，他心忽开朗，如门庸顿辟，屏障壁落，从此颖悟绝人。其题于书斋柱上："一物不知，以为深耻。遭人而问，少有宁日。"与学问猛勇精进之人相比，其少年时的精学苦读思来令人感动得欲落泪。学习健脚法则脚力逐渐变得强健，修习相扑技巧则身体逐渐可得出色，勤勉学习则头脑逐渐变得透亮聪慧，毫无可疑之处。因为心率气，气率血，最终血率全身，所以无论是头脑，还是脚力，抑或是身体，皆可不断变化，至于变化可达何种程度，以人类渺小之智力尚不能测定，唯神明可知。难道纳尔逊不是在英国海军军事学校的入学考试中因体格不佳而落榜之人吗？例外之事虽不可当作例子，但是思及如此之事，让人感到无形与有形之

---

① 祐天显誉上人：即佑天上人，日本增上寺第三十六世，江户时代净土宗高僧。

间存在着微妙的联系，而想要捕捉这种联系的心思，怕是无论何人都在胸中涌动吧。

气与血之结合，如是也。身染心神分散恶习者，其血之运行自然而然与其恶习相应，或亦有此习性吧，又或者其血之运行的某种倾向滋生气散之恶习吧。气凝则有大脑充血之倾向，气散则有大脑贫血之倾向。又或者气凝加之淤血淤积之故，气则甚散，然而观其表现，说其散倒不如称之为乱，其烦闷冲动犹如山中猿猴被困于笼中。正常而言，心神分散者首先为血行习惯下降之人，即大脑处于贫血状态者居多。然而，一如前文所言，气之习性与相反的气习相互牵引，是以有气散之习者，时有血充上头，勃然大怒，时有轻微大脑淤血，感头痛觉迷离，其交替出现之状，恰如负债累累者，抑或是大肆挥霍者，时而寒酸凄凉，时而锦衣玉食，飘忽不定。如童子之美质却非如此。单纯之气尚未毁，昼间极为稀少血行会适度上升，即大脑仅稍有血充而上；日暮之后血行稍有下降，即大脑会极其轻微地贫血。若试着夜间以手碰触睡得正香甜的健康的童子之额头，必为清凉，且身体温热。若昼间以手碰触嬉戏童子之额头，可知其与夜间稍有不同。天地和煦之时，白昼地气上升，夜间天气下降，两者同理，健全单纯之童子白昼气上升，夜间气下降，白昼阳动，夜间阴静且平稳灵妙，脑力亦发达，体力亦生长。即便并非童子，受教得道及至年迈仍无驳杂之气者，亦同童子，白昼血行稍有上升，夜间气稍有回还，是以身体状态得以调整，日夜发育。

然而，由幼及长，由长及老，由老及死，乃是天数。视乎无论何人越成长，单纯之气越会渐渐变成驳气，既成驳气，则气或凝或散，又或者沾染其他种种恶习。因此，若是沾染气升过甚之习，虽聪明稍长，然头脑过胜，易激易感，或垂涎功名，或堕入恋慕，夜间亦不得安眠。若染气行下降之习，则心不安稳摇曳不定，凡事不得要领，面容呆滞，白昼亦昏然入睡。如借钱大肆挥霍之状态，或凝，或散，且气之全体向衰弱而行。不仅仅是人类，除去至死仍在发育的鱼类，即使是狮子、虎豹等所有的动物皆很大程度上毫不发育地走向衰退。此乃自然规律，乃天数，乃常态，乃普通，乃平凡。

是以顺人逆仙①之语大放灵光，顺则为人。诸君庸庸碌碌行其道，所谓雪横秦岭，云拥蓝关之时，唯有一声长叹万事休②。云汝之生乎，可怜汝之所有唯死也。为造物之傀儡，之刍狗，厌倦之时被而亡者，乃凡人也。纯气变驳气，血行失灵妙之作用，白昼亦下降，或者愈上升愈过度，夜间亦上升，或者愈下降愈过度，失其以极为适度的昼夜醒睡维持稳健的上升下降的灵妙作用，是以发育最终停止，其后成白发瘦颜之人，此乃凡人之常态。因此人至中年，沾染过于凝气之习或过于分散之习，与其说此乃其人自身所行之事，倒不如说势在必然更恰当。其人乃是在自然之数的支配下或气散或气凝。换而言之，人之成长、衰老及死亡，并非源自人自身的意志，而是自然之手所为，所以气散之习也好，其他任何事情也好，皆是自然之手所为。

然后，道家密语有云逆之则成仙。人不但不应被自然所颐使，其中悖逆自然亦是被允许之事。虽鸟兽虫鱼造化未有参照意志之权能，然人不必永远存续上古赤裸裸的状态，此与乌必黑衣鹭必白衣所不同。若是仅仅服从于自然之命，则凡人与鸟兽相距不远，唯醉生梦死矣，圣贤仙佛之教，旨在使凡人超脱此常态，即帮助人类超越如同鸟兽一般的动物本性，且教化人类，非鸟兽，非虫鱼，非赤裸幼虫，因而人之造化有参照意志的伟大权能。若纯粹顺从自然，则人不过是野猴、山羊之流，为人之尊贵无处可在。高野大师所说的羝羊心③，即为此心。羝羊除了贪念食欲与淫欲又有何求呢。

---

① 顺人逆仙：成仙路上多坎坷，顺应天意只能做凡人，只有逆天而行才能成仙。
② 出自韩愈的《左迁至蓝关示侄孙湘》："一封朝奏九重天，夕贬潮阳路八千。欲为圣明除弊事，肯将衰朽惜残年！云横秦岭家何在？雪拥蓝关马不前。知汝远来应有意，好收吾骨瘴江边。"
③ 羝羊心：佛教用语。羝羊是牡羊之意，将凡夫的无知与愚昧譬喻为只凭本能求生存的羝羊姿态。《秘藏宝钥》上卷云："凡夫狂醉，不悟我非，但念婬食，如彼羝羊。"（大正第七十七卷第三六三页）

然而，人非羝羊，绝不可因此满足。克淫欲，克食欲，超越人与禽兽相同之处，努力发扬人与鸟兽相异之处，以人类血脉描绘五六千年之历史。基督因此献身，卓云为此受苦，孔子为此消瘦，老子为此敢于饶舌。人万不肯如乌鸦白鹭一般从生而死。人类无意又有意地想要超越一切动物，超越前代文明，且超越自己而前行，于是每一个人心中都怀有几分这个希望，也就是说让造化参照自己的意识，唯有人类可做到如此。是以人类可得小造化，譬如说造化为立法者。宇宙受其法律所支配，鸟兽则无条件地顺从此法律，从生到死一成不变。人类之中亦有人，不然，可谓大多数，即凡愚之人，一味顺从而醉生梦死。然而若不单单盲从于其法律，体会造化之法律精神，知其法律是为何物且加以运用，则可超越处于被统治地位的野猴山羊之流，逐渐成为统治者，换言之，欲达造化化身之地位乃人类情状，古来圣贤或有几分达成此愿。且一方面，造化赐予人类野猴山羊所有的形骸与机能，即与一般动物相同的低级因素，对此，又允许人类在一定程度自由地拒绝与摆脱。另一方面，造化又赐予了人类野猴山羊等所没有的高级权利，即将得到造化化身的权利给予了人类。因此，有人拒绝与动物相同的低级淫欲，有人拒绝贪吃，有人拒绝耳目之娱乐，有人拒绝瞋恚争斗，有人拒绝愚痴固执，有人亦拒绝爱惜身命之大欲，无论哪一个皆与平常不同。然而此类人或多或少实现了多数野猴山羊即凡人所没有的高级愿望，换言之，逆天成仙。

所谓成仙，并非吃露穿叶之神仙，而是指得道之人，儒家称之圣贤，佛教称之佛菩萨，与此相同道教称之为仙。是以依逆天成仙之理而言，普通人年老之时气自然而然地变得驳杂，沾染散乱之习，再无孩童时期般的单纯，然而也并非全然如此，若是练气保神，亦能戒除此等恶习。造化虽不允许野猴山羊如此，却允许人类如此行事。说起来，究竟该如何除去散乱之气呢？

静光动光（其三）

如此说来，如何才能改正分神恶习使之痊愈呢？若是一点小伤待其痊愈需两三日，若是一旬之病待其两三旬仍未能痊愈，因有如此道理，若是分神恶习是昨日今日才沾惹，则仅仅数日便可痊愈，然而此事乃人不管不顾不知不觉间经年累月所成，是以若要改正痊愈，绝非一朝一夕之功，想来需要相当之岁月。即便如此，年轻人依然容易愈合，而四十岁以上之人则难矣，其人不得不发愤而为。即使是植物，年轻的树木负伤甚重亦可愈合，老树身负轻伤却动辄枯萎。在全部生物中，生气一物皆是少者更强，与之相反，老者生气渐衰，变为余气，甚至业已萌发死气。动物又与植物不同，上天赐予其自我调节使用气力之权利，然其滥用此权，时常贪图享乐而做泄气之事，日日夜夜泄露生气，终至枯竭，是以生气过早枯竭者颇多。佛书有云：欲界诸天泄气而贪享乐。未能到达天部的人类也好，动物也好，其气血同泄贪其乐，令其不堪忍受。命犹未耗尽，气却已竭，如此之人不在少数，着实极为痛苦。无论何故，想要改正气散恶习，然其气既已开始枯竭，是以回天无力，好比想要纠正散财的恶习，即使想要改正也已是不能，因此其财已经开始枯竭，亦是无可奈何。

虽然年轻也并非值得信赖。未及三十岁却欲借怀炉，UCI缺乏生气者今日甚多。虽取决于先天之体质，然如此等泄气者居多，因来不及酿制，烦渴连饮，好容易才勉力支撑，甚是苦恼。即便如此，若是年轻人自己稍微顾及一下，立刻便可纠正，而中年以上者就不容易如此痊愈了。然而，中年以上者也不必失望，盖因失望极为伤气。

不仅治愈散气恶习，治疗所有与气相关的病癖之，譬如改正偏气之习，治愈弛气之习、逸气之习、萎气之习等，无论年龄老少，若有过分泄气之病症，必先而改之。譬如地窖玄关严格吝惜气，乃至凡人所不能之程度，若泄气过度则原本种子将化为乌有，甚为严重。虽然气不外泄者有易怒之倾向，然后对气珍而重之者无几，是以还是尽可能珍惜为好。原本人于二十岁之前每天都会成长发育，此乃生气所为，一旦成长发育几近成熟，则生气逐渐屯郁其中，终至外泄，而后新又形成一处生气寄寓之所。如是这般，天地生气生生不息，循环往复。因此，若取其一而言，自己之此一身乃天地生气之容器。此容器自身会外泄生气，是以终会归于无用。生气外泄愈多，则此容器愈早无用。诚然，有生来容量大者，理当容足够多的生气，又有生来容量小者，注定不可容纳过多生气，此即所谓禀赋与天分，虽不能说外泄的多少直接关乎其夭寿，然损耗生气必然不宜，此事自不待言。因此，人若能知晓此恶习严重损耗自己，必可逐渐纠正此习。然而，若过于急速进行纠正，则会导致气郁晕眩，焦躁烦闷，稍有不慎则呈爆炸崩溃之态，易怒易狂，因而当逐渐矫正。放肆淫荡之青壮年，忽而焕然一新身正严肃，其人状态与之前大相径庭，世间多有此例，更甚者急弦忽短不幸殒命者亦有。然而似如玄关牢藏者，有此念亦难以做到，因此不如痛下决心克己严正，不使生气外泄。

虽难以做到，总之当先立志改掉泄气之恶癖，其次心系事理相应之事，想要改正散气之恶习的第一着手之处，除此之外无他。

养成散气恶习的根源究竟在何处，仔细思来，若从天命而云，乃人之成长发育逐渐成熟，单纯之气转为驳杂之气，是以由此处而生。然而，若从其人心相而云，有不得不散之缘由，乃是因为硬要遵从眼前之事而起，简而言之屡屡做出散气之事故而养成了散气之恶习。举身边极为浅显的例子，有一个商人十分爱好围棋，他与客人正在下棋之时，来了一封商业往来的电报。电报原本就是因为事情紧急，发信者才发出的，商人必然深知此理，然而正在下棋的兴头上，他并没有立即开封，而是一边将电报握在左手手中，一边下几手围棋，趁对方思考的空隙，他打开信封稍微看了一下。虽然心里想着必须得赶快回电报，但是这局棋马上就能分出胜负来了，还是等这一句下完再回信吧，于是继续下棋。像这种事例绝不在少数，然而这就是养成散气恶习最大最有力的一个原因。

遇到这种情形，商人的注意力，能否集中在围棋对决上，原本商业往来的电报价值几何，又或者他对此采取的态度是否适宜，即便是在不知晓以上种种问题的人的眼中，不管如何醉心于围棋，都不应该无视现在自己握在手中的电报。如此一来，心里一方面想着下棋之事，一方面注意力又集中在电报上。那么，注意力即气，必然就被分散了。人，不可一心二用，此一刹那想着围棋，下一刹那想着电报，像这样刹那之间注意力一会在这儿，一会在那儿，气自然不能安静地集中在一处，于是，这盘棋也出现意外漏棋、失手，最终输了此局。商业往来也因为一时的怠慢导致重大损失，无论哪一方都没能赢得好结果。

诚然，精神气分散绝非好事，由此观之，其酿成不良后果也在情理之中，然而此事姑且不论，此处值得观察的乃是造成精力分散前后之状态。如前文说言，尽管存在精力不得不被分散的原因，然而因为硬要遵从眼前之事而导致精力分散才是事实。虽然心里想着收到电报，要立刻开封，阅读，而后必须进行处置，但是却不是立马去做而是继续下棋，心里当然会想着电报这回事，因此势必会分散精力。然而，硬要继续下围棋，明明已经分散了精力，却不管不顾坚持要在棋局厮杀，不是一次两次而是无数次这样做时，最终就成了一种恶癖，即便下棋途中没有收到电报，也会一边下棋一边思考生意上的往来或者事件的处理。念头一转，有时便会一边想着生意事务，一边想着如何下棋。念头一而再再而三地转动，便会一边做着甲事一边想着乙丙的事，面对丁的事又会想着戊己庚辛壬癸等事，最终彻底养成散气之恶习。若能同意此点，去除散气之道也就自然明了了。

那么，说到为何要除去散气之习，原本所谓散气，乃不为应为之事，不思应思之事，却为不应为之事，却思不应思之事，由此导致注意力散乱，因此若先能治其心固其意，思应思之事，为应为之行，下定决心并践行之，乃是应当第一着手之处。如上文举例所言，正在下棋之时来了封电报，对电报进行及时的处理即是应为之事,然而不管如此重要的大事却继续下棋,即行不应为之事。是故,在手中拿到电报的当下,应立即起身离开棋盘,而后进账房格子里,入办公室内,读电报、商讨如何处理,之后立即回电,做完应做的事以后,再重新坐到棋盘前全神贯注地下棋,这般行事才是上策。

已经养成注意力分散恶习之人,难以一下子像这样考虑万般周全再行事,但是首先从小事做起亦可。首先着手之事,无论如何都做应为之事,不做不应为之事,思应思之事,不思不应思之事,对此下定决心并且坚决践行。一边吃饭一边看书读报之类的事,虽然谁都会这么做,但是并非好事,正因如此才最终导致人们不认真读书,且又一生不知粥饭之真味。用餐之时,应静心食之,方知米之软硬,汤之咸淡,佳肴是何种鱼,美味是新是陈还是腐,种种味道皆能了然于心,全身心地去用餐方为正途。明智光秀食粽不去白茅①等轶事,恰如世人评价光秀坐拥天下未得长久,皆是无可奈何之事。据说古代的宗匠举办俳谐连歌集会的商人,在集会进行中遇到生意时,会忙完生意之后再做连歌,此举着实有趣。真不愧是一夜庵②的主人。即便是一句短句一句长句,若注意力分散亦是不可行,必得在忙完要事之后,再耽于句案,此举教人应为之道,且得佳句之道。粽子取其皮而食之类的事情,并非不知,然而因其吃着粽子,注意力却已经分散,心思游走于别处,纵使三日也要夺取天下者,实与愚人无异。光秀亦是俊杰,然而其生平之中想来也是面对着眼前之事心中却想着其他事情,做着甲事心中却想着乙事,似乎养成了散气之恶习。突然询问身旁之人本能寺的沟深,做着连歌注意力

---

① 白茅为日本粽子皮的一种。日本的粽子是奈良时代之后的平安时代从中国传入的,当时的粽子只在皇宫中举行端午节时作为供品的,后来才得以普及。日本的粽子皮也是多种多样,有白茅、竹叶、蒿叶等等。所以,日语里又称粽子为"茅卷"。

② 一夜庵:指山崎宗鉴(?—1553),近江人,本姓志那,名弥三郎范重。日本连歌师,生于近江国的武士之家,由于出家后居住京都山崎,人称山崎宗鉴。其在俳偕连歌的发展上做出贡献,被认为是俳偕的创始者。有与宗长等人是俳谐三祖之一,其共编有的俳偕连歌集《犬筑波集》。

却未能全部集中于此，各种事例即为佐证。如此状态虽不是光秀败北之原因，然而此等心理状态对光秀而言绝非良好之态，其胸中郁闷可想而知，乃不甚健全。光秀实在可悲。然一如前文所云，此事亦存在不得不散气之缘由，光秀也是因为实在难以忍受信长加予其之凌辱，故而心中无时无刻不在思虑此事。即便如此吃粽子、做连歌之时，又如何能够做到全神贯注地吃粽子，或者全神贯注地做连歌呢？一走神便剥粽子皮而食之，做着连歌却询问秘密之事，也并非无理之举。因此，若能从这些道理去考虑，则如何治愈散气恶习，自然明了。

首先，若有应为之事，当先做此事。若有应思之事，当先思此事。若是不应为不应思之事，当断然放弃。除去明镜上的涂鸦、尘埃等痕迹，在此基础之上，面对想做之事、想思之事。如此一来，则镜亦净，影亦明，所对之处自然清晰可映。盖因气不散不乱，则能全身心地面对事物之故。心中当努力如此，无论何事皆能干脆利落地一事一物处置条理。虽然最初非常烦琐，然而熟练之后便不会再如此，譬如早起，更衣，收拾寝具，升起挡雨板，灭灯火，打扫室内，洗漱等等，干脆利落有条不紊地进行一件件事情，既不复杂亦不麻烦。

然而，说起来容易做起来难，在能完美地做到之前还需一些修行，虽然都是些微不足道的小事，看似谁都能做到，然而实际上谁也未能做到尽善尽美。虽然叠了被子却是叠得一团乱，虽然打扫了室内却还有灰尘，虽然在洗漱心思却已在别处。所为之事皆不能一一做得彻底。是以虽年至四五十岁，却连扫帚的使用诀窍也不知晓，事实上世人皆是如此糊弄度日。虽一室不扫，若有如陈蕃愿扫除天下一般的宏图大志，亦是好事，然而心怀天下之事，身却无为而终，乃是我等凡庸之辈的真实写照。无论做何事，心里都未曾努力去一一做彻底，未曾全心全意去行事。若是全心全意去做此事，纵然凡愚庸劣如我辈，在打扫房间之事上，不必待到四五十岁，两三周之内便可熟练掌握，至少扫帚不会再扫不尽灰尘了。

太阁丰臣秀吉微贱之时，为人卑役，侍奉信长，此事众所周知，然而太阁其人究竟如何对待那些卑贱事务，对此未曾深究者甚多。无论何等小事，太阁必然全心全意去执行。信长也一定是见其有如此可取之处，才一步步对其重用之。想来若是如我等将寝具叠得一团乱，信长见此绝不会提拔秀吉。当时与秀吉同作贱役者，多为平凡之辈，他们必然一如今日我等庸者，日日夜夜行事皆是"差不多就行"。无须过多揣测，想来他们这些人肯定无论面对何事，心中都不曾努力想过贯彻到底，即便到了四五十岁，连把扫帚也用不好，如此昏然度日，是以穷尽一生最终也未能改变其卑贱的地位。

如此一来，面对琐事之时，觉得是琐事便加以轻视，乃是我辈不尊重内心之故。无聊小事，即便歪曲也无妨，这难道不是照镜子时不恰当的想法吗？即便是无聊小事，若是明镜必能清晰映照。孔子无论做何事皆能做得很好，太宰①曾言："夫子圣者与？何其多能也！"虽然不知这是其完全认同孔子之才能而发出的感慨，还是私心轻蔑之言，但孔子答曰："吾少也贱，故多能鄙事。君子多乎哉？不多也。"②此虽为孔子谦虚之言，然从其能为鄙事琐事而观之，清楚可知，如孔子一般的圣人无论做何事皆是全心全意全身去应对的呀！

认为无聊小事怎样都可以，因而傲慢自大，养成不做琐事小事之恶癖，此乃凡庸之辈的平常。即便是无聊琐事亦能全身心去做，且谦逊以对，此乃圣贤之态。转念一想，能够做好无聊琐事，乃是全心全意应对之故，如我等平凡之辈若能全神贯注地去做这些无聊琐事，大抵也是能够完成的，是以圣贤之人以其资质全身心来做此琐事，更是不费吹灰之力。因此，面对

---

① 太宰：官名，掌握国君宫廷事务。这里的太宰，有人说是吴国的太宰伯，但不能确认。
② 出自《论语·子罕》篇第九。

无聊琐事也能全心全意去应对的健康纯善的习惯，最终成就了其赫赫功业德泽。而如凡庸之辈，无聊琐事尚且不能做好，是以一事无成。全心全意去做事，在儒教中称之为"敬"，且力求全心全意又为道家"炼气"的第一着手之处。故而吾在前文说过，在成功做好毫不费力的日常琐事之前，还需要些许修行。然而，有些事情一旦掌握是想忘也忘不掉的，恰如只要有一次可以浮在水面上，就会牢牢记住，不管入水多深都会自动浮出水面。打扫卫生也是如此，只要有一次能够彻底打扫干净，以后就不会再觉得麻烦，自然就能做好，所以意外地发现此并非麻烦之事。从早晨起床一直到夜半入眠，若能无一例外全神贯注地去对待每一个工作，实乃了不起的行为，即使做不到如此，也不要觉得只有坐在桌前思考复杂的问题才叫修行，而是将举手投足甚至是抽支烟的工夫都视为修行之所，则绝非虚言。无论何人坚持六七日乃至八九日，也必可上升一个境界吧。即便不能如此，至少也可以彻底完成琐事三四件吧。

以手边之事为例，按理说能摸黑脱鞋也能摸黑穿上，但是因为脱鞋时精力不集中，所以无论怎么急中生智也无法灵巧地穿上鞋子。然而，若是全神贯注地做好脱鞋这件事，那么无论何时在黑暗中也可穿好鞋子，也不至于动脑去思考了。若是全神贯注地摆好坐姿，那么即使不用双手整理衣摆和衣襟，也能坐得端端正正。若是全神贯注地彻底整理好桌面，那么无论文具等的位置怎样变化，桌面也自会整整齐齐。如此，室内的清晰整洁仅数日便可彻底得见。若是艺术中如围棋象棋等技艺，其奥妙深不可测，纵使两三周也难窥一二，但是日常琐事却是谁都能立即做好的。因此，无论是一件还是两件琐事，若是坚持贯彻到底，全心全意面对每一件事，观察会是何种光景，会得到何种结果，养成分分秒秒、时时刻刻全身心应对眼前事情的习惯，那么不知不觉间便会改掉注意力分散的恶习了。

一边手握电报一边下棋，一边看报纸一边吃饭，一边看小说一边和人交流，即使是聪明人也会动不动就做出如此之事，令人无奈，却有养成精力不集中的恶习之嫌。圣德太子同时可听数人诉讼，此乃罕见例外之事，绝非平常所为。不可学之，若学之，必然画虎不成反类犬。若是不可不为、不可不思之事，当立刻着手去做，此乃顺气之道，如此一来气自然顺当流通，不至散乱。若是不可为、不应思之事，当立刻放手弃之，此乃固气之道，如此一来气自然稳固，不会涣散。然而此处放手不为恐怕甚难，是以先着手去做不得不做之事，使气顺达方为上策。因此，养成全心全意对待每一件事的习惯至关重要。若有两三件不得不做之事，选择其中应该最早完成且不得不最快完成之事，在做此事过程中即便不幸逝去亦可，全神贯注地投身其中，不紧不慢地行事，那么即便事情做到一半自己寿终正寝也没有关系。全身心地面对死亡，即尸解仙①。然而，全心投入，反倒难以染病。人有二气则病②，乃隋之王子之名言，虽二气生病，然一气无恙。出征战场反倒越发强壮，如此之事何其多之。有得力之处的禅僧，伤寒感冒不犯其身，亦有如此趣事。

改变注意力分散恶习的第二个着手之处，是顺从兴趣。大凡人类，各有其因、缘、性、相、体、力，而后发挥各自作用，可以称之为先天性的限制。成语有云"一饮一啄，莫非前定"③，然而这般过于相信命运亦为困扰，不如先讨论那些极其喜爱、极其厌恶之事。譬如绘画，即使双亲禁止本人却依然挚爱；父母兄弟力劝其成为救生扶伤的医生，然其本人却是莫名地极其抗拒；又或者极度渴望成为僧侣，或者极其厌恶从军，诸此种种皆因各自的因缘性相体力，不仅旁人的外力无从强加，就连当事者自身也不能强行

---

① 尸解仙，出自中国晋朝葛洪的《抱朴子》："上士举形升虚，谓之天仙；中士游于名山，谓之地仙；下士先死后蜕，谓之尸解仙。"所谓尸解仙，早期是指假死遁世修仙，中期是指化去形躯，类似近代所言虹化，后期是鬼仙死后，神识不散，升天为仙。

② 人有二气则病，出自中国古代的气理思想，气无二气，理无二理。

③ 一饮一啄，莫非前定：这是佛教的因缘果报思想，是说就连吃饭喝水这样的小事，也是由先前的因缘决定的。

做到。虽然有人觉得这不过是年轻时的一时好恶不足为信，然而人与人之间确实存在兴趣的区别，这是无可争议的事实。

假如有人十分喜爱绘画，然后听从了父母兄弟的劝诱，激励自己立志成为自己本不喜爱的僧侣，心中虽厌烦眼睛却一动不动地盯着佛经，如此注意力万万无法全部集中于宗教之上，恐怕自然而然地就会游离于绘画之中。如此强行其修习佛学，表面看上去虽然也能修习，然而最终也无法到达完美极致。

若说原因，其人有喜好绘画的遗传因素，有着幼年时期便对绘画产生强烈兴趣的特殊经历，拥有能够巧妙找到取景角度的灵性，种种特质虽然不适合其他职业，然而却有着成为画匠的绝佳体质与肌肉组织，手中的力量可以描绘出整齐均匀又巧妙的线条，拥有鉴别辨识微妙色彩的眼力，能够准确捕捉到事物的关键所在，那么此人自然而然拥有成为画匠的命运，换而言之，此人天生不是做僧侣的命。强迫这样的人去修习宗教，最后注意力将会分散。虽然这种人看起来像养成了注意力分散的恶习，然而实际上与其说养成注意力分散之恶习，倒不如说他们精力凝聚在别处更为恰当。所以，强迫这样的人心向宗教去修行，虽然未必没有修行的成果，然而这实在是愚蠢之事。与其让其在修习宗教时注意力分散，不如顺从个人兴趣，下决心放弃宗教之事，然后全身心投入到画技之中。如此，注意力分散之恶习，自然可除。

即便没有前文所述之事，若有从情理上不知选择哪一个之时，一切皆应顺从自己的兴趣，放弃不愉快之事，如此以来，气行顺达，且于养气大有裨益，同时，对于间接改正注意力分散的恶习甚有功效。喜爱戏剧就去看戏，喜爱摔跤就去观赛，喜爱摆弄盆栽就去摆弄。兴趣可涵气养生，而且大大有利于气行顺达通畅。若是打个比方，就譬如植物中茄子性喜硫黄则稍施硫黄，山葵性喜清洌之水则灌之以清洌之水，故而茄子、山葵长势旺盛，皆因遵从其本性。茄子的美味之气，山葵的辛辣之气，皆由硫黄、清水之中而得，因而顺从人之兴趣则其气中可生出非常有力之事。若是不顺从其兴趣，对茄子灌以清冽之水，对山葵施以硫黄，则二者之气各自萎靡，最终皆会呈现出不妙之后果。原本兴趣一事就是自身的先天限制所衍生之物，因此顺从兴趣是非常紧要之事。以放浪于山水为好，以鉴赏美术为乐，以狩猎驰骋为快，皆各不相同，却有其各自之作用，因而若是应和先天兴趣之事，不妨顺而行之。然而若兴趣为耗气、散气之事则为不得已之事。因人之性情各异，亦有格外喜好淫乱、赌博等事之人，然而不管如何说，兴趣乃先天所具，也不应放任自流导致耗气、散气，因此必须对其节制遏制。

　　气血之关系前文既已简略说过，由此衍生出的道理中存在改变注意力分散恶习的第三条道路，即血行之整顿，然而关于此事的解说姑且搁浅不论了吧。因为无论如何，血行之事乃是由文字言语中所知，若是纠结于此未必不会造成恶果，所以本文仅例举几个例子，譬如酒精使用不当之时会造成血行崩坏，因此不饮为妙；譬如使呼吸完全顺畅，或者通过唱歌吟诗可巧妙又强有力地促进血气地运行，诸如此类，点到即止。

　　总而言之，切勿以血率气，而是以气率血；切勿以气率心，而是以心率气；切勿以心率神，而是以神率心。调血助气，炼气助心，心澄则助神。血即气，气即心，心即神，此理长存。有关气的恶习中，散气即注意力分散之恶习，先就眼前刹那除其原因。在琐事之中的参会领悟自然可知气之状况。按照这个方法修行两三周之后，很快便可得知真正的着手之处了吧。

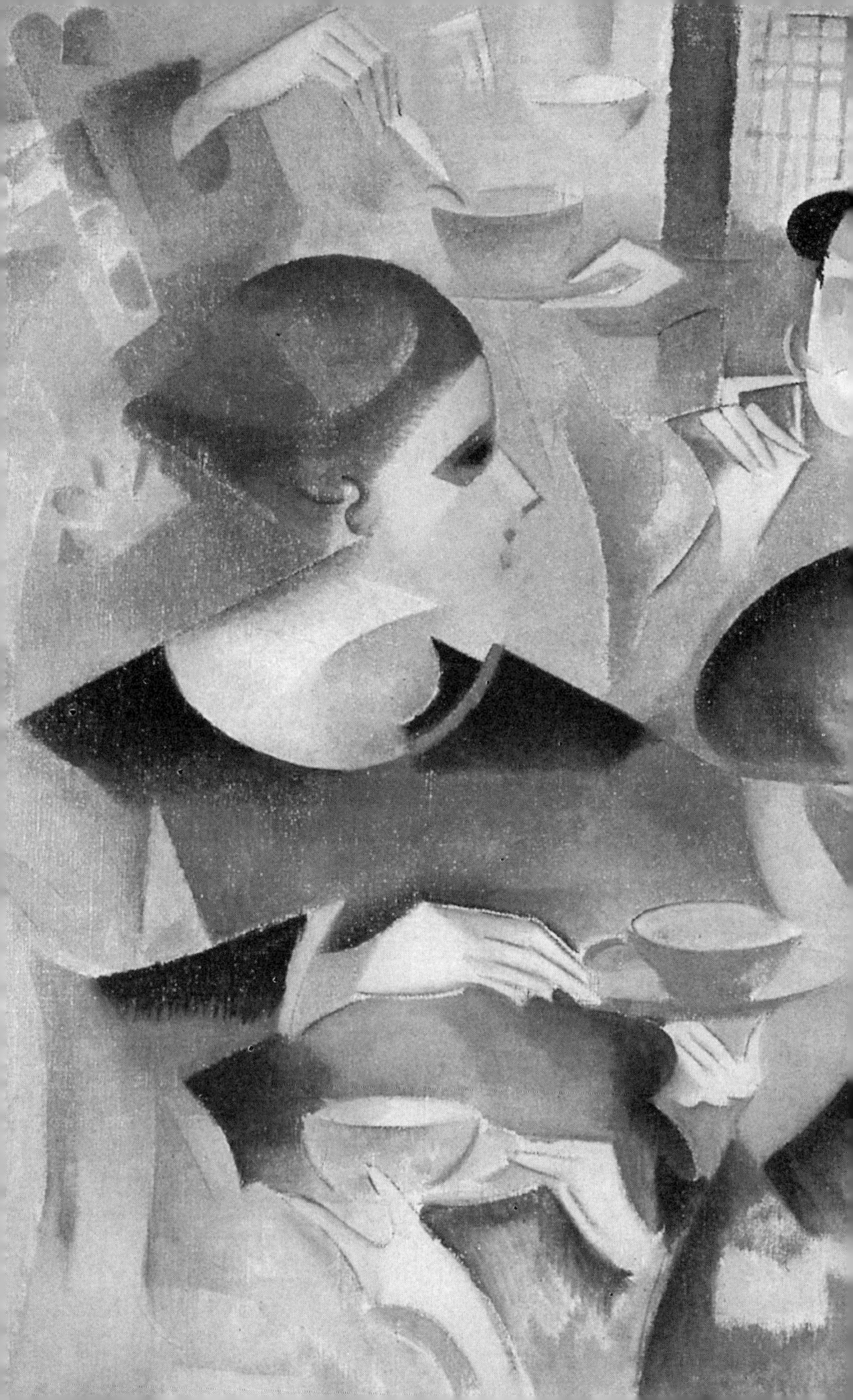

侠客的种类

所谓侠客，虽然统称为侠客，然而出现于德川时代初期与之后的侠客却大不相同。初期侠客，或为市井中有气概者，或是放弃武士仕途者，他们对武士的跋扈或进行反抗，或进行讨伐，或思考如何与之对抗。之后即天明①前后至天保②年间，所谓侠客多指赌徒之流。若将此分类，则德川初期乃是以强烈反抗对抗强烈压迫的体现，从其真正意义而言，当然是以对付强权者所必须的真正强者为主，然而实际上倒不如说仅仅是表面上呈现出了强大的倾向，稍有虚荣炫耀之意。然而等到变成天明年间的赌徒，自然更加强悍，粗暴无比。即使意识不到如此清晰的区别，至少也应知道两个时代的侠客之间存在着差异。在我国，一提乱世首先指的是足利末世，博弈也是从这个时代开始大为盛行。原本不应说战争是一场巨大的博弈，然而其孤注一掷的冒险精神，不管是战争还是博弈，都是相通的同一的根本思想。此战国时代所兴起的博弈，即使到了太平盛世仍在多勇好事之辈中继承并盛行，特别是元文（吉宗）时期虽一度被禁止，然而天明前后（家治）又复兴盛，所谓侠客隐然变成了赌徒中的头目。

其后又出现了第三类侠客。诸位大名中一有事情发生便需要佣人，而佩刀武士平日里又不可使唤作为杂役，从俸禄上来说，也不能为了以防万一而大量雇用平时无用之人，因此一临时有要事就雇用短期佣人，这道理和今日除了士兵以外也需要勤杂人员是一样的，而且就算是在平时，正式武士以外的人若是遇到意外周转不开之时，也需要替代的人员。因此，为了满足这种需求，在大名、武士、平民、商人之间，存在着虽然不能与如今的人口雇用业相提并论但是被称为所谓"介绍佣人"的职业。而介绍佣人的老板，因其职业性质有侠客之风，是以诸如此类的老板大抵以侠客之名称之，譬如近世大侠客相政亦为土州侯的佣人介绍人，新门辰五郎也并非只是单纯的赌徒。

---

① 天明：是日本的年号之一，在安永之后，宽政之前，指1781年到1788年的期间。
② 天保：是日本的年号之一，指1830年到1843年的期间。

此类人与前文所说的赌徒大为不同，大约侠客也有如此一个种类。以上即为三种侠客。

如此只见于古书上的早期侠客，虽存在于《武野俗谈》等书中，却并非准确的事实。此乃古代故事创作家有意思的创作，虽多少有些事实依据，然而却并不能将此理解为准确的真实故事。西鹤①亦将武士、商人一一归类于不同的等级，在《武道传来记》《世间费心机》以及其他作品中，以细致的笔端巧妙描绘出武士与商人等的特性与气质，然而专门描写侠客的作品却一部也没有。近松②的作品也是如此，虽不能说完全没有，但是也并没有写过其后说书先生所说的侠客。这一方面也有地域关系吧，但言而总之，早期侠客的真面目已无法揭开。虽然在杂剧中多少残存一些影子，然而今日已难知其真实状态了。

然而天明以后所发生的关于赌徒的种种事迹，多少还可明了。特别是那些为说书先生的饭碗提供素材的赌徒们，多分布于关东一带，尤其是关东一带的甲州、上州、野州、常州等地，必与侠客、赌徒之名相连，甚是有趣。其中一个原因就是赌徒肆意横行之处必有名山。常陆有筑波山，上总有鹿野山，上州有榛名山、赤城山，野州有日光山，甲州则处处是山。因而这些山上不仅有山神，更建有和山相匹配的如驿场一样的城镇，在如此繁华之地甚

---

① 西鹤：指井原西鹤（1642—1693），日本江户时代小说家，俳谐诗人。原名平山藤五，笔名西鹤。大阪人。15岁开始学俳谐，师事谈林派的西山宗因。21岁时取号鹤永，成为俳谐名家。俳谐是日本的一种以诙谐、滑稽为特点的短诗。西鹤的俳谐与初期以吟咏自然景物为主的俳谐相反，大量取材于城市的商人生活，反映新兴的商业资本发展时期的社会面貌。

② 近松：指近松门左卫门（1653—1725），日本江户时代净琉璃（木偶戏）和歌舞伎剧作家。原名杉森信盛，别号巢林子，近松门左卫门是他的笔名。出身于没落的武士家庭，青年时代作过公卿的侍臣。当时町人势力壮大，手工业日益繁荣。士农工商阶层所欣赏的戏剧，主要是净琉璃和歌舞伎。近松有感于仕途多艰，毅然投身于被人所鄙视的演戏艺人的行列，从事演剧和剧本创作活动，表现了他为平民艺术献身的决心。他从25岁前后开始写作生涯，直到72岁去世为止，共创作净琉璃剧本一百一十余部、歌舞伎剧本二十八部。

至有歌伎、艺伎。如此之场所恰是开设赌场的绝妙之地，同时山上又建有祭祀山神的祠堂，因此每座山上的山神祭日就是大赌场的开门之日。这一天，附近的赌徒及其党羽皆聚集于此，不计其数，外人即所谓"客人"用马驮着重金而来，对赌博已是跃跃欲试。总之，中世离乱之时，战争与博弈紧密相关，然而到了末代太平之世，"山祭"与博弈变得关系密切起来。而且山在上代是举行歌会、歌垣①之地，担负着年轻男女缔结良缘的重任，然而到了末代却因为赌徒变成了磨炼男子的战场。如此能够为博弈提供适当便利的山极为繁盛，驿场也变得更大。若是灵山，说起当时山上赌局大开的盛况以及各亲族党羽的性行，绝非说书先生轻摇羽扇所能言传的，纵然是真正有趣的侠客传又能描绘出几分呢。如今存于山上的大城镇，既非货物集散的中枢，又非风景名胜，也非神灵显明，可越发繁盛，想来大抵是因为赌博兴起之城。甲州如此，武州如此，筑波、日光亦是如此。虽说此地今日已成避暑休闲之所，然而时势之变迁又何尝不是妙趣横生呢。

如此一来，各地赌博盛行，赌徒渐多，自然与其他地域的头领们碰面的场合也变多了，因而互相起了敌忾之心，自负心、不服输的劲头也涌现出来，无论是头领还是属下，在相互磨合之间，于无声中升起了同一的爱党之心，决不许其他团伙取笑己方。总之，彼此都生出了一种重面子之心，一种男子气概也涌现而出。一些属下小辈亦闻风而动，不远万里投奔到有名的头领麾下。赌博一事善恶暂且不论，然其头领的性格却可圈可点，常有难得的长处。说书先生们所捕捉到的侠客即为此类，呼吸之间扇羽轻叩，使听客们热血沸腾、跃跃欲动。然而专门介绍佣人者却与此类侠客不同，虽然他们之间多少有些关联，表面上却无前者的杀伐决断，而是极为沉稳之人。只是他们的精神气魄却勇于履行责任，敢于承担义务，一步也不会后退。譬如国

---

① 歌垣：日本古代的一种风俗。在农村，春秋两季男女聚集在一起举行对歌、歌舞饮食等娱乐活动，还伴有性解放的行乐活动。后来在贵族阶层中逐渐演变为艺术活动。

定忠次、饭冈助五郎、清水次郎长乃为前者所言的强悍之辈，而如相政之流则为后者所说之英雄，自然其手段、其形状皆不相同。然而，居于第一流的人物大多是性情沉稳，且思虑深远、心境平稳之人。比如次郎长在某处开赌场，赌赢的客人若持重金而归途中危险颇多，次郎长担心此事，为了规避危险便安排手下勇士护送客人，因其思虑周全，对客人无微不至，是以侠名远扬。再说到后者，虽然没有如此显赫张扬之事，然而麾下能聚集起众多属下，其头领必然有着与之相匹配的力量与人格魅力。绀屋町的相政就是因此而成名。又比如最近的石定（虽非佣人介绍人）名声显赫，虽然数年前已过世，然而最终却留下了侠客之名。但凡说书先生口中提到的侠客，必然火花四溅骁勇善战，然而事实也并非皆如说书先生所言。虽然存在因时势不同、境遇有别而得以发挥才能者，但其中能成大事者必然是张良、陈平之辈，刀山火海义不容辞、勇闯剑林毫不退缩者，却是居于第三流、第四流的樊哙、鲸布之辈。由此可见，若是将侠客的本领仅仅拘泥于杀伐一事中，那就大错特错了。譬如石定其人，好垂钓，喜爱泛舟取乐，即便立于船头也能令人感到其性情温和，感受到其呼吸之稳健。然而正是此人，东京的繁华地带几乎都是他的地盘，其下葬之日甚至使用歌舞伎座①，足见其势力之大。

　　时至今日，无论是制度还是社会状态皆已发生显著的改变，再也不能如过去那般在山上公开赌博，各地的赌博业也是气运渐衰，过去公开之事如今也已转入地下。之所以如此，其一是与警察制度相关。过去赌徒中的某些人，可为政府所用，特别是能为警察做事，一直持续到明治时代。然而近年来警察的方针全然不同，不断打击此种性质之人，因此侠客处境日益窘迫，

---

① 歌舞伎座：是位于东京银座的歌舞伎专用剧场，1914年起松竹在此创业。1889年11月21日开业以来，曾遭受火灾、战火，历经数次烧毁、复兴、改建，现在的建筑建成于1951年。桃山时代风格的现歌舞伎座，建成后经历了50年历史，已被列为国家有形文化遗产，是颇为珍贵的建筑。在迄今为止一百多年的岁月，此地不断上演歌舞伎，名副其实地保持了最具代表性歌舞伎剧场的宝座。

自己亦惴惴不安，思索如此苦果当如何改变。虽是些闲话，但是首先大名、武士既已不在，则佣人介绍人就无存在必要了，这方面的侠客也就消失了，而且赌博也无法再公开进行，往昔盛景不可追，赌博中的富豪也已尽了。然而，说书先生将此作为唯一的材料，用来鼓舞国民或者至少市井中人打起精神，此事又岂能一时中断呢。况且就事实而言，侠客的一些气质在从事体力劳动的建筑工人、矿场工人中尚有存在吧。在他们中间，比如在这些建筑工人、矿工中间，还存在着通用的、守礼的契约，若是背叛这种契约必会遭到严重制裁。更何况真正具有侠客气质的头领与部下之间，其情谊何其深厚，若是为了意气相投的头领，部下们无论做什么事都会奋不顾身、决不推辞。有这样一件事，大概二十多年前吧，桃川燕林在上野广小路的曲艺场演出次郎长传。于是，有六七个一眼看上去样貌便十分吓人的彪形大汉，每天都来观众席的最前面听书。当时我觉得奇怪便打听了一下，原来他们是次郎长的部下们，如果听到说书先生有半点差错，就打算直接跳上高台去指责燕林。然而燕林调查得非常周全，并无半点差错，这些人深感佩服，随后便离开了。

并不是说仅在关东地区侠客跋扈，在京都大阪亦有侠客。虽不知所谓仅仅是赌徒这一类人是否足以称之为侠客，然而十多年前在山形地区甚至存在女头领，在福岛以北似乎也存在大量的赌徒，但不管怎么说，关东最为兴盛。如今说书先生巡游四方，最希望听到当地古代侠客的故事。若是有自己不知道的著名头领的故事，有可能就立刻起身追问。因此说书先生由于职业关系，能够熟知各种故事，而且有心之人甚至还会询问当地人进行种种探访。如此看来，他们所讲之事虽然并非完全都是事实，然而若有真正的风俗学家巡游各地，去探访今日所言的侠客或者赌徒的历史的话，想来肯定会搜集到不少有用的材料吧。总而言之，若是在德川文学或者小说中去掉侠客与报仇的故事，想必所剩情节必然极其落寞乏味吧。

此外，如果提到中国是否存在侠客这一问题，实在难以回答。虽然有太史公①所书之物，之后记载中亦有剑侠出没，然而中国的剑侠与日本相比，颇具神仙色彩，且超脱世俗，其思想与社会关系淡薄，未成系统。而在日本，义勇游侠之血脉始终一贯相承。如同武士存在武士道，侠客也俨然存有侠客之道。这一点确实为日本人中所形成的一大特质，可以说是他国无有类比者。只是日本的侠客，至少对于勇敢之士而言，未能如《水浒传》一般明里暗地地对其进行感化，也没能形成不容忽视的巨大力量。《水浒传》的翻译待到马琴、兰山②时极大展开，之后又在戏剧中广为盛行，鲁智深、史进、李逵、浪里白条张顺等形象也深深地投射于他们的理想之中，甚至形成了一种风气，倘若是不在背后纹上这些人的刺青，就会有损头领大哥的威严。若是看德川末期的市井读物，便可得知当时盛行如此风俗，而且多多少少可以推测出，当时效仿《水浒传》的《天保水浒传》等等《水浒传》盛行一时。私以为此事虽为偶然，却乃非常有趣之现象。

（明治四十四年一月）

---

① 太史公：指司马迁。《游侠列传》是《史记》名篇之一，记述了汉代著名侠士朱家、剧孟和郭解的史实。司马迁实事求是地分析了不同类型的侠客，充分地肯定了"布衣之侠""乡曲之侠""闾巷之侠"，赞扬了他们"其言必信，其行必果，已诺必诚，不爱其躯，赴士之厄困……不矜其能，不伐其德"等高贵品德。

② 马琴、兰山：指泷泽马琴（1767—1848）与高井兰山（1762—1838）。两人接续完成了日文版《新编水浒传》。

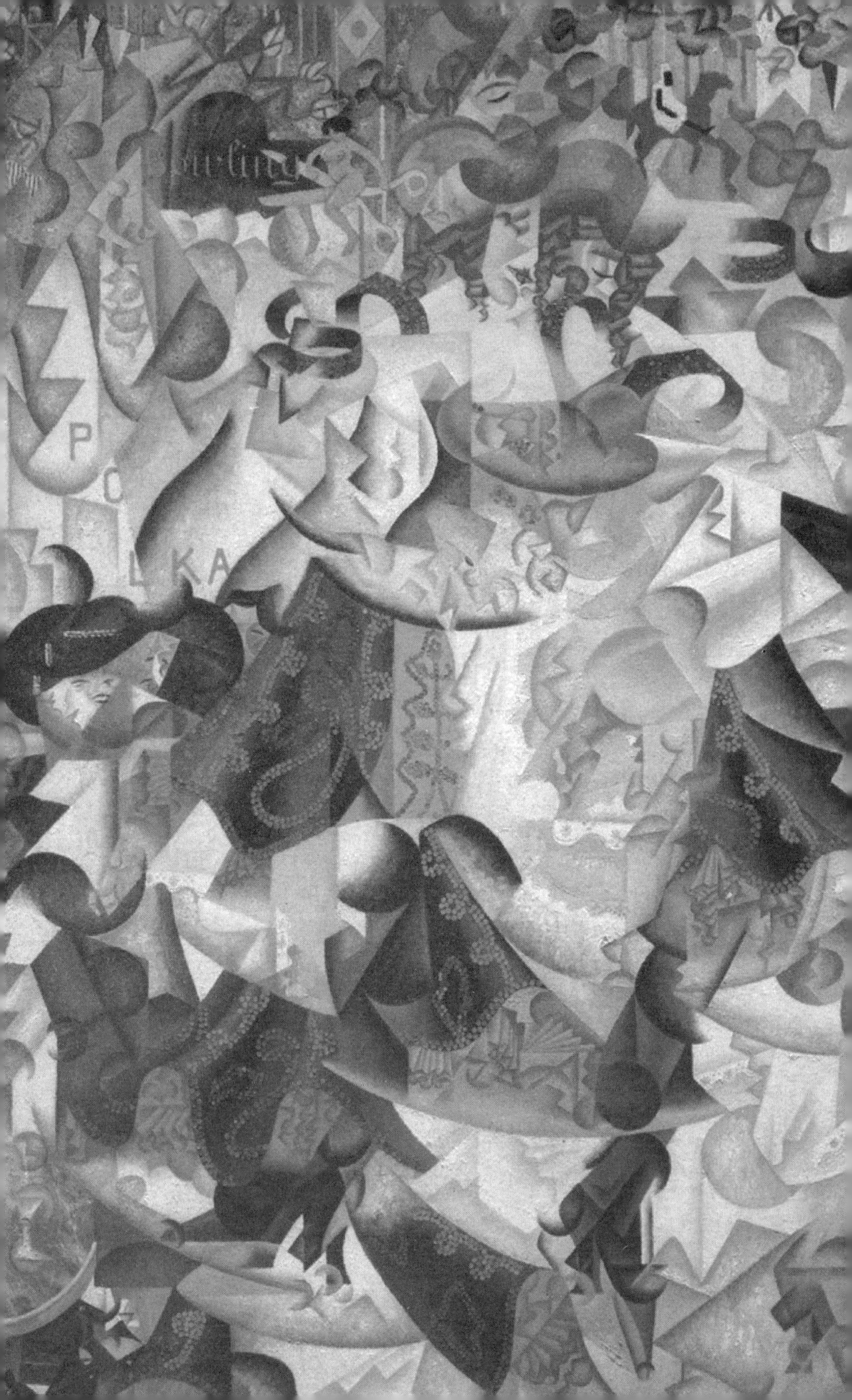

骨董

骨董一词，原本是中国的民间用语，该词只是表音，"骨"字与"董"字与其意义皆不相关，因此，又写作"汩董"，或者"古董"。其用法为借字表音，再明显不过。那么，骨董这个发音为何有古物之意呢？有一种说法认为，骨董是"古铜"的音变。根据这个说法，骨董最初是指古铜器，待到后来，玉石器、书画类等，皆被称为古物。正如韩驹诗中所言"莫言衲子篮无底，盛取江南骨董归"，若引此诗来解释，令人觉得果然如此。因为江南多铜器。然而，骨董一词果真是从古铜音变而来吗？这多少令人有些怀疑。如若真是"古铜"一词的音变，那么在使用"骨董"一词时多少也会用到"古铜"一词的。但事实上特意用"汩董""古董"这些词来替代，也没有出现过"古铜"二字。翟晴引用《通雅》①之言，认为骨董一词出自唐朝的拖船歌："得董纥那耶，扬州铜器多。"得董的发音即为骨董二字的来源。"得董纥那耶"是指"哎呀啦呀"这种呼号，只是口语发音，没有特别的意思，所以也没用特定的汉字来表示。根据这种说法来考虑的话，"得董"与"骨董"皆无任何含义，但是因为古时的拖船歌第二句"扬州铜器多"的"铜器"二字，连接前面的呼号之声，所以"骨董"或由"铜器"一词转变而来，后来又指各种古物。"骨董"为"古铜"音变而来这一解释，为舍本逐末之巧解，故而有些许草率，似是而非。

此外，苏东坡将各种食材杂煮在一起，称之为"骨董羹"，此"骨董"是"零杂"之义，相当于我国的"大杂烩""杂烩汤"中的"杂烩"一词。该词除了字面之意，亦无其他特别含义。另外，落水发出的声响称为"骨董"。这也是假借"骨董"的字音，来表示落水时发出的"咕咚"声，从字面来看亦别无他意。虽然骨董是来自汉字之国中国的文字，但是并非属于拥有字面含义的文字，而是用来表示言语发音的文字，是被借用而来，因此并

---

① 《通雅》：明代科学家、文字学家方以智撰，共52卷，收入《四库全书》。内容广泛，考证名物、象数、训诂、音声等。

无训诂方面深奥的道理。

这种事无关紧要,总之,"骨董"一词,贵者上至周鼎、汉彝、玉器之类,下至竹木杂器之间,书画法帖、琴剑镜砚、陶器之类等一切古物皆包含于此。而且,世间自有爱好骨董之人,故而衍生出了买卖骨董的骨董店,善于识别骨董的鉴赏家,还有大至博物馆、美术馆,小至旧邮票、火柴贴纸的收藏家,骨董市场已经遍及世界各地的城市及乡野。这实在是一件趣事、盛事、幸事、有意义之事。若说到其坏处,骨董沾附有死者手上污垢,而非令人心悦之物,即使是大博物馆,也是由盗贼大显身手所出,但此种言论不过是愚蠢之论、无聊之谈,在世间并不通用。

正因为骨董受重视、骨董收藏盛行,世界文明史才能具有血肉,知其脉络,往昔的光辉才得以在我辈头顶闪耀,文明之香气才能在我辈胸中激荡,今人才能够品味古文明,并开拓出与古人不一样的文明。只贪图食欲色欲而生的人,如同猫狗一般,若想满足或者超越这些,人就一定要喜爱骨董。可以说,喜爱骨董,才能称之为人,未见有猪、牛之类摆弄骨董之事。摆弄骨董则趣味自然生成。此外,骨董也是一种证据,学者亦是根据学问种类之不同而划分,学问愈深则愈是埋头深入于骨董的世界。即使不愿意摆弄这些散发着霉味的东西,那些总是徘徊在固定的书籍中研究美术、历史、文艺等的学者,还有其他各种学科的学者,当知尽该领域所有事情进入最终阶段时,总是在不知不觉中迈入了骨董研究的行列。这亦是千真万确之道理,譬如《万叶集》之研究,若是对着漏洞百出的版本,无论如何研究都不可能有真正的研究成果出现,故而真的是因学科而研究骨董是真,不是如此者则或者是撒谎或者是偷懒。因有如此缘由,骨董诚可贵,爱好骨董亦值得夸赞。不喜骨董之人与狗猫牛猪无异,实在是头脑未发育的愚昧之人。故而,绅士至少要舍去十万黄金,买回小町①真迹的《目疼歌》、黄金所刻的孔子赞词的

---

① 小町:小町小野。日本平安前期女歌人,歌风感情充沛,有几分凄婉,亦被誉为绝代佳人。

颜回的瓢、染着耶稣鲜血的十字架的碎片，不管什么东西，也许摇身一变就会成为有用之物。

玩赏骨董，不仅风趣、潇洒、有趣、高尚，而且一定是有意义。根据场合之不同，或者必利于个人，或者必利于社会。若我自己是大资产家，肯定会因为买到极好的赝品、赝笔而高兴不已。既买骨董，岂能不买赝品？古人不是有千金买死马之骨一说吗？据说仇十洲①的赝笔大概有二十个等级，这样看来，只要买二十次的赝品最后就能成功买到真品，故而这并非难事。因为不交学费就学不到任何东西。买赝品、赝笔就是在交学费，没有丝毫不妥之处。交了很多学费之后，终于能够花费重金买到真品、真笔，必然非常欢喜，非常骄傲。高兴着，自豪着，这笔重金是为喜悦纳的税，是为骄傲纳的税，说到重金，从装有十元钱的钱包里掏出一元钱，对其而言可以说是大钱，但是从装有千万美元的箱子里拿出一万或者五万来，就比例而言，实在算不上重金，可以说这只是少许的喜悦税、骄傲税。与所得税不同，骄傲税不必缴纳给政府，不用充当也许是强盗的官员的月薪，而是直接交到骨董店里在世间流通，可快速帮助世间的融通，多少有助于恢复经济景气。这种税不土气、潇洒风流，不同于那些不情愿却缴纳的税，或者几经催促不得不当掉老婆腰带而缴纳的税。即便同样是税，所得税之类虽不是道成寺，却饱含恨意，思来这些可恨的税不像骄傲税一般，可以迸溅出黄金与火花，这是像烟花一样美好的税金。缴纳税金的一方会认为区区五万两实在太便宜了，故而欣然奉上，收受税金的一方也会为能够收到这五万两而得意洋洋，故而欣喜纳之。坏心情看不到好风景吧。并非谁都可以缴纳骄傲税的吧。我自己也想缴纳很多很多骄傲税，然而可恶之极，我已年过半百却仍滞留未纳，真是太不像话了。

---

① 仇十洲：名英，字实父，一作实甫，号十洲，又号十洲仙史，太仓(今江苏太仓)人，移家吴县(今江苏苏州)。仇英擅人物画，尤工仕女，重视对历史题材的刻画和描绘，吸收南宋马和之及元人技法，笔力刚健，特擅临摹，粉图黄纸，落笔乱真。

对缴纳骄傲税完全首肯的人，是丰臣秀吉①，多么潇洒的一个人啊。从东山时期开始，他就在缴纳骄傲税，他首先是作为银阁金阁的主人开始自行缴纳的，真是个值得钦佩的有心之人。等到信长②时代，信长已经把臣下的功绩功勋改为骄傲税额，即让他们珍视骨董。羽柴筑前守③等在战事中立功之时，将被赐予茶器作为功勋奖赏的一部分。也就是说，如果立下了相当于价值五万两的功勋之时，将会得到价值五万两的茶器来替代银两。这一骨董在当时有五万两的价值，得到这一骨董的筑前守就等同于缴纳了五万两的骄傲税将其买下一般。

　　秀吉在筑前守时代，作为功勋奖赏，从信长那里领赏了许多茶器，他的朋友中有人保有记录这些赏赐的信件。据专业的史学家鉴定，确信无疑。然，缴纳骄傲税的发明者并非秀吉，人们认为信长作为其前辈先于他而行之，但将这一税法大力推广开来的却是秀吉。秀吉的智谋威力使得天下光景变得明亮而安定。自东山时代以来的势头积蓄，茶事非常盛行。茶道亦有机运之说，化为英灵的英雄们不断涌现。无论是松勇弹正④还是织田信长，均为风流从容之人，故而皆喜好茶宴，然，不遗余力大肆推广者却是秀吉。奥

---

　　① 丰臣秀吉：(1537—1598)日本战国时代、安土桃山时代大名、封建领主，继室町幕府之后，近代首次统一日本的日本战国三英杰之一。
　　② 信长：织田信长(1534—1582)出生于尾张国（今爱知县西部）胜幡城（一说那古野城），日本战国时期名将，政治家，安土桃山时代的大名。"日本战国三杰"之一，将日本的战国乱世彻底打破。原本是尾张国的小大名，后于桶狭间击破今川义元的大军而名震日本，后通过拥护足利义昭上洛（割据地方的势力率军前往京都）逐渐控制京都，将各个有力敌对大名逐个击破，掌握了一大半的日本领土。
　　③ 羽柴筑前守：日本官职，丰臣秀吉担任的第一个官职。
　　④ 松勇弹正：松永久秀(1510—1577)，日本战国时期大和国大名，通称松永弹正。松永久秀早年事迹不详，后出仕于三好长庆担任要职。但松永久秀阴谋篡夺三好家实权，三好长庆及嫡子三好义兴、弟弟安宅冬康、十河一存之死都与其有嫌疑。三好长庆死后，松永久秀与三好三人众掌握家中实权。1565年，松永久秀与三好三人众谋杀室町幕府征夷大将军足利义辉，史称永禄之变。但不久双方反目，松永久秀随后与三好三人众、大和国国人筒井顺庆长期交战。1568年，松永久秀臣服于上洛的织田信长，但数次发动叛乱，最终于1577年11月19日在信贵山城之战战败后自杀身亡。

州武士伊达政宗①待罪于堂之岛时亦潜学茶事，可见茶事之盛行。更无须说秀吉在小田原阵出战之时，亦携茶道宗将随行，他从南方诸国及中国等地得到有趣器物，又十分珍视古代舶来之物与本土古物，非常推崇有趣、有品位之物。骨董以强大的势头为世人所尊重。当然无趣之物、无品位之物、平凡之物不在此列，不被世人欢迎。唯有值得世人点头首肯的骨董，才会被珍而视之。食色之欲有限，又属劣等之欲，为牛猪之流共有之欲，人则不可拘泥于此。食色之欲得以满足，有些许闲暇，纵使利益权利之欲火不断燃起，世间渐渐安稳已是大势所趋。如此一来，过分依赖修罗之心各处参悟，亦无甚功效，此种情境之下，又如何能抑制住兴趣之欲的兴起呢？更何况兴趣一事亦有高下优劣之分，故而处于优势地位的优胜欲当然会有帮助。这里的茶事亦非孤独之物，富有聚集回合之趣，因而又有何人不好茶宴呢？且，能够得到优于他人所有的趣味、品位、不凡之骨董，又有何人不悦呢？所需者多，可供之物少。骨董又岂有不贵上加贵之理？上至大名，下至富足百姓，皆竞相缴纳骄傲税。税率也因世人竞价而水涨船高。不知是否是因为北野的大茶汤不蠢笨且不乏风流，且说其席卷天下茶烟，被大肆煽动，世人纷纷以高价相竞，以得之为荣。此外，当时有一人物背负秀吉的威望，风光无限，光彩夺目，此人即为千利休②。利休是旷世罕见的英灵奇才，如同秀吉在军事上属于稀世之才一般，皆是在兴趣的世界率先取得最高地位的不世出的人才。足利以来的趣味，凭借此人之力走向高峰，出类拔萃，其脑力、眼力、手段均非常人可比拟。除利休之外虽也有其他才俊存在，但是略有差别，也大体

---

① 伊达政宗:(1567—1636)伊达氏第十七代家督，安土桃山时代奥羽地方著名大名，江户时代仙台藩始祖，人称"独眼龙政宗"。幼名梵天丸，元服后字藤次郎。其名政宗(与九代家督政宗同名，九代家督政宗有中兴之祖之称)即意味能达成霸业。小时候因为罹患疱疮(天花)，而右眼失明。官位为美作守、左京大夫、待从、越前守、右近卫权少将、陆奥守、权中纳言，死后赠从二位。

② 千利休:(1522—1591)日本茶道的"鼻祖"和集大成者，其"和、敬、清、寂"的茶道思想对日本茶道发展的影响极其深远。

皆是与利休相呼应追随之人。利休如众星所捧之月，光辉无限，为率领鱼群之领头大鱼，悠然自在。秀吉宠用利休，真不愧是秀吉。足利时代，虽然也有相阿弥①和利休同等身份的人物，但是未有如利休者，未有如利休般可用者，亦未有如利休一般推动一个朝代的兴趣向上进步发展之人。利休实为仙人之才。我自己虽然对茶事礼法毫无所知，但是利休对我国趣味世界的恩泽留存至今，吾辈亦常感其惠。秀吉能够如此重用利休，真不愧是秀吉。利休在当时于不言不语之间，已被世间认定为骄傲税的裁定者。

　　利休所爱之物，世人皆爱之。利休认为有趣、尊贵之物，世人皆认定其有趣、尊贵。这是因为利休毫无虚言，利休认为美好、有趣、贵重之物，乃是真正美好、真正有趣、真正尊贵之物。利休指点的东西，即使是一个土块陶器，一经其指点也会变为不一般的金玉之物。当然，帮助利休的，必然还有当时推动趣味世界进步的诸人的活动，作为一代宗师，利休拥有至高的权威，在世间让世人追随，率领诸人。这些都归功于利休的毫不撒谎、灵秀的兴趣感，故而其中未有令人厌恶之事，利休认为美好、有趣、尊贵之物，永远都是真的美好、有趣、尊贵之物。然而另一方面，当时最高统治者秀吉尊重利休、重用利休，几乎将利休当作神圣的化身，使利休荣光无限，这也是不争的事实。故而，利休所指之物，玩铁也可变作黄金。点铁成金虽是仙术，但利休为会仙术的神仙下凡到人间。世人皆追随利休，人人争相以利休所贵之物为贵。为了获得这些喜悦和自豪，人们勇于缴纳骄傲税，税额也皆是间接由利休所定。自己虽未打算如此，但是自然之态势让人在不知不觉间，不知何时被卷入其中。骨董可以和黄金数枚或数十枚，一郡一城，或者浴血奋战的战功相匹敌。换言之，骨董是一种不兑换的纸币，而这种不兑换

---

①　相阿弥：（？—1525）日本室町时代足利义政的近侍。名真相，号鉴岳。阿弥流的画家，亦擅长花道、香道和装饰法。

纸币的发行者就是利休。西乡或者大隈①发行的不兑换纸币很快就会贬值，而利休所发行的即使经过后世数百年仍保有其价值。真不愧是秀吉，抓住了如此优秀的人才，这样以为不兑换纸币的发行者，而且利休也真是一个无欲无求，真正掌握炼金术的神仙。真不知不兑换纸币在当时的社会调节中发挥了怎样的灵力。其受益者当然不是利休，而是秀吉。秀吉真是个了不起的英雄，有驱神为己所用之能。然而狡兔死，走狗烹，当不兑换纸币流通正盛时，突然被中止发行，利休也蒙上不足取的罪名最终被杀。因为没有被无限地发行下去，不兑换纸币的价值也就被长久地保留下来了，辗转被收藏于各大名及富足百姓家的库房中。仔细思来，所谓黄金宝石之类，对人生而言并没有真正的价值，充其量不过是一种票据。彻底观之，骨董、黄金、宝石、兑换券、不兑换纸币皆相似，一旦被世人承认即可通用，哪怕是树叶当钱币来使，也不是什么不可思议之事。骨董为美好、有趣之物，比钱币、钻石更为美好有趣，故而有人毫不犹豫地用金币、兑换券来支付骄傲税，不管是妙不可言的彩釉茶碗还是茶叶罐，只要是有可取之处的骨董，必然好之而欲得。乐于此道之人是心胸豁达之辈，相比于沉溺于秋之寂寥，他们更喜欢脱离乏味的春之有趣。关西大富豪中有一爱好茶道之人，临死前投掷数万金购入一茶器，高兴地玩赏了几个小时就去世了。一小时相当于花费了数千万。有人对此讥讽不已，然此讥讽之人乃是本性吝啬之徒，这一生除了死守着歪理打滚外别无他能，因而他丝毫不知歪理之外别有一番快乐天地。他岂会知晓，在兴趣面前，即使百万两钱财，也只是比烟草的一缕烟雾更虚无缥缈的东西。

无论怎么想，骨董的意义丰富，绝不是什么坏东西。特别是对上年纪

---

① 大隈：大隈重信（1838—1922），日本第8任和第17任内阁总理大臣（首相）。肥前藩武士出身。明治维新的志士之一，早稻田大学的创始人。曾两任内阁总理大臣，他主导的改革成功让日本建立了近代工业，巩固了财政的根基，不但挽救了刚成立不久的明治政府，还为未来日本的腾飞打下了坚实的基础。

的长者、富豪而言，玩赏骨董比什么都好。老者服用返老还童药，会给年轻人带来困扰，这是低劣的潇洒。老人要玩赏和老人身份相适应的玩具，要让他们带着自豪的神色，安置在安静的角落，祈祷天下之太平。给小孩子塑料玩具，给老人乐烧①陶器，这样的情境即使放在小学阅读课本中也无妨。此外，有钱之人因钱财过多，常为不幸的命运所困，如六朝佛、印度佛一般不能得度，故而夏殷周时期的大古玩，粘着三根狐狸毛的妲己的金面盆、伊尹所使的料理锅、大禹穿过的金撬等，他们都应该高价购买，就相当于慰藉了思虑互通有无、驱除世间不公的社会主义者和无产主义者之诸神，表为其演出了一场神乐。

　　然而，这些都可以理解，但是那些既不是老人也不是两岁小儿，既不是有钱之人但也并非身无分文之人，即所谓的中年中产阶级，他们也不一定就不喜好骨董。这一类人并非盲人，然而却也没有气魄去缴纳高额的骄傲税，故而他们是一群游荡在"中有"②之中的亡者。但是对书画骨董倾心，出手购买的大多是此类人。虽然无奈，但在这类人中亦有聪明善良之辈，对于高级骨董中出类拔萃之物，他们也并非不想出手，然这好比登云之梯一般艰难无望，故而只能玩赏与自己身份相适应的中流骨董。最聪明善良之人，皆为某一领域专家，尽可能地缩小自己的喜好范围，并且沉浸在岁月中玩赏享乐。这就是所谓的保持一条路，坚守一个流派。若倾心绘画，则以画中的某一派某一人为中心；若醉心陶器，则讲究陶器中的某一窑某一时代；若研究书法，则专注于书法中某位儒者书法家；若是泥金画，则研究其是出自远古还是出自现今。以上种种，皆是他们费心钻研之处。这种"合理收藏研究"是最贤明有效的方法，只要支付相应的学费，自然得以养成高明的眼光、准

---

　　① 乐烧：乐家所制陶器的称呼。据传始于日本乐家始祖长次郎所烧制的碗和砖，受到茶道家千利休的喜爱，其碗成为品茗茶碗。
　　② 中有：佛教语。中有，中阴。人死之后至再次获得生命的期间。

确的品位,最能平安无事地享受这份清娱。不过,大多数人太过拘泥于此律义则显无趣。痴情者走南闯北,东奔西走,既对雪舟①青睐,又对应举②出手,既对歌麻吕③有兴趣,又在大雅堂④、竹田⑤的地界铲上一锹,运气好时,支付百元即可买到韩干之马。恰如中国的笑话所言,即使是杜荀鹤画的鹤这等奇怪之物也要买下,在这等势头之下,不仅是对画作,连同对雕刻、漆器、陶器、武器、茶器等等,皆贪得无厌。这样的人亦不在少数,偶尔见这种人目光可怜,虽无恶意但是多少传递出贪心欲念,虽不是在百货商店买的物品,眼中亦会有自作自受之感。其中,又有人时运不济,为古董商所蒙骗,买到了所谓"掘出物"⑥,实际是古董商稍微收拾整理后清洗出来的东西。但即便如此,骨董店并非为做慈善事业而开,他们迈入此行业,投入了时间与资本,要养活妻子家人,故而三十元的东西,算上佣金、花费等二十元,打算让人总共花五十元买下也没有什么过错。然而如果打算花三十元买下五十元的东西,这世界就无法正常运转下去了。同样的道理,五元的东西

---

① 雪舟:雪舟(1420—1506),日本画家,名等杨,又称雪舟等杨,生于备中赤浜(今冈山县总社市)。曾入相国寺为僧,可能随同寺的山水画家周文学过画。作品广泛吸收中国唐代及宋元绘画风范。后被维也纳世界和平大会通过决定公认他为世界文化名人。

② 应举:圆山应举(1733—1795),日本画家。本名岩次郎,通称主水。生于丹波穴太村(今京都府龟冈市郊),卒于1795年7月17日。早年从石田幽汀学狩野派绘画,曾将透视法应用于京都名胜图绘制,尝试创作一种被称为眼镜绘的作品。

③ 歌麻吕:喜多川歌麻吕(1753—1806),日本江户时代浮世绘画家,以描绘从事日常生活或娱乐的妇女以及妇女半身像见长,著名的有《妇人相学十体》和《青楼美女》。与葛饰北斋、安藤广重有浮世绘三大家之称,他也是第一位在欧洲受欢迎的日本木版画家。1804年因《军事统治者的妻妾》木版画触怒了政府而被监禁50天。还研究自然,出版了插图书籍《虫撰》(1788)。

④ 大雅堂:池大雅(1723—1776),日本江户中期画家、书法家。日本南画的集大成者,代表作有《十便帖》《楼阁山水图屏风》等。

⑤ 竹田:田能村竹田(1777—1835),丰后竹田人,文人画家。出身藩医之家,早年攻儒学,因政见不被采纳而往京都过自由的文人生活。据说曾往江户向谷文晁学画,在京都则多与浦上玉堂、青木木米等交游,于绘画具有独自的风格。

⑥ 掘出物:偶然弄到的珍品,偶然买到的便宜货。

卖到三十元这种事，即使有违常理也会发生。一心想要投机取巧、撞大运买便宜的珍品，肚子里总厚颜无耻地琢磨着花三元五十钱买到乾山①的盘子，可最终连乾也②之物也是绝无可能买到的。即使买一张实业债券有时可以赚一千元或者两千元，但是"掘出物"却是根本买不到的。可以说，这是一种品质恶劣的心胸，是一种劣等的心理，也是一种黑暗愚昧的动机。然而人一旦玩赏骨董，一定会伴有这件骨董价值几何的金钱观念，那些原本并不贪婪寒酸的人，亦会在不知不觉间产生一种淘旧货、买便宜货的念头。这实在是骨董中令人生厌的一则规律。

"掘出物"这个词原本是个令人忌讳的说法，最初必然是指从土中、墓中挖掘出来的东西。坏人用一根木棒或者一把铁锹，挖掘坟墓得到的好东西，这就是所谓掘出之物，是不正当的。"伐墓"一词是中国的古语，自古以来总是非法挖掘贵族坟墓。现存的《三略》③一书，据说是挖掘张良之墓时，发现是他从黄石公处所得之物。但《三略》并非是如此问世的，完全是伪作。然而，古代优秀人物坟墓被掘之事，常见于杂书。明朝天子之墓被一个恶僧所掘，墓中种种贵重物品皆被盗走，但恶僧因脚踢骸骨而遭到惩罚，患上了脚疾，最终盗掘之事也被发觉。这样的故事即使现在读来也忌讳莫深。据说曹操因恐后世盗墓，故而建造了多处伪冢，甚至连王安石等人都深信伪冢之说，且著有诗作，如此看来盗墓之事绝非少数。但根据近些年的考证，证明事实并非如此。中国古代风俗中，有身份的人死后下葬时，都会口中衔玉，有些恶劣之徒在盗取墓中宝物时，甚至连骸骨口中的玉也会夺走。

---

① 乾山：尾形乾山（1663—1743），京都人，尾形光琳之弟，陶艺家。接受野野村仁清彩绘陶艺的影响，注重雅趣，形成风格，备受后人模仿。晚年往江户开设陶窑。

② 乾也：三浦乾也（1821—1889），日本江户末期、明治初期的制陶匠，江户人。制造了很多尾形乾山风格的陶瓷茶具。

③《三略》：中国古代著名兵书，《武经七书》之一，亦称《黄石公记》《黄石公三略》。所谓《三略》，意为上、中、下三卷韬略，共三千八百余字。相传其源出于太公姜尚，经黄石公推演以授张良，故旧题黄石公撰。

虽然只是有所耳闻,据说时至今日,百姓在冬天农闲之时,还会准备好锄头铁锹,让向导走在前面,搜索挖掘各处的古墓,即寻找所谓"掘出物",看来这似乎并非虚言。即使在日本,也不时听闻,有品行不端之徒前几年在西方某国或者贵族坟茔犯事的案件。虽然闻之令人胆寒,但是"掘出物"一词无疑是来自这样的根源,但凡是拥有普通人情感的人,都不应使用也不应想到这一词语。尽管如此,却仍有很多人痴迷于"掘出物",他们敏锐的目光虎视眈眈,内心极度渴望偶然得来的便宜珍品。人稍有变坏就自私自利得很,这样的人多了,生意买卖就变得险恶。将西方的假货埋到东方的乡间,然后伪装成挖掘出来的好东西,来取悦那些痴迷"掘出物"的人,这样一来,就会吸引好事者上钩。将京都挖掘出来的东西埋进朝鲜,伪装成挖掘出来的样子,然后一步步引人上钩,这种欺骗交易也开始了。如果真的有人挖出东西来,那也一定是泼皮无赖之徒。而且将"掘出物"低价买入高价卖出,若有从其中得益者,必然是缴纳营业税的生意人。生意人投入时间与资本,苦心孤诣,千算万算,每天每日都在认真计量胜负,用心分辨好东西、坏东西,二流货,三流货。总之,上好的东西世间少有,一旦看走眼就会蒙受损失,立于此等境地,不得不准确无误地对形形色色、各种各样的所有的骨董贴出相应的价格,并且获得一定数额的佣金,这才是买卖交易的正途。无论如何,都不可大意出错。如同在风浪中驾驶小舟,波澜万丈乃是生意之常态。一个外行人挤进来又能做什么呢?这里要讲个故事,由此足以想见,如今的骨董世界是多么波澜重重、险象环生。然而这个故事并非我的假设,而是确有出处。因为所谓"出处"十分明显,所以如您所望我就直接切入主题了。

这个故事出自进而百年前的古书中。京都的堀川有一家叫金八的古董店。这个金八在年轻的时候,父亲对他教导有方,他自己也非常勤勉用功,目光相当敏锐,自己在同行、朋友中也毫不胆怯,可以算得上一位出色的男子汉。实际上他万事想得周到，非常有眼光又有头脑，即使从父亲手中接下这家店，也完全可以独当一面了。但是，天下老人都一样，他的父亲经验丰富，且是关切善心之意，认为儿子尚不够好，因此依然站在金八的背后，对儿子倍加保护，但依旧由他决定大事。

有一次，金八去大阪，途中经过深草时，发现路边有一家老旧的古董店。那里正在进行交易，他稍微瞥了一眼，不经意间发现一个绘有古代泥金画的上好的马镫。金八心想这真是个好马镫啊，他驻足观看了一下，发现这个马镫无论是时代感，还是做工，皆是难得一见的好东西，遗憾的是只有一只。要想收集到一对的话，这家店里应该也是不会有的。但是金八还是询问了价格，一听还非常便宜。金八想，啊，如果是一对的话，凭我的本事肯定可以卖到三十两，但是只有一只真是没有办法啊！即使价格很便宜也卖不出去啊，买了又有何用呢？虽然金八被这只马镫深深吸引住了，但是他回头看了看，最终还是没有下决心买，就往大阪去了。即使再好的东西，如果卖不出去的话也不会出手购入，真不愧是生意人啊！但是，当他继续往前走，走到京桥附近的骨董店时，不知是巧合还是天意，他竟然发现了和之前那只马镫一样的另外一只马镫！嗯，这肯定是一对马镫分散到两家了吧！我决定了，先买下这只，再买下深草的那只，这样就能凑成一对卖到三十两了！金八心中暗喜，一问价格，谁知尽管只有一只价钱却很贵。店家回答说像这样的东西虽然只有一只，但是因是稀有之物，所以并不便宜。虽然价格比较贵令他很无奈，但是因为他心中另有打算，所以就高价买下了。回到自己家后，他立刻对父亲说了这件事情，当然他的本意是想取悦老父，没想到父亲听完之后，不是高兴，而是勃然大怒。父亲训斥道："蠢货！你怎么那么着急呢！你怎么没有分清马镫是左是右就买下了啊！"金八也不是蠢人，立刻就明白过来了，立即向父亲叩头道歉："坏了！我以后一定会留神的！请原谅我吧！"从此以后，他就有了"一只马镫的金八"这个绰号。这原本就是

141

同一只马镫，先放在深草定价，然后绕近路把同一只马镫放进京桥的其他店里，让金八自己去发现。心里不着急就弄不到手，但是一定要抢在别人前面，再加上贸然出手之前自己又好好检查过，觉得这肯定是同一种东西，在这两种心理之下，像金八这样的生意人也忘记了查看左右，吃了大亏。父亲不愧是老手，反应过来，将残缺的东西买全凑成一对从而大赚一笔，怎么可能会有这样的好事呢？故而父亲立刻追问儿子是否注意到了左右之分，以心中的明灯驱散贪欲的黑暗，唯有老父亲可以做到如此。当然，去深草问过之后，那只马镫果然不在了，最后金八只赚得"一只马镫"的虚名。虽然古今有别，但即便是在今天，信州与名古屋、东京与北京之间，如果靠这种手段算计别人，那些利欲熏心者未必就不会上当。"一只马镫"的金八，还是一个有些意思的故事的。

再说一个古代的故事吧。这个故事出自明末时期的杂笔，故而情节颇为复杂，且故事中出现的爱好骨董之人和骨董店的种种性格、风骨，也都自然呈现出来。此外，故事中说到他们对高贵的骨董是如何沉溺热爱，这种热爱与欲念之中又潜藏着怎样深刻的危险，这一点不仅甚为有趣，而且又引发人们对于骨董的一种淡淡的醒悟，故而自己虽不懂，却越发感兴趣。故事中出现的人物是名望很高之人，如此想来，这个故事自然并非虚构的。

说起定窑，但凡是对骨董感点兴趣的人都知道，这是贵重的陶器。因产自宋朝时期的定州，故而名为定窑，详细说来，其中有南定和北定。所谓南定，是指宋朝被金驱逐南下之后的东西，那么此前的北宋时期，美术天子徽宗皇帝在位的政和与宣和年间，也就是公元一〇一〇年至一〇二〇年间所制造的东西更为贵重。此外，又有"新定"之说，这是后来元代产出的东西，并非真正的定窑之物。北定的底色是白色，且掺杂了白色的泑水，自是别有风味，虽不是什么了不起的东西，却颇为吸引人。

然而，当时有一件定窑的宝鼎，因是一个鼎，或许是当时进贡给宫廷之物。该鼎可谓是精中之精、美中之美，实在是令人叹为观止的神品。最初在明朝成化弘治年间，被朱阳的孙氏收藏于曲水山房中。曲水山房的主人孙氏乃是一位大富豪，后被风雅之士鉴赏家孙七峰所继承。七峰是当时的名士，与杨文襄、文太史、祝京兆、唐解元、李西涯等人均为朋友。七峰所居之处在南山，正德十五年时，七峰依照古风，举办兰亭修禊会①，当时唐六如作画，兼题长歌，因而孙氏并非仅仅一介符号而已，因此，定窑之鼎的底座，由友人李西涯以篆书铭文雕刻。即使单论李西涯的铭文，现在自不必说，在当时也极为珍贵。是以，此鼎是如此难得之物。

然而，嘉靖年间，倭寇横行，身为富豪的孙氏在种种方面深受其害，逐渐家道中落，所藏珍品也逐一流散，这座鼎也流落到京口手中。后来昆陵的唐太常凝庵恳望甚切，最后终于收入凝庵手中。凝庵其人，既有地位又有经济实力，为人博雅又长于鉴赏，自然是有学问之人，故而家中也藏有非常多的优秀骨董，但是孙氏旧藏白定窑鼎的到来，令其他诸窑藏品皆尽失色。因此，论及天下窑器者，均以唐氏凝庵所藏定鼎为海内第一、天下一品。事实上，这确实是一件无与伦比的奇宝，无论是一见或者未曾一见者，皆啧啧称奇，交口称赞，垂涎三尺。

当时，吴门有一个叫周丹泉的人，心灵聪慧，是一个杰出英才，在美术骨董方面有天才般的眼光和能力。有一次，他从金乘舟而行，往江右方向去，途经昆陵，欲拜谒唐太常，以求一览天下闻名的那座定鼎。

唐太常知丹泉非庸俗之人，心中神交已久，故而欣然引见，应其所求。丹泉果真对那座鼎仔仔细细地端详，用手度量其尺寸，掏出怀中纸张临摹鼎之纹

---

① 兰亭修禊会：永和九年（公元353年）三月初三上巳日，晋代有名的大书法家、会稽内史王羲之偕亲朋谢安、孙绰等四十二人，在兰亭举行的修禊活动，这一儒风雅俗，一直留传至今。当时，引水环曲成渠，曰"曲水"，然后将盛酒的"觞"浮于水面，使之顺流飘下。觞杯飘至曲折拐弯处，当杯子缓缓经过宾客面前时，即可取过一饮而尽，然后吟诗作赋，以为娱乐，此即曲水流觞。

样,对此奇品大饱眼福之后,欣喜拜谢而归。之后又乘舟继续自己的旅途。

之后过了半年有余,周丹泉又来拜访唐太常。丹泉气闲神定,告过礼节之后说道:"我又入手了一件和您秘藏相同的白定鼎。"唐太常大吃一惊。因为这是被誉为天下一品之物,别处怎可能会有呢?然,唐太常道:"若果真如此,还请让我一观。"丹泉携此物而来,是以并无异议,遂请唐太常观之。唐太常拿在手中一看,无论是大小、重量,还是骨质、釉色,都与自家所藏分毫不差。于是赶忙取出自己的藏品对比观之,犹如孪生兄弟一般,两者纹丝不差。唐太常将自己藏品的盖子盖到丹泉带来的鼎上,亦是完全吻合。唐太常越发吃惊,不禁长吁短叹,问道:"不知兄台这座鼎是从何处得来的呢?"于是丹泉莞尔一笑,道:"这座鼎实则出自贵府啊!之前有幸在贵府拜见贵鼎之时,鄙人将其大小、轻重、形貌、精神等,一切细节全部了然于胸。故而仿而造之,万望见谅,绝非想要欺瞒兄台。"原来,丹泉平素常去江西景德镇,吩咐能工巧匠仿制古代窑器的佳品,把那些爱好"掘出物"、企图低价购买贵重骨董,以及对骨董一无所知只想花钱买骨董之徒骗得团团转。这些仿制品,款式纹样色泽,全都咄咄逼真。因为有如此可怕之人,且在明朝时就已经有这样的人了,所以即便是在当今,这个人所造的仿制品是叫北定窑或者什么什么,被珍藏在某处人家中,也未可知啊!话说回来,唐太常听完周的话后,更为叹服,道:"如此,请将这只新鼎割爱于我吧,我将把它与珍品一起,作为副品永久地珍藏下去。"故而赠予周四十金。当然,丹泉此后再也没有仿制过这件珍品。

光这个故事就知骨董爱好者中猫腻颇多吧,但是故事还没有完。之后又过了数年,至万历末年时期,淮安有一个名为杜九如的人,此人是个商人且是个大富豪,以购买珍宝而闻名。因其不惜千金购买奇珍异宝,故而董元宰的旧藏汉玉章、刘海日的旧藏商金鼎等物,皆被杜九如收入手中。这个杜九如听闻唐太常家中有宝鼎,早早就四处探听,欲纳入自己手中。

太常家中此时已至孙辈,君俞为当家主人。君俞生于名门,品位极高,且为奢华好交友之人。故而九如携重金以为君俞拜寿之名,提出想要拜见大名鼎鼎的定鼎,以慰平生所愿。君俞并不怎么喜欢靠金钱支撑起脸面的九如,加之君俞出身高贵,故而有些看不起九如。于是他半开玩笑地答应了九如的请求,但是把真鼎藏了起来,而是拿出周丹泉仿制的赝品让其观赏。虽说是赝品,然最初真鼎的主人凝庵也为之叹服,更别提从未见过真品的九如了,他怎么可能猜到这是赝品呢!九如为这只鼎的高雅巧妙之魅力所倾倒,深感这是一件难得的佳物,痴迷不已。于是他不由分说硬塞给主人千两黄金,又给了中间人两百金做报酬,将这只赝鼎豪夺而去。"巧取豪夺"一词,在宋朝时期已屡屡出现,爱好骨董之人自然也有豪夺之事发生。这种事若说可恕亦可宽恕。

　　但是,君俞却陷入了困惑之中。之所以这么讲,是因为他让九如带走的并非真品。君俞最初高高在上,以为来者是暴发户之流的人,故而以赝品充当真品示人,而九如本非恶人而是性情温厚之人,君俞觉得不能这样欺骗人家,所以遣下人去告之九如,恳求他的理解。"君所取之物实为赝品。真正的定鼎仍藏于我处,因谨遵太常公之训诫,故而不敢轻易示人,请君万望见谅。然,君捐千金却得一赝品,虽君不知此事,但我心中实在惭愧。请务必将此鼎退还于我,我自然也将千金退还于君。"但是世间每每有这等事例,卖东西之前觉得金钱重要,所以愿意出手,但一旦将东西出手之后又会觉得失落,遗憾之下就想索回。杜九如觉得君俞亦是如此,所以找到赝品这样一个借口,他觉得其实想要反悔才是君俞的真正用意。因此,九如答道:"哪里的话,怎会有如此之赝品?即便这是赝品,我也很满意,就留在这里吧,我不会后悔的。"君俞言道:"若你如此不信我所言,那将两座鼎放在一起让你看一看如何?"即使这样,九如仍然将信将疑,固执地说道:"不管你怎么说,我都要留下这只鼎。"于是,唐君俞拿出了真鼎,让九如和赝品比

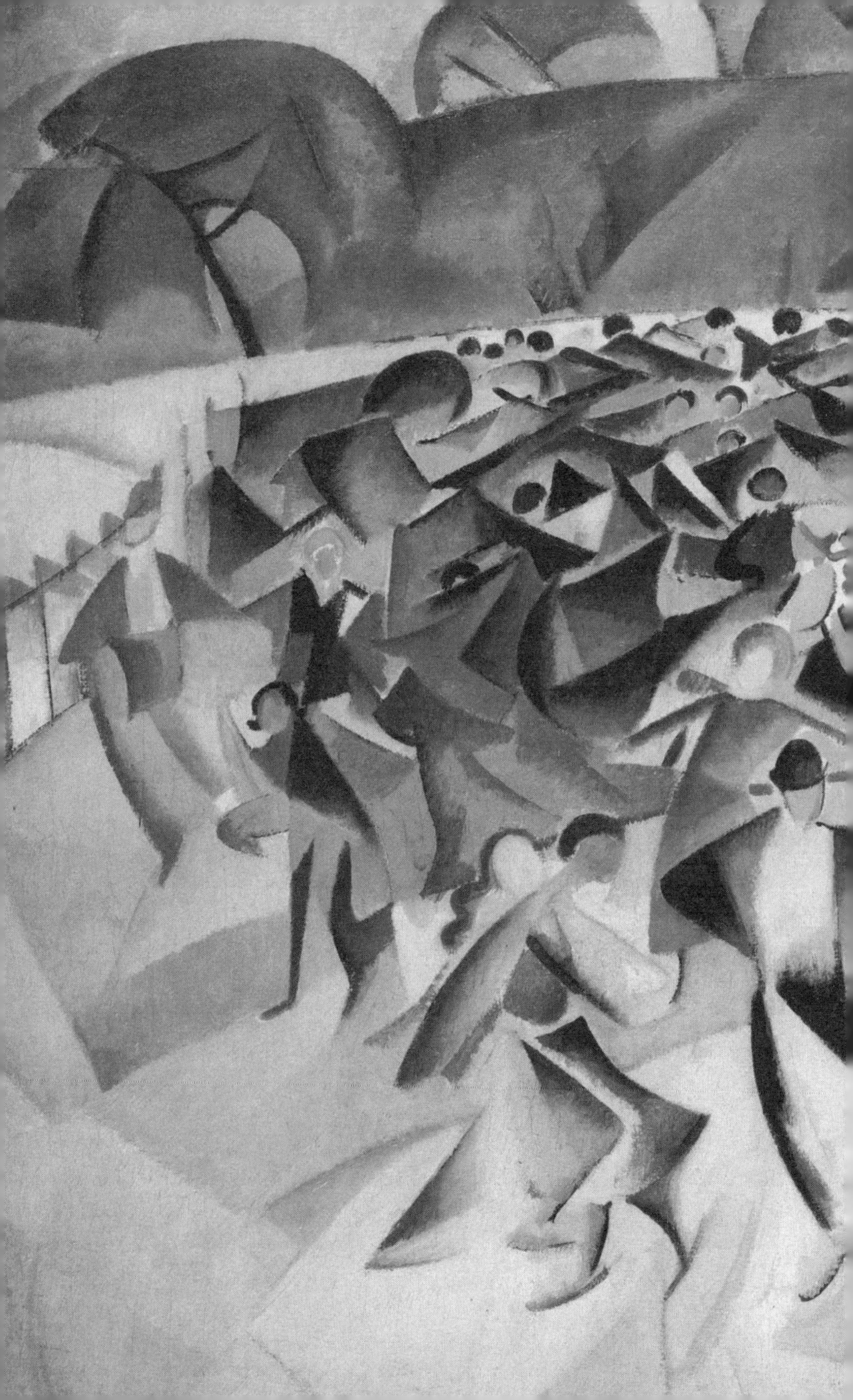

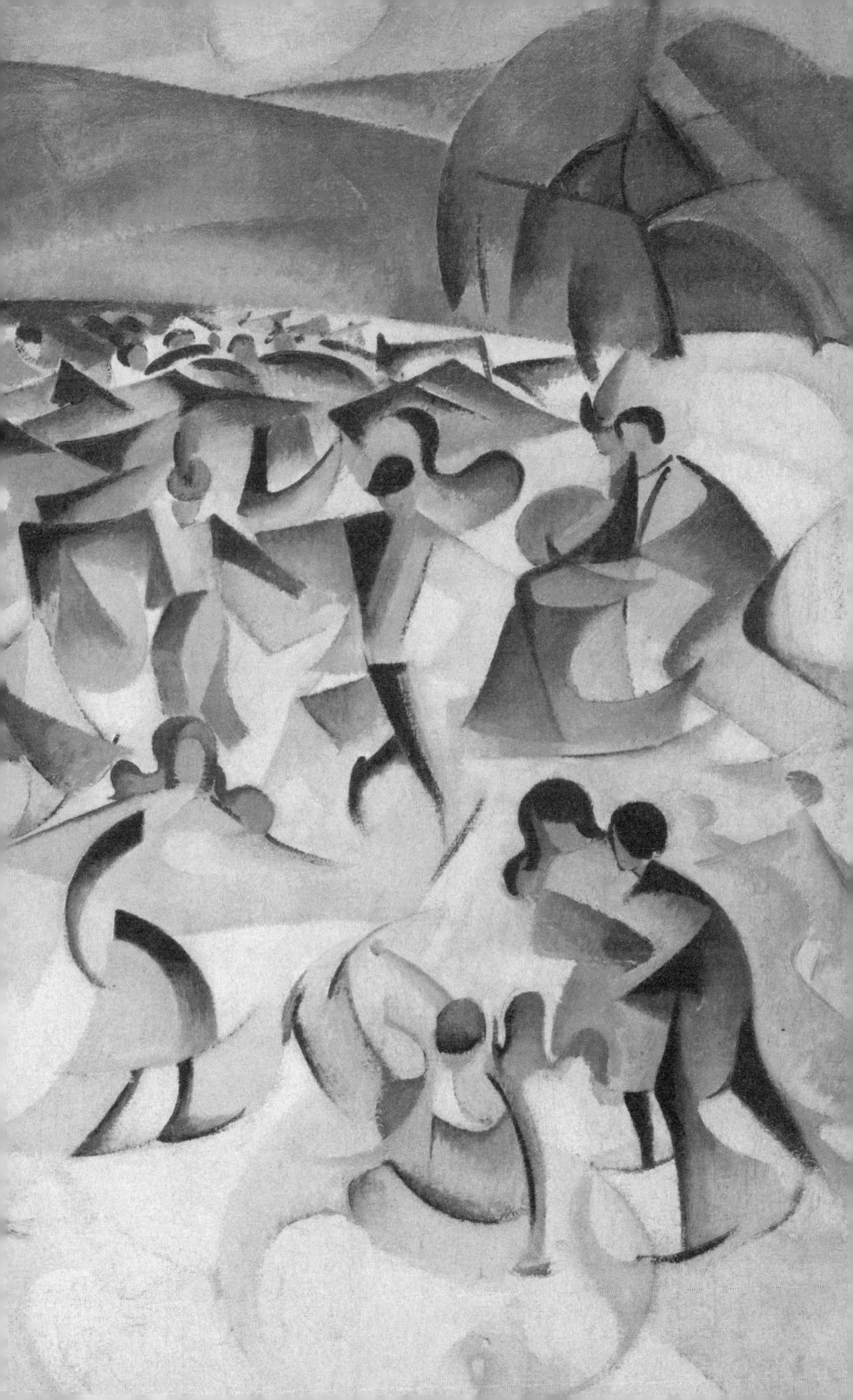

较观看。两者均是气派非凡，然而对比之下，真假立现，真品的神彩、灵威确是世间无二。但是，杜九如也如前文所言，未置可否，最终他虽已知自己所得为仿品，却并未归还。九如当时的心境，在旁观者看来甚为有趣，但对他本人来说应该相当奇怪吧。然而，其中曲折原委世间不得而知，只相传九如家中有个千金买来的宝鼎。九如去世后，其子继承之。

有一个名叫王廷琯的人，字越石，此人与将一只马镫卖给金八的那家古董商一样，品性不好，他知道了杜九如家中有一个了不得的定鼎。九如之子是放荡之徒，常流连花街柳巷挥金如土，家道日渐败落。于是廷琯趁虚而入，借给杜生八百金，并事先说道："你无法还钱之时，将贵府的窑鼎抵债给我即可。"杜生是公子哥，果然上了廷琯的当，最终鼎落入廷琯手中。廷琯大喜，大吹法螺，炫耀此鼎为天下一品、价值万金，并谋算着卖给好事者徐六岳这个大财主。事实上廷琯一开始就瞄准了徐六岳，但是徐厌恶廷琯的狡诈，对此事置若罔闻。廷琯的诡计落了空，苦恼至极却又无计可施。他本是个投机取巧、狡猾度世之辈，圈套未能得逞之时，就将东西当掉，可当他发现对此有兴趣的客人时再立刻赎回。十余年间，他就像下棋一般精心谋划着，在此期间，又各方寻求相似之物，总想捞到些好处。其中，泰兴有一个叫季因是的人，相当有地位，最终却中了廷琯的圈套。

季因是对唐家的定窑鼎也有所耳闻，当然他不仅没有见过，更不知其中详情，只是久闻其名，知道这是一件了不起的名贵之物罢了。廷琯看穿了因是是个好骗的主顾，绘声绘色地说起事情的原委，强行推销这个窑鼎，告诉他说："这就是那件宝物啊，是如此这般得来的。"并说这也是他从杜生那里得到的，能卖掉的话更好。虽然是赝品，但其是周丹泉所做的气派的仿品，可以假乱真，而且是形状迥异的方鼎。但是季因是对此一无所知，被廷琯之言所蒙骗，欣然买下了这件珍贵名品，支付了五百金的骄傲税，甚是高兴。

然而，昆陵有一个名为赵再思的人，偶然经过泰兴时，来造访友人季因是家。昆陵即唐家所在地，赵再思因同为昆陵人，曾在唐家游玩过，也见过那座鼎鼎大名的定鼎。因是昆陵所来之人，季因是洋洋自得，说到："近来我入手了一件了不起的东西，乃是唐氏的旧藏名品，正想特意请您评鉴一番，正巧您就来了，真是荣幸之至。"赵再思只是随口答应着，季又问："唐家定窑的方鼎，您可曾见过？"赵再思终于忍不住笑道："您在说什么呀！唐氏的定鼎并非方鼎啊，乃是圆鼎、三足。您所说的方鼎，那是何物啊？"季因是听完此言，怫然入内，久久未出。赵再思无奈只好等着，直至傍晚，季才终于出来，脸上仍余有怒色，道："王廷珸将方鼎硬卖给我，将人当蠢货耍弄，实在可恶。南科的屈静源是我所提拔之人，今已遣人修书于他，静源定会为我解决此事！"果然，因屈静源隶属官员，欲加以追究，王廷珸必大败，一溜烟地隐匿了踪迹，并托人致歉，又另赠其他赝品，这才最终逃脱了牢狱之灾。

故事即使讲到这里，可笑可恨之事已是颇多，再继续讲下去则越来越奇。廷珸有一个朋友叫黄黄石，字正宾，与廷珸同为徽州人，好像还是亲戚。他也游于富豪财主之间，对鼎彝书画之类小有积蓄，又有些眼光，虽不是正业，却也是半个行家，想要做些买卖。像他这样的男子，世间多有，看似风雅实在俗气，似俗而又好事，似愚而伶俐，似伶俐却总归愚笨，是不学无术的才子。这个正宾经常与廷珸相互交换骨董，并请廷珸关照其生意，颇有意思。他藏有一幅倪振林的山水画，实为佳品，想要拜托廷珸卖掉，定价一百二十金，不是个小数。然而，他是一个毫不马虎的人，虽然已托付于廷珸手中，因物品贵重，想到夜长梦多，不知会生出什么事来，故而在这幅画一个不起眼的地方事先盖上了自己的花押，当然这件事他对廷珸没有提及。廷珸一见是云林的画，非常喜欢，于是想要据为己有。于是，他委托了一位仿制赝画的高手，制成了一幅完全一样的摹本。正宾来取画时，他用米元章①式的巧偷之法，装作若无其事的样子，将摹本交给了正宾。谁曾想，对方早有先见之明，廷珸并未发现正宾隐藏的印章。因由这般原委，这幅画无论何时也卖不掉。于是正宾派遣下人，吩咐他把云林的画取回来，当然也告诉了他暗章的事。这个下人叫王佛元，平时对主人做事的缜密耳濡目染，所以他也变成了一个很聪明的家伙。佛元到了廷珸的住处，要求他返还云林的画，廷珸答应还给他。这幅画未有任何异常之处，佛元查验是否有暗章，不可思议的是，主人的花押连个影子都没有。当然不会有了，廷珸这次交给他的正是那幅赝品。

佛元发现果然如此，心中暗暗冷笑，但是他并非以卵击石之人，因而并没有当面指出事情古怪之处，戳穿这是赝品的骗局，他不会以木刀迎击对方恶毒的真刀实剑，以免对自己不利。于是他装作若无其事的样子，收下了这幅云林的摹本。他没有正面迎击敌人的真刀实枪，使自己没有陷入危险的境地。他如此说道："主人不仅吩咐我取回这幅画，而且想取贵府的定窑鼎一观，价钱的事可以再商量。"透露出欲购定鼎之意。廷珸于是欣然应允，将那口鼎交于了佛元。廷珸最终交给了佛元一柄更长的真正的利剑。

正在此时，正宾恰好赶到。他查验了一下画，说道："卖不出去就卖不出去吧，但你应该将原物返还于我，而你却做出如此狡诈之事，实在令人困扰。"廷珸坚持说："你说哪里的话，这分明就是原物无疑。"正宾答道："非也，你休想如此脱身。我在画上刻有暗章，如今这暗章在何处呢？我可不是这么好欺负的！"廷珸说："你这是故意挑事，我明明已将原物还给你了！"双方不相上下，互相争论，言辞激烈，争斗不休。此时，佛元用左右手指握住鼎的双耳，摆出一副决不归还此鼎的架势。廷珸心想，即使争论赢

---

① 米元章：米芾，字元章。中国北宋书法家，画家，书画理论家。吴人，祖籍太原。曾任校书郎、书画博士、礼部员外郎。天资高迈、人物萧散，好洁成癖。被服效唐人，多蓄奇石。世号米颠。书画自成一家。精于鉴别，善诗，工书法，擅篆、隶、楷、行、草等书体，长于临摹古人书法，达到乱真程度。

了，取不回鼎就糟了，于是他想要瞅准时机夺回鼎，但是佛元紧紧握着鼎的双耳，他未能成功夺回来。突然，鼎的耳朵折断了，鼎坠落到地上。只听咔嚓一声，价值千万金之物摔得粉碎。廷琚震惊之至，愤恨异常，一时暴怒，一头撞向正面惊呆中的正宾。正宾倒地肋骨受伤，场面陷入混乱之中。

原本，正宾近年来就身处逆境，又不太如意，沦落到要卖掉心爱的云林画作的地步，没想遭廷琚欺侮，东西被抢，自己还肋骨受伤，一时陷入郁闷苦痛中难以自抑，最终越夕而亡。廷琚惹上人命，无法在当地继续立足，故而离开当地，隐迹杭州。周丹泉所造仿品也就此回归泥土之中。

故事至此已讲了很多，再讲下去就罪过深重了。在廷琚早先收集到的数种定窑之鼎中，犹以号称唐氏旧藏的定鼎名品最为欺人。廷琚逃往杭州之时，潞王正寓居于杭州。廷琚遇到了潞王的承奉俞启云，向其展示赝鼎，并夸耀称此为唐氏旧藏的珍贵名品。于是引来潞王出手购入，廷琚自己实收一千六百金，赠予承奉四百金，总共卖了两千金。适时已是明朝末期，万事轻率，规矩崩坏，人才匮乏。潞王命一个稍显粗笨的厨役保管收藏鼎的柜橱，但是此人因失手将赝鼎一足折断了，后来此人畏罪自尽。此时，兵入杭州，潞王奔逃，承奉将废鼎沉入钱塘江中。

至此这个故事就讲完了，但是我们能看到，在骨董身上发生的种种现象，绝不仅仅只是这一个故事吧。骨董甚好，骨董有趣，唯愿都能利索顺利地缴纳大笔骄傲税，而乐在其中。想来像廷琚、正宾这样的人，谁也不想和他们扯上关系吧。此外，无论多么无趣之人，仅仅因为折断鼎足就让他献出生命之类的，真不希望这种事发生啊！

（大正十五年十一月）

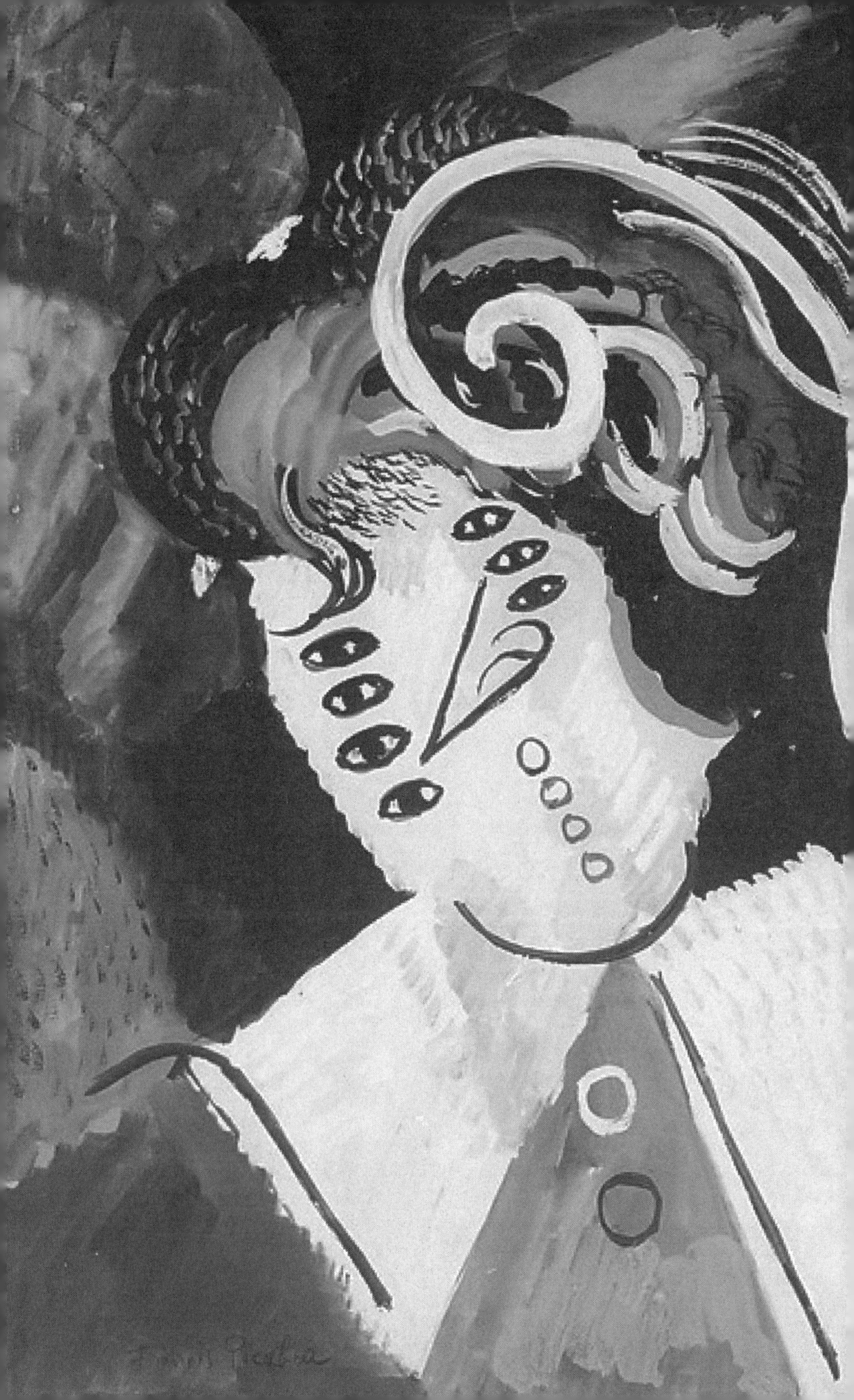

学生时代

若让我谈谈自己的学生时代，其实也并没有什么可说的。在我的人生中，能够称为学生时代的岁月很短，甚至可以说我没有经历过学生时代。因此能够说出来供各位学生朋友借鉴的东西基本没有。但是，如果像在学校宿舍发生的事这样无聊的话题也可以的话，那我就说一些吧。平时这样的话题我是不会接受的。

硬要说的话，就说说我十六七岁时曾经上过的汉学和私塾的样子，那时候发生的各种事情以及一起学习的同学的情况吧。虽然现在可能还有很少一些保留有当时风貌的私塾，但是数量很少，可以说基本已经没有了。所谓私塾，一般规模不会很大。而我上过的私塾规模很小，与其说是学校，倒不如说只是一个简单的家而已。其中有一位老师和两三位负责私塾内各种杂事的教辅人员。一般来说，这几位教辅人员都是由私塾里学生中的前辈来担任，老师也并不会拜托某位学生来做教辅人员，而是在长期受教于老师的过程中，自然而然地上升到了某种地位，从而担任起教辅人员的职责。总而言之，当时的私塾是由老师和自愿担任教辅的前辈弟子一起经营维持的。

去这样的私塾里学习只需要有熟人介绍即可，因此当时教授英语和数学的私塾稍稍带有商业性质，有很多规定需要遵守，每个月都要上交学费，秩序井然。与此相对，教授汉学的私塾就相对传统，虽然也有一些规定，但都比较暧昧模糊，交学费等一切相关事宜都停留在道德和人情世故的层面上，不是商业性质强，很有秩序，很规范的那种。我当时上的私塾就是上文提到的汉学私塾，老师除了授课之外，还另外有一份有收入的工作，生活比较宽裕，因此对我们就更加宽容了。只需要跟着介绍人去到老师那里，献上拜师礼品（一般都是钱或者物件），然后向老师磕头并说出自己的心愿，就能够成功成为老师的学生。然后，之前提到的教辅人员会过来将学生的姓名和住址登记在学生名单上，入门程序就完成了。在当时的私塾里，大家都是随便读喜欢的书，随便请教老师自己不懂的问题，这是唯一的学习方法。但是大家普遍都不太清楚到底读什么书好。这种情况下，通常都会直接去请教老师，老师就会根据每个人的学习能力，指定相关的书目。因此私塾里的几乎所有学生都曾经去请教过老师该读怎样的书。

由于每个人读的书都不同，提问不同，老师会感到十分头疼。因此，大家都是在家中仔细研读老师列出的书目，字不认识就查字典，意思不明白就苦思冥想，最后有实在不明白的地方才会去问老师，不会一个学生就占用老师好几分钟时间，就算是特别刻苦的学生也不会打扰老师长达十分钟之久。如果有人说"谁谁谁真是太厉害了，一百天就把《史记》列传读明白了"，马上就会有人站出来说"要是我的话，五十天就能读个明明白白"或者是"我一个月就能把本纪和列传都看完"！大家就是这样互相鼓励。偷懒的学生因为总在偷懒一点进步都没有，爱学习的学生进步迅速。虽然从公平的角度讲，私塾的发展比较畸形，但不管怎么说，发展速度还是相当快的。

不过，只是一个人一味自习，学完以为自己已经明白，其实大错特错的情况也经常出现，因此私塾里还会开展"轮讲（即轮流讲解）"活动。每天讲的书目都不同，每周都重复讲上周的书目。具体来说，周一讲《孟子》，周二讲《诗经》，周三讲《大学》，周四讲《文章规范》，周五讲什么，周六讲什么，其中简单的书是为学习能力较低的人准备的，较难的书是为学习能力较高的人准备的。然后每个人轮流讲自己负责的章节，如果有错误的地方与其他人一起钻研，争论，然后请老师判断哪方正确，错误的一方在本子上画个黑色圈圈。因此，难免会出现"这家伙一脸傲慢，明明什么都不会，还摆架子，让他尝尝苦头"的情况。或者谁想让谁难堪时，就过度查字典，找对方的茬儿（虽然他平时也经常查字典，但这种情况下会连字的起源都事先一一确认，等到对方讲完后，向他抛出一个疑难问题）。现在回想起来当时的争论真是十分奇怪。因为找茬儿者事先调查得十分详尽，硬要纠缠文字论，讲解的人很难回答，十分尴尬，但实在是因为太尴尬了，反而昂首挺胸,对着找茬儿者说"我读书的时候只领会大意即可,并不会在字字句句的意思上纠缠",如此互相较量。

  除此之外,还有一种叫"复文"的活动。也就是把翻译成日语的句子再重新翻成汉语。如果一点错误都没有的话,会受到表扬。斗文斗诗大概一个月举行一两次,老师每周会讲一两次课。大概就是这样,没有什么其他规定了。我所知道的私塾就是这样。在自己家里自习的时候,大家都会抄写、摘录或者背诵各自喜欢的诗和文章,我还记得当时我曾经和迟冢丽水君比赛抄写《庄子》全文。后来我把抄写的东西当成废纸用了,现在已经找不到了。写到这段的时候我问了丽水君,他好像还保留着当时抄写的《庄子》全文。

  正如我之前所说,我的学生时代十分短,上汉学私塾的时间也并不长。在私塾里,轮讲时经常遇到很尴尬的情况,本子上也净是些黑色圈圈,经常被人追问得哑口无言,还没来得及达到能够把别人追问得哑口无言的水平就退学了。

云之种种

夜云

夏秋相交的夜晚，可以见到美丽无比的云，都市的人们却都不留心。乘舟破浪之际，天暗水黑，星月之光不泄，浪打船舷，青白骚立，海面之上，令人心慌不安。入夜丑时三刻，独立于船舱，海风拂面，任凭衣襟被打湿，吟诗以遣难以入眠的旅途感怀。忽然浪起水涌，水天齐变骇人之色，亮光大作。千重万重浪头犹如白银之簪，光辉闪烁，细看来如怪石，似猛兽，像山，同鬼神，耸立于空中，盘曲之云，皆镶嵌着金黄衣边，更显庄严，令人叹为观止，夜云美如斯。

雨后的云

雨后云的美好，只在山中可见。若居于低山，则无此景致。无论是各处名山，还是眼前脚下之山，夏日夕阳，微风袭来，望溪谷远近，观云之往来，趣味更甚。前山之色更添青翠，山麓野趣风情万种，观之，仿佛一座城郭外的山村寺庙，白云浓密，乘疾风而上，翱翔于天空，其形如龙又似虎，翻转飘动如布，张合似伞，变化多端。侵蚀山峦，覆盖山麓，吞吐山村，前者似爬行而去，后者若飞舞而来，其姿其态，使人百观不厌。小山峰峦耸立中，有松林林立，远远观之，如马鬃若隐若现，在金字塔形的山巅中，突如其来地露出云之面容来，格外有趣。

坂东太郎

记得丹波太郎曾出现在西鹤文中，坂东太郎却未曾在古人文中展现过其风情，因此云也有为人所知与为人所不知之处，颇有趣。坂东太郎多见于东京的夏日，被视为可怕之云。夏季的傍晚，雷阵雨将至之时，黑云蔓延遮盖住半边天空，犹如十万大军原野压境，岿然不动，然而却又使人感觉到其中有风。如此风雨随时欲来之风情，就好像一败之后的将士，期待着必死的结局，寂静之中，涌动着抑制不住的勃勃杀气。此云在天空蔓延，片刻就有风簌簌吹起，倾盆大雨骤然而落，狂风暴雨中，此云既出，其可怕无物可及。与其他变幻万千的云不同，此云如千里秋水侵犯，一派宏伟壮丽之趣，非懦弱儿女所能爱之物。若在东京市区亲眼观之，则除此云的风情之外，其他壮观快慰之物甚少。

蝶蝶云

风吹之时，分散成不大的云朵，色为白色，或者灰色，如蝴蝶翩翩起舞，随风飞舞而动，故将此云叫做蝶蝶云，取名也甚为有趣啊。

豕云①

虽不知蝶蝶云是否常出现于古代和歌之中，然豕云此种云彩却常现于仲正的诗歌之中。夏之夜，秋之夜，每逢无雨晴空，一朵云彩就如小猪崽子一般圆润肥满，行走于月亮周围，因而被人们所知，此云亦是饱含风情之云。有歌曰："碧空月光明，飞散此豕云。"思来甚是有趣，此云之名得以传播，也多赖于此歌之功劳吧！

水云

慈镇和尚有歌云："未晴水云月，空雨夜犹长。"水云究竟是指何种云，长久以来令人思疑。在全流兵书中记载，此云乃是雨云的一种，形状分散似鱼鳞，遍布空中。如此一来，我猜想此云莫非是水增云之义？古代歌人不可轻视，他们远比今人森罗万象，心思细腻，诚实勤恳。我等思绪不到之处，古人亦可取用作歌之题材。

望云楼

东坡所作望云楼之诗有云："阴晴朝暮几回新，已向虚空付此身，出本无心归亦好，白云还似望云人。"果然不无情趣，然似乎另有深意，只是白云是否点头，则无所察。

---

① 豕云：色彩斑斓的云，像毛色斑杂的野猪崽般带有各种颜色的云。

寂莲云之歌

"风吹似无云，飘荡大空间，犹似此人世。"寂莲法师之歌甚为有趣。云无常，是世间不可希冀之物，虽人所皆知，可是只有再三吟诵这些优美诗歌之时，才能切身体会到云的虚幻，世间的无助。以"风吹"起句，已是饱含情趣，继又"似无云"，新颖又稳妥，而且所用词汇将人心引向幽玄之境，其后以"大空"一词描绘出其广大，飘荡世间，让人的思绪纠缠于可怜悲伤的长叹之上。谁能对此歌毫无感触呢，谁又能对此歌恶语相向呢？每每静心吟唱三遍，人们心中便油然涌出一种厌弃的念头，纷纷舍弃名利之境，愿心归寂静之土。

鲗云[①]

所谓鲗云，是如沙丁鱼鱼群一般点点相连密布于空中之云。虽多见于晴日的傍晚，然含带雨气，说来与水云相同。有狂歌云："芝浦渔人忘打网，明月厌倦此鲗云。"此歌乃天明时期的歌人所作。蓝天中几有一半布满此云，白云绵延，风情万种，格外美丽。幼童手指鲗云，言此乃大量捕获沙丁鱼的前兆，亦十分有趣。

旗云

所谓旗云，确切而言，并非云之名称。在信实的歌中，此云是夏季傍晚时分雷阵雨之时，显得庄严肃穆之云。在后鸟羽院[②]的歌中，仅指傍晚之时美丽的晚霞。"龙王旗云落夕照，今宵月夜几重明。"在天智天皇的这首御歌中首次得见此云，而歌中所指乃旗状的傍晚之云。如旗状的云彩经常可见，而今已无"旗云"一词了。

[①] 鲗云：鱼鳞状卷积云，白色无阴影的小块状云群。卷积云或高积云，一般形成于5000米以上的高空，被视为能大量捕捞沙丁鱼或暴风雨的前兆。

[②] 后鸟羽院：指后鸟羽天皇，日本第八十二代天皇（1183—1198在位），曾敕纂《新古今和歌集》。

细卷云

如布一般洁白，安稳地布满天空，即为此云。大抵见此云之时，每每天空蔚蓝如洗，色泽美好，风平浪静，如毛刷般淡淡白色横贯天空。我曾请教过老人们此云何名，却无人知晓，只是听说此云的出现预兆着好天气。看了海贼众第一能岛家的兵书，才知这是细卷云。此名诱人，亦能用作歌中吧？

翻云覆雨

"翻手为云，覆手为雨。"是为人熟知的"贫交行"中的句子。句意是指反复无常，是中国的不良小说中用来形容荒唐古怪的套语。就像"沉鱼落雁"等词，其原意并非是形容人之美，最后却变成了称赞女子美丽的套话，真是甚为好笑的谬误。

云之动向

"云东行，车马通，云西行，马溅泥，云南行，水潭涨，云北行，好晒麦。"这是中国的谚语。和歌中也有"云往北，雨飘起"之歌，还有"雨落北天云密布，君当放眼望别处""北行夕云覆大空，观得此象雨来降"等歌。虽然地不同，时不同，道理却相同。若仔细思量，难免生出二者孰是孰非的浅薄之心来。还有俗谚道："云往南，雨漂漂。云往北，老鹳寻河哭。云往西，雨犁没。云往东，尘埃老翁没。"彼非谬，此亦非谬。我国俗书上也有"朝向西北望，见黑云必有雨来降""青云蔽北斗，大雨必至"等谚语。我国一般不会说"好晒麦""老鹳寻河哭"之类的事情吧。语易译，意难传，如此相关之事甚多。前文所言的光俊之歌，若是翻译过来拿给中国村老野人去看，怕是会被嘲笑吧。

南行云

在东京，云往南行之时，多有火灾。在明历三年至明治十四年间，共有九十三次火灾，除去其中的二十二三次，其余都发生在云往南行，或者行往东南、东西方向的时候。冬天多吹北风，火灾多发生在冬天，也不足为怪。说起东京的大火，真是令人担心，火光映照着往北行进的云，天空中如红霞满布。没有其他缘由挥笔记之，若老人见了，怎能不苦。虽然有心，却难以如愿。

徘徊云

风力渐弱，云行稍迟，天虽犹黑，空中却能见星光闪烁，雨后多见此景。此时，云既不得行，亦不得停，漂浮摇动，在星月之光下，云之势完全被压倒。称之为游移云缺少情致，但是若称其为飘荡云、弥漫云、踌躇云，则兴趣全无。有歌云："徘徊云隙夜观星，寂然村云落入空。"把它叫作徘徊云，甚是有趣。我想对伊势歌人来说，比起相关词语的实际效用，更应该尊重古语的价值。用词妥当极好，但将语言的确切与实际相协调，则更上一层楼。

驱云

这是中国所用的措辞，虽然与我国不同，但是甚为有趣，如"灼然驱云如见白日"这句话的"驱云"二字，在我国的歌中就难以见到。"拂"字比起"驱"字来，不仅弱而且无趣。

空云

"月前时雨过，空云秋山风。"这是慈镇和尚所咏的拙作。但是，歌中"空云"一词甚妙，所谓"空"，应该是"空人""空花"等词中的"空"字。说起它的用途，也足以成为季节和歌中的特定用语。

云之技

云之技能很多，其中最有趣的，是冬日的早晨，早早平缓漂浮着的云，笼罩着溪谷，覆盖着山麓，世间万物，山上的人都看不见了。太阳尚未升起，月落星光稀，天空犹有一阵暗之时，宿身在高山的人，无论身份多么高贵，都毫无例外地早早起床，亲自打开门户，忍着钻心般的寒冷，放眼远眺。昨日脚下山麓路边的村庄，看起来也如画一般小巧，小河中流水洁白，细如丝线，隔着深谷，处处是名山相连，映入眼帘。离我所立之地的不远处，自下遥望，一直到对面遥远的不知边际之处，白云如平缓的大江流水，飘然而过，将村庄、河流、深谷都隐匿起来，看上去下界像是沉入了海底，虽然知道云之此技，但是仍然让大开眼界，震惊不已。"开门忽怪山为海，万叠云涛露一峰。"真的是如这句诗文中所言啊。

云中之梦

即使睡在上文所提的白云中，人的梦仍然会沉迷于尘世，眼中见到的也都只是愚昧之事。"虽寐白云中，梦入凡尘里"一句，咏出了我偶尔有的现实。

云之态

韩云如布，赵云如牛，楚云如日，宋云如车，卫云如犬，周云如轮，秦云如行人，魏云如鼠，齐云如绛衣，越晕如龙，蜀云如菌等，这些说法颇为有趣。各地都有既定的云，这些云也应该有既定的形状，大体有规则，具体如何呢？江户的坂东太郎，浪花的丹波太郎，九州的比古太郎，近江附近的信侬太郎等，这些都根据云的出处为其赋名，不足为奇。加贺的鼬云，安房的岸云，播磨的岩云等，是当地人根据云的形状进行想象取名的。魏云如鼠，齐云如绛衣等，皆根据魏齐之俗，遂有鼠云，绛衣云等称呼，而后述之。单凭一人之口，随心所欲地说出了那里的云像什么形状，是愚人也知道的伎俩。

伞峰云

如同向南天张开的竖立的伞一般，这种竖立的云就叫做伞峰云。伞峰云不久即破，听说云的破口处会有风吹来，但是居住在市中心的我还未见过，亦无见到的机会，甚是可惜。

铁砧云

恰如东方拔地而起之白云，被称之为铁砧云。铁砧即打铁所用的铁砧，此云之形状类似铁砧。据说若是此云的尖端退去，则西风强劲吹起，若是站起伸足，则会成雨。虽眼见东方白云如拔地一般悠然而起，却犹不知此乃铁砧云之风情。

卿云

无论是叫景云，还是卿云，还是庆云，均非确定所指之云。有说卿云绚烂旖旎；有说非烟非云，紫气摇曳，光辉流溢；有说大人作矣，五色氤氲；有说金柯初缭绕，玉叶渐氤氲；有说还入九霄成沆瀣，夕岚生处归松鹤。见了这样的诗句，可知归处即美云。一年中，又有几次能见到绚烂的云朵呢，如果出现美丽却看不惯的云，超出平常，似乎反倒不是什么可喜的事了。五色云又如何？天空蔚蓝方喜人，云朵洁白才为优。八云立神之御歌解说中说道："此时直立的云是天地之魂所现，是为吉瑞，是上上签之云。"是否灵验，不得而知。意欲一问上上签之云又是什么样的云朵呢。说到八云立，解说中断言"八云立"是惊叹于美妙祥瑞之云时所使用的词语，更显奇妙。在崇神纪的歌中，八云立出云枭师出云亦如此这般作歌过，说"八云立"，这成为令人吃惊的词语，甚为奇妙。

花儿种种

梅

　　梅无论在田野，还是在山地，无论在小河之畔，还是在荒矶角落，自己不仅花开盛美、香气清灵，甚至使周边环境看起来温文尔雅。崩塌土塀，歪斜横门，抑或巴掌大小坑坑洼洼的瘠田，或者虚有外表的小神社，诸如此类常常让人一眼望去便心生凄凉之处，若是近处有那么一两株梅花盛开，看上去便成了有趣之地。譬如德高心清之人，无论其身居住何处，自己断然不会沾染居室的庸俗之气，而是去改变居室之俗。读《出师表》而不落泪者，犹可为友，而不好此花之男子，不堪为奴。

红梅

　　红梅无香如艳女不歌，有香则更喜。建仁寺之篱，新意尚存，青光闪闪，小草丛中开出数朵红梅来。黝黑古寺之书院，廊柱雕梁，香气扑鼻，颇具情趣。有人故作贤明，言道梅花唯有白梅为佳，红梅不被人喜，心境如此卑贱。花岂能与他物相比，强分仲伯？

牡丹

　　牡丹乃是依靠人力所成之花。若弃之不顾，好花也会渐渐变成悲伤之花；若精心培育不怠慢，则其美艳自然倍增。在明媚的阳光之下，花姿舒展，优雅盛开，绝非忧世之物，可喜可贺。单花瓣惹人喜爱，八重花瓣亦惹人喜爱，花团锦簇更惹人喜爱。每次见到如此美丽之花，都深感人之精力，绝非廉价之物。

岩桂

　　又称木樨，此花外表虽不甚悦目，然待到花期盛开之时，花香飘溢，悄悄潜入读书人的窗棂，傲然挺立于庭院一隅，迎风暗自吟啸，典雅之态跃然而出。甘芳馥郁，沁人心脾，花朵乃金黄之色，凋落于地面后，见之亦不乏情趣。只是余香浓烈，好比遁世的高情操者，却为众多和歌咏叹，反倒让人觉得有些许遗憾。

石榴

人之心境稍感倦怠之时，面对天空，于随处可见的绿叶丛中，但见石榴花艳丽如红火，直扑眼帘。虽无惹人注目的可爱姿态，亦无令人惊艳之美丽，然而却有着扑入人眼的热烈光彩。

海棠

思来牡丹盛开，不憎蜂蝶之嬉，海棠花颤，引得色禽嫉而近之。此花之娇美，果真再无胜其者。困于雨，润于露，皆不失艳丽之雅趣，红木瓜只配为此花做侍女，真乃绝色美人也。人能不被其所惑，实乃幸事一桩。

栀子花

栀子花，乃花中性情怪癖者。虽被困于灌木篱笆之中，却全无恨意，在阳光稀疏之处安静地绽放。感情细腻之人，虽隐身遁世，亦可见其情深。花香浓郁，优雅澄明，云朵飘曳之清晨，微风停定之黄昏，格外不似凡尘之物，真乃趣味盎然。

瑞香

沈丁花，如市井之人学习俳句。此花的枝干也不高，虽然看起来无甚荣耀之处，然亦不卑贱。近观非风雅，远闻惹情趣。

萱草

萱草于百草之中独辟蹊径，悠闲盛开，不厌世不献媚，也不隐世不背人，颇有情趣。此花虽无百合之美，却以四海为家。万般温顺，具君子之器，花朵小巧，虽不值得精心挑选特意观赏，却着实为人所喜爱。虽有怨有忧乃人之常情，但心中倘有二三不如意之事，不妨温暖心思面向此花，或能忘忧解愁。

绣球花

花团似球，却不多芯。虽初色淡，但不久洁白似如雪而终。如同性情偏颇之人，经积年进道，心趋纯正。远望亦好，近观亦好。单就花朵而言，当为人师。

水仙

有姿容具才气，不近男色之女，修习于世间，终身不知污浊，笼居于山脚村庄，除明月之外，无有见其真容者，内心清净，如此即为水仙之趣。山脚下天色稍暗日暮降临，安房锯山陡坡一带，有名为"金台"之水仙，花开亭亭，气度高傲。

菊

菊，白色喜之；黄色喜之；红色亦喜之；紫色亦喜之；蜀红亦喜之。大朵，喜之；小朵，喜之；鹤翎，喜之；西施亦喜之；剪绒亦喜之。借人之力，可使花朵变大，可令花瓣变奇，又令色彩变妖艳。然而其自然之趣，可使花美色纯。陶渊明所爱之菊乃白菊，顺德皇帝亦酷爱白菊。白菊者，色白而形小，枝头多花，其性不弱，若遭逢风雨，虽一度倒伏于地，须臾又忽起而开花。擅长塑造菊之形者，并非今人，当是真正酷爱菊花的古人。黎明晓月下，墨染晚风吹，洁白的菊花越发纯洁幽雅。黄色为菊花本色，是为上品，更可见其典雅。紫菊红菊亦各有其趣，无一令人生厌者。即使非己所好，只要不是人为涂色，亦难言其恶。偶然发现未知之情趣，知其乃有趣之物，必后悔先前将其弃之不顾，适时见花之娇媚，人岂不感羞愧。近来有人画一童子手持菊花，然而却无慈童之态，令我不禁想起蜀之成都汉文翁石室中的壁画《菊花娘子图》，画中既不见女子，又不见猕猴，未免心存疑惑，之后听闻此画乃是出自画匠想象中的菊花精灵。若是爱菊深切至此，菊花又岂能不酬报此情，是以童子姿态现身于人前，持笔写其面容，一气呵成，微笑以对之。

芙蕖

芙蕖可谓花中之王。生来品格高尚，德行秀美。芬陀利花亦好，波头摩花亦好，花香虽远溢，却又不似岩桂、瑞香、蔷薇一般强烈逼人。花色虽明艳，却不似海棠、牡丹、芍药一般姿态谄媚。许人观之，不许狎之，风情凛凛，尊贵无比。拂晓星光稀薄之际，雾霁之中，花开虽有声，芳姿却不可见，引人向往。待到云峰突变，沙沙风响，高树骚立，天空黑沉，须臾雷雨骤然而落之时，花已闭合，如此聪慧，较之大智之人更居其上，仿若护一己之周全，临机应变之间从容不迫，游刃有余。无论是凋零之时，还是含苞待放之时，皆惹人喜爱。凋零之后，一两片花瓣落入水中，溅起涟漪，无论是顺流漂下，还是安静地漂浮于水面，皆饱含情趣。不仅仅是花朵，其叶或浮，或卷，或张开，或破裂，或枯萎，皆招人喜欢。茄绿时，赭黑时，皆令人不得不喜欢，即使变成蜂窝之状，亦不失情趣。此花泠然绽放时，若是长久面对之，我既有赏花之心境，亦有为花所观之心境，回顾自身，觉己几多污浊，未有价值，深感遗憾。堪称深爱此花者，世间又有几人呢？

厚朴

厚朴生于深山的高枝之上，其姿容丝毫未染尘世污秽，唯望青云，仰天长啸，心气高傲，无以类比。花香浓郁，纵然天上狂风烈烈，亦不掩其香。花色之洁白，纵削白璧亦不及其色泽。洁白之中尚存余温，着实有趣。花瓣虽是单层，然花朵尽然大开，较之八重大花更为显眼。此花之心与世间常见之花不同，即便是仙女之冠，亦当是此花之容，珍贵至此。将此花插入瓶中，乃一般之人不堪所为之事。想来唯有汉之武帝，我邦太阁之辈，才堪得将此花插入瓶中。

玫瑰

内陆之外，滨海延伸，浪打沙滩之中，悠然绽放者，即为玫瑰花中的一抹红彩，惹人怜爱深深。马上遥望重重山峦，或连绵，或阻隔，耳闻海浪涨潮声，正欲歌唱旅途思绪之时，闻得幽香从手中缰绳里穿过，忽见眼下，玫瑰与蔓草交缠之处，花已开了两三朵，其风雅情趣难以言表。

棣棠

棣棠并非唐土之花。长于篱笆边，与卯花虽风情迥异，却同样温文尔雅，八重花瓣的黄花尤其美丽。蔷薇虽香气盛于此花，姿容却不及此花之美。妙龄女子黑发袭人，若以此花作簪子，则更加迷人。女子之发簪，此花最具风韵。

罂粟花

刚见花开，片刻就松脆凋零，教性情刚烈者伤感恋物，煞是有趣。就好像是年幼的俊美孩童，刚刚长成体态姣好之女子，片刻既已有孕在身，大腹翩翩。如今身旁暂无男子，在他人看来艳福不浅，然而若倾心爱慕，日后必然悔恨。

山茶花

山茶本为冬季之花。东坡有诗"烂红如火雪中开"，恰如此种风情。我邦虽有早早开花者，然大多在春天来临之际才竞相开放。此花之品种甚多，仅享保年间人们所列举者，就有六十八种之多。盖因爱此花者越多，则所列品种就越多，如同牡丹花之类。月丹、照殿红等，为唐土以花大而出名之品种。佗助、白玉，为我邦有名的白色花种。丛生之茶花，枝叶繁茂，其中绽放出红色花朵，人皆贱之，而我以为别有风韵。佗助花朵小巧，人见之不以为贵，而我独爱之。如"巨势山上，茶花信然"一歌中所唱，不正是今人所赞美之花吗？

山茶之叶亦佳。四季常绿，色泽明亮，此与松树、衫树等常青树不同，又别有一番情趣，又有何人不爱之。其叶用来制造奉书纸，其叶之用途，亦颇有趣。

侧金盏花

福寿草，栽于小花盆中，用来装饰一月墙壁。生长于野山之中者，只在画中见过，未曾亲眼目睹。然，并非无温文尔雅者。将此花装饰在后备的席子之上，表示对某人的喜爱。而在只知埋头耕于土地者心中，应无甚趣味可言吧？款冬花尚会嫣然初绽，而此花必不会被用于诗句之中。

杏

杏花与汉所称之桃花，无论是八重花瓣，还是单重花瓣，皆好。尤其是八重淡红色杏花，晴日里，忽然疾风竟走飞沙走石，在雨雾与落日余晖中，花瓣飘然而落，其状实乃情韵深深。在不知名的小河畔，农家屋后，一株两株单瓣花盛开，树阴下放着洗过的锅釜，反扣着静待日久晾干，如此悠长闲适的春日情状，经由此花周边满溢而出，令人心境愉悦。

山樱桃

山樱桃，花朵极小成簇绽放，虽未见其列入花之数中，然庭园四角的篱笆之外，与我尚未照面便隐藏起来，好像刚从农村出来还未习惯都市生活的小女子，万分生怯地躲在人背后，其姿娇美尤惹人注目。枝条柔软，叶片坚挺，与花之风雅相映成趣，不讨人厌。此花虽不曾品味，我亦思之，亦无人言其无趣吧。

桃

桃花，如同不读诗书、对和歌创作亦一无所知的乡野之人，虽因年迈失去对世间的欲望，然而若是饮下一两碗村酒，酒醉间说些无罪闲话，亦不过引得哄笑一场。虽多野气，却少俗气。无刻意修饰，静而观之，反倒喜人。

霞光隔川蒸腾，但见一处村庄尽头，桃花灼然绽放，春风临谷当驻足，但见崖下小屋被包裹于纷繁怒放的桃花之中，无论哪一处光景都充满情趣。却有男子诽谤此花庸俗。他们尽是些不说自己识字少，却指责自己父母愚钝的可笑之徒，令人捧腹。

木瓜

木瓜，红白皆好，虽有刺，树干的样子却令人喜爱。以此做篱笆虽然奢侈，然处子之家正因略有奢华才为佳。长于近水之乡者，其树枝易附着苔藓，更增添了些许情趣，亦令人欣喜。狭小庭院的高窗下，壁板周围，或者屋檐下，皆为矮树。宽阔庭院的水池周围，篱笆一隅，或者小祠堂的树阴下，皆为高树。春天尚未到来，而红花白既已盛开花，着实令人心情愉悦。

榅桲

东京榅桲树少，北方各地甚多。在我曾居住的谷中的家中庭院里有一棵此树。最初连其名亦不知晓，只见其枝叶一味向左，并无趣处，枝干树瘤甚多，令人见之有愧，如同面对难缠之人时的心境，仅仅觉得毫无风趣。然而有一日，雨过天晴，偶见此花开出两三朵，若此花得知我平日心存蔑视，当暗自羞愧。花色淡红，无与伦比，气质高雅美丽，毫无卑贱之感，悠然伸展，大者有寸余，单瓣五片花，极其温文尔雅。亦有盛开白色花者，不见不可知，更为圣洁。古时候孔子的弟子中有一个名为子羽的人，其勇猛胜于子路。持白璧渡河之时，遇河神为得此璧而兴风作浪，令蛟龙挟其舟而威胁之，子羽曰："吾以义可求，以威而不可劫。"乃左手持璧，右手持剑，击蛟龙而皆杀之。其面貌狰狞可怖，如凶暴蛮夷。孔子曰："以貌取人，失之于子羽。"以榅桲比子羽，虽限于乌浒，但子羽其人恰如此树，其后每次见到此花，我便想：此花为我增添智慧也。

蝴蝶花

蝴蝶花，与鸢尾草属同类。在相模、上野一带多可得见。其叶似射干，又似菖蒲，其花似燕子花，虽并无特别值得一提之处，却有令人难舍之风情。雨后开在旧茅屋的梁栋之上，亦不失趣味。所有的花，种在家中主人眼前者居多，而唯有此花多种于房顶之上，乃真可谓奇花之德。想来亦颇为有趣。

杜鹃花

杜鹃花品种繁多。红色单瓣之花，虽不是罕见珍品，却饱含杜鹃花真正的趣味。未曾刻意修饰的一两株矮树，开在庭院弃石旁，或为假山添景，开出一簇簇，每一种都美不胜收。若此花开放，不消片刻酒香也被隐遁。菊花盛开之前，主动远离酒盅，已成我之习惯。不知别人做何感想，于我而言，不可与此花相对小酌。

李花

李花寂寥青白。"夜疑关山月，晓似沙场雪。"诚如古人所咏。清贫之家里，颓旧杂仓边，荒凉篱笆旁，李花绽放，虽为春日景物，却无甚悲凉。有歌云"积雪尚未消，大山缝隙里，李花朵朵开"，着实有趣。诚然如此，此花唯有开满于山间角落，方是相得益彰。花虽繁间距甚远，亦是有失雅趣。杨万里有诗云"李花宜远更宜繁"，真可谓绝妙之言。

玉兰花

玉兰属辛夷类。虽有色白者，有色紫者，然所谓玉兰，当指白色之花。虽凋落之时令人扫兴，然初要绽放之时令人心情愉悦。好比肥胖高大的女子，肤色白净如雪，眉眼神色有喜有憎，远而观之，使人怦然心动。因而此花之姿态，颇具有汉土风情，不喜此花者亦有。然与此相对，当其开在大寺庭院中，摇曳着汉土风情，亦为人们所称道。

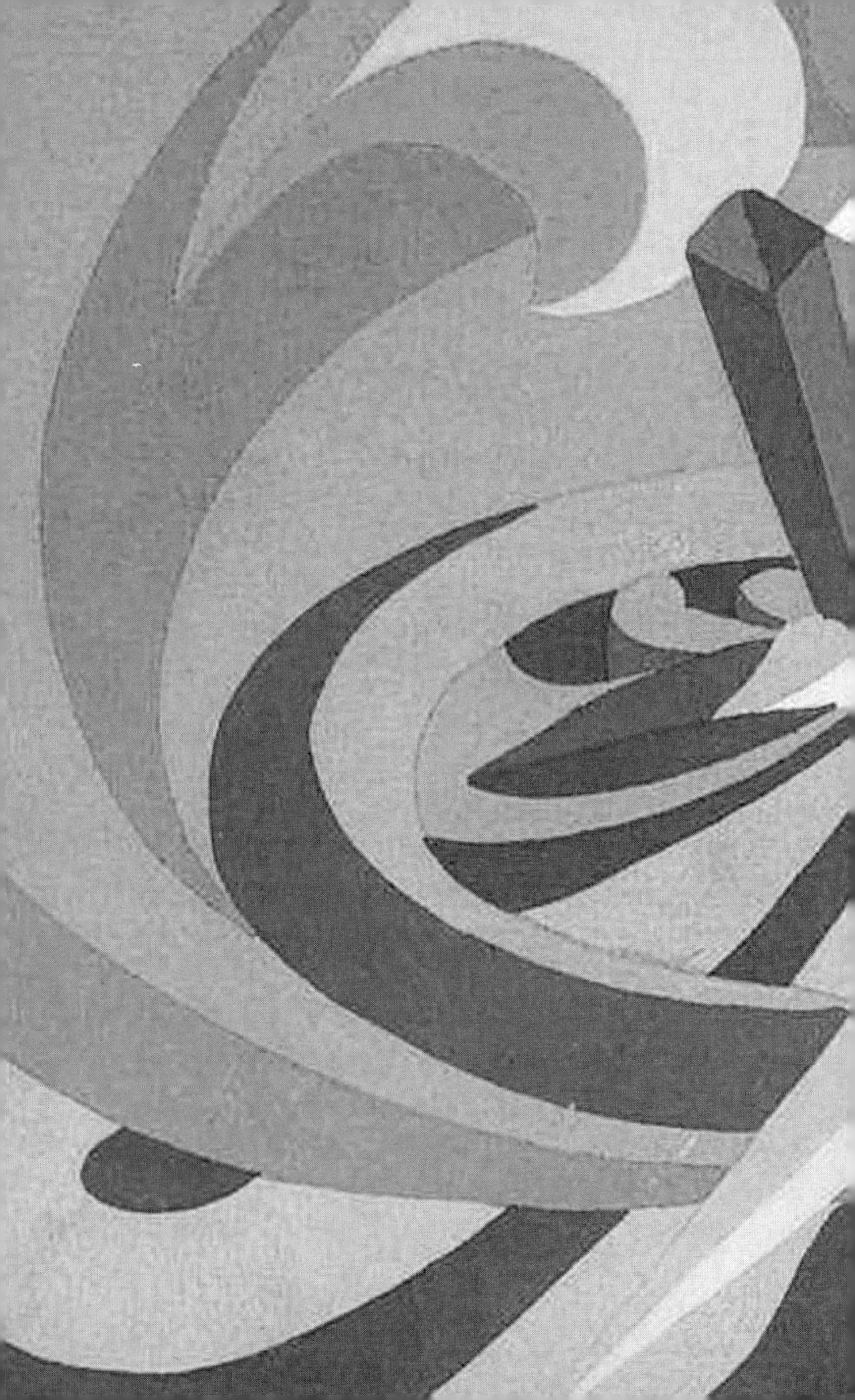

BALLA

梨花

　　李花悲，梨花冷。海棠遇朝露娇媚，梨花沐月光清泠。樱花丰腴，梨花清瘦。百花之中消瘦者，当数梨花，始终在俗世之中甘守寂寞。听闻异邦有色红千叶者，虽非稀世珍品，异邦或美于我邦之花吧。又或者因我邦只顾得其果，而直枝矮树之故，此乃我辈对梨树梨花之趣所知甚少，自然对其美丽之处视而不见，实乃过于贫乏之故也。与古诗相比，和歌中褒扬梨花者，着实稀少。

蔷薇

　　蔷薇之花有刺，故将其比作心毒貌美的女子，未免过于肤浅。在带刺的绿色茎干上，可见红花，不失情趣。我不碰它，却不憎恨它，在他人眼中，如何堪比嫉妒之心的恶毒？花色美艳，花香浓郁，其枝叶，其果实，其花刺，皆可令人生厌。中国与西洋众人深爱此花，真是各有所爱。白色蔷薇迎着晨风呼啸，红色蔷薇立于正午艳阳，或倚花架，倾吐香气似蜜糖，或委伏在地，光彩明艳如火焰，皆好之。然而不知何故，此花看起来油脂满溢，实在有趣。至于此花从地下吸取了何物，便不得而知了。

紫藤

　　春日百花竞放，姹紫嫣红，令人目不暇接，各色美丽刚刚打动人心，片刻却又凋谢使人深感遗憾。唯有此花独立枝头，姗姗来迟，迎接夏日来临，风格独特撩动人心，让人静待此花情趣。古人云藤花乃花中静物且明艳者。古之庭园，园主变更而无人顾及，篱笆破旧，土壤贫瘠，草木亦无人手照料，色失势萎，见之满目苍凉，其中但见此花沿着高大的常青树攀爬而上，随心所欲编织出紫色波浪，静然盛开，其花色铭刻人心，让人深深爱怜。花为紫色者，有桐树，有苦楝，虽然每一类都温文尔雅，然而此花花姿与花色相得益彰，更加动人心弦。此花不在秋天盛开，甚是幸运。凉风吹晚钟，钟声清冷，远渡江村，秋日黄昏中，云漏余晖薄，此时若此花绽放，我必将躺于树阴下，虽死不悔。牛虻之声诉说天地之活力，轻风温柔吹皱衣袖，令人魂魄快然，邀人入梦乡。此时若见此花，我心当上不着天下不着地，飘浮空中，物我两忘，游离于无人之境。

桐花

朝起风习习，地面被露水打湿，此时见桐花凋落在草地上，不由得兴起。立于树梢，不为人知，亦有情趣。花朵呈麦穗形状，花色温文尔雅。花瓣四下飘落，取之玩弄于掌心之间，心情大好。

溪荪

溪荪花姿温柔，其叶样态纯洁。盛开的花朵其形状似"心"字，尚未绽放之时花朵像笔穗，两者皆令人喜爱。此花雨天不开，晴日方会绽放。黄昏不开，拂晓或白日方会盛开。若施于人力照料，此花更清癯。然而，生而开在沼泽之畔者，弱不禁风的姿态别有风情，若在都市见之，则令人感到可惜，若在旅途见之，则格外感慨。古代歌中所褒扬的水菖蒲莫非正是此花？而今上野一带的荒野上所开之花，多为何物？花名古今不同，每当吟诵和歌之时心中便存疑惑，不得其解，何其愚钝。

石竹

石竹乃野外品种中的佳品。此花多开于茂密的草丛中，或干涸的河床边，全然不似路边野花，若是无意中看到，想必定会自言自语，称赞此花之优雅。贱民之子割草喂马，归来在草堆中看到两三朵石竹花，谁都想即兴作首歌吧。

豆花

豆花皆温婉。虽有人不喜蚕豆之色，然而豌豆之姿，人皆爱之。鹊豆则格外吉祥。不知何故，生活在都市的人们不种豆花，亦不爱结出的豆子。花

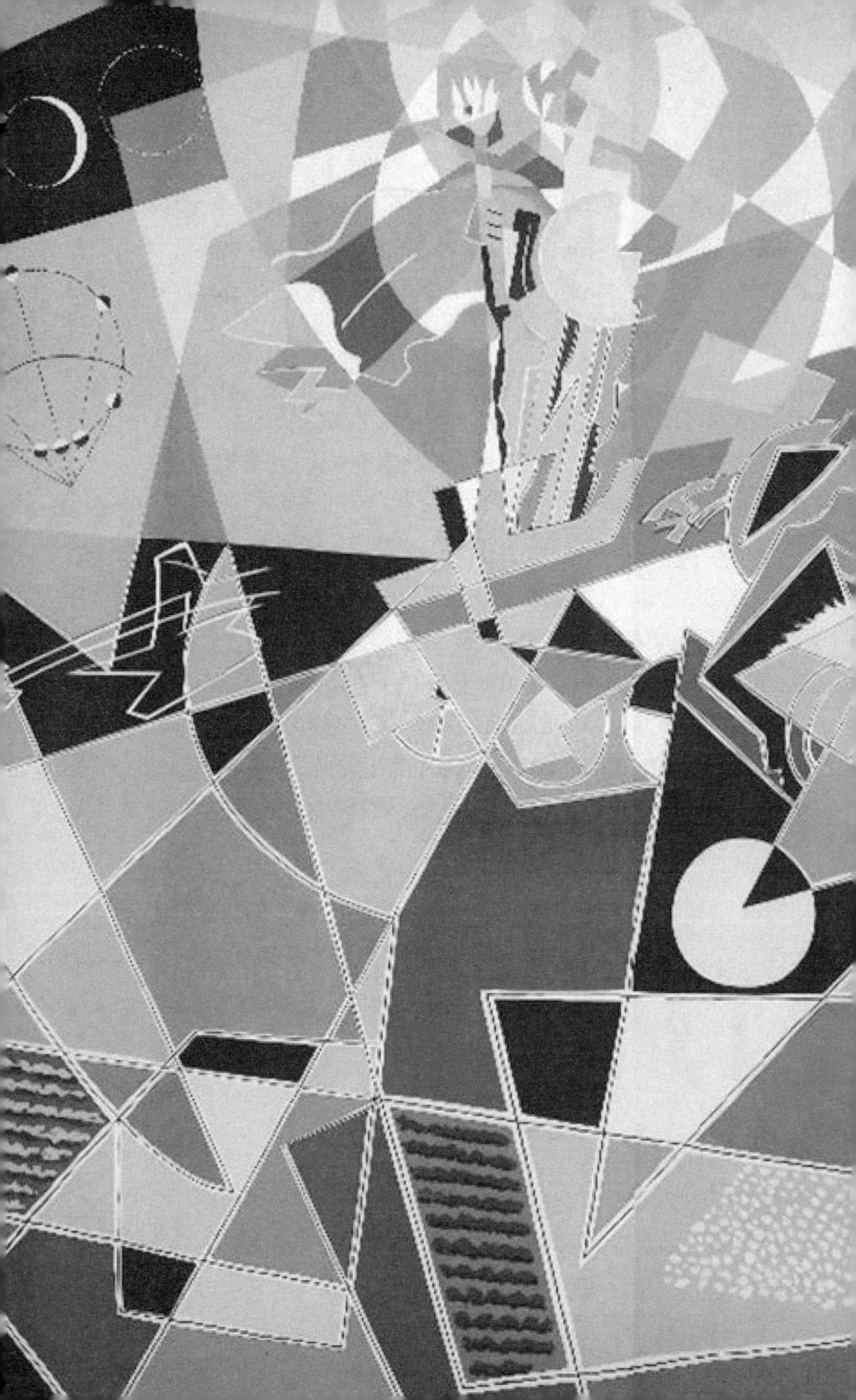

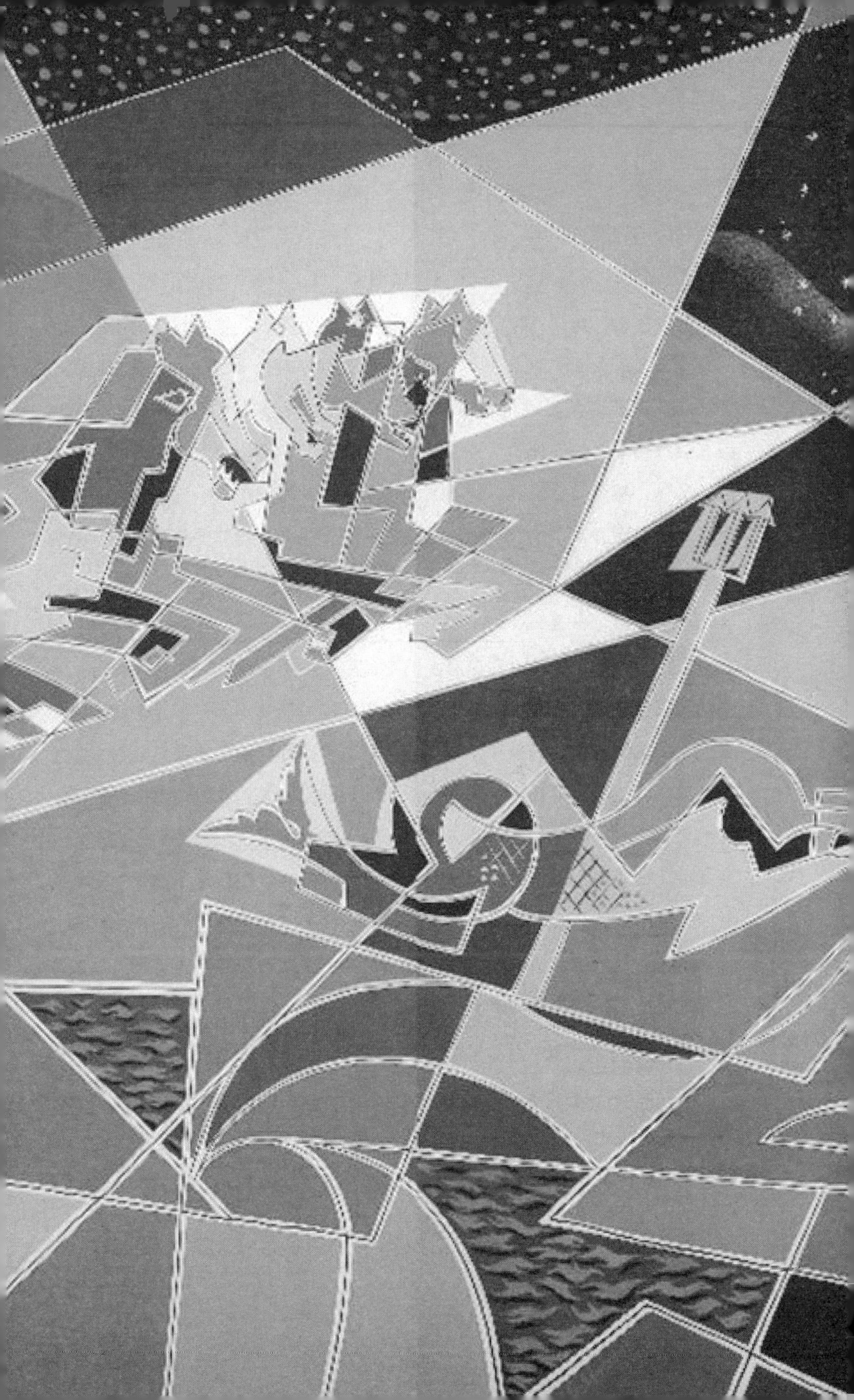

色有白有紫，亦饱含情趣。歌人一脸不知晓的神色历经了千年，更无心得。或许是我的独好之花吧。

紫薇

所谓猿滑，可见其枝干难以攀爬，故而得此名，亦称百日红、半年红，因其花开茂盛久而不衰，故得此名。夏日云峰巍峨，砾石喷火，百草虚弱枯萎之时，此花如紫云遮日，似蜀锦碎散，傲然绽放，与梅樱不同，别有风韵。虽然扫了又扫，掸了又掸，仍新有花瓣凋落，惹得小童嘟嘟囔囔。虽然落了又落，然而其后又其后，不间断地开出新花来，主人当深以为乐。树状消瘦却不显老态，似小女子，他人之手若触其肌肤，身体便战栗不已，是为何故？着实有趣。

红花

红花，虽曾见其被人养在庭院的花盆里，然姿态温婉，花色娇美，毫不逊色于其他深受人们喜爱的花草。人们怎能因其花朵不大，不显眼就不给予褒扬呢？又怎能因其无香味，无雅趣就弃之不顾呢？难道花朵只要够大，香气够浓，就值得去喜爱吗？此花大抵似蓟，却又不像蓟般鬼气重重，花色之红艳与蓟之紫相似，若为淡黄，亦不卑贱，其叶浅翠，沐浴在阳光之下光彩夺目，花姿娇弱，楚楚可怜，着实让人怜爱深深。红色乃是从此花中提炼而出，然而单凭此花并不能出色，须与梅酸相调和，方成红色。不知道此事之时，我曾在庭院中栽植过几株此花，因其红色不浓烈倍感诧异，终日以怀疑的目光打量此花，此中趣味，至今未忘。

铁线莲

铁丝莲被古诗与和歌所遗忘，被视为寻常之物，然而其并非不应被诗歌采用的无趣之物。缠绕于篱笆之上，开出风车形状的白色大花，花为紫色，看起来品味高雅，安静地开在幽静之处，铺成美丽地毯。或因爱此花而心悦者甚少，故而观赏者稀少。不得其解。

芍药

牡丹枝干衰老，在上面却开出艳丽夺目的花来，实在有趣。芍药茎干新生，纤细清澈，在上面开出鲜艳华丽的花来，着实美丽。牡丹花重，芍药花轻。牡丹花如云似雾，芍药花清澈明亮。牡丹有德，芍药有才。

凤仙花

植于庭院透篱外，甚是娇美。若是近放在眼前，观之反倒无趣。浅绿色的叶子和花茎，阳光穿透其间，花虽小却更繁茂，红花成簇开放，即使作为玩赏之物，亦不可憎。用手指采摘果实，竟如虫子一般自己跳动起来，花荚破裂花籽飞溅，速度飞快。所见到的相关之物，让人不禁想到草木鸟兽为了各自的生存之道各有智慧。刘伯温有云："此物何足为数？"此言又如何呢？

秋海棠

秋海棠，不似矮者，其叶阔，其花美。譬如女子虽非华贵，性情却十分宽厚，不骄纵自大，美貌胜过常人。小小的书斋北窗下，此花绽放，遮住被绿苔覆盖的地面，让人不禁想到寂然居于此处之人，其人品之清雅。

白芨

白芨被世人称为紫兰。淡紫之色胜于红色，花姿似春兰，细细看来，甚是奇异。其叶如叶澜般小巧。一枝花枝上开着五六七朵花，恰似玉簪花。在谷中居住时，曾见庭院一隅开有此花，移植到雨水可及之处后，却一棵不剩地死掉了。在寺岛的庭院，阳光充足，如今长势喜人。方知其性不喜潮湿。依此花样子加以些许想象，画个鬼之面，奇异之趣更甚，去年曾作此想，今年亦然。

牵牛花

晨睡会被福气之神所嫌。年少之时疏于活计，居于西南不夜城，醉于杯中物，怨恨耳边催人之钟声。待到黎明，嫌弃白云吵闹，关门拉窗，摆上蜡烛，将世间白昼变作黑夜，只知游乐。若金银用尽则以身相抵，不顾他人之事。如此用尽之时，以易用尽之金银，在装饰品店作抛光银匠。即使有日本长者之名，如今家财不足百贯，无法如过去一般讲排场。是以急忙将家财分别寄存于亲族，拿着全部财物离开代代居住之所，投奔在大阪的福岛当和尚的行义，作为其家人极目远眺北方野山景色，自己倍感知足。如此生活，虽然物质不足，却也可聊以消遣。虽有百贯利银，然如今心中警戒之，万不可再稍有随心所欲的念头，当戒思玩乐，一改只爱花鸟的玩物丧志之心，成为宗因之孙西山昌札的门徒，学习连歌。过去曾在岛原听到过的悦耳的杜鹃鸟鸣，如今也充耳不闻，苦思五言作初音，为人虽已山穷水尽，然而却有乐趣可寻。恰在此时，在苇篱底下，不知何时撒落的种子，在泥土里长出两片牵牛的嫩芽来，此情此景让人联想到了俳句的首句："吾之居所既已失。"随后便有了"日暮水边倚此草，听任音讯蔓枝展。六月早夏方初始，一花独放沾白露。七夕之名不可舍，情趣更盛印记显"。如此，我对此花倾心不已，不知不觉忘记了赖床的旧习，为赏牵牛花蕾初绽之姿，就从蚊帐中出来吸一支烟，心中喜不胜收。亲手汲来井水，洗去睡意，四处查看，方知世上竟有不必花一文钱亦能观赏到如此有趣之风情。懊悔过往放纵玩乐，耗费金钱却徒然无益，虚度了过往年华，直到如今才将心中灰尘一扫而尽。从此每日早起，每天早晨打扫客厅，掸除庭院尘土，身体勤快多动，早餐自然有食欲，忘却昔日恶习，方知无病之乐。如此种种，皆拜牵牛花所赐，对其越发深爱，待至翌年夏日，因去年之花留下许多种子，故可长出更多牵牛花，想到彼时诸多牵牛花会编织出藤蔓，肯定更加美丽吧。男子仔细思来，唯独如此一棵草，依靠种子只用一年时间就可繁衍众多，着实令人吃惊。最初仅为一滴水，最后却变成汪洋大海，这个比喻通过此花变为眼前现实。若依此理而思之，我辈手头虽然仅有少量钱财，若肯辛勤劳作，那么恢复往昔巨富也为时不远。即便如此，自己已是闲在隐者，即日便去当年寄存金子的亲戚家游说，密商良策，远洋轮船的牟利无有可及者，诚然海上存有风险，但若是打造结实的钢锭，用桧木造船，就可乘风破浪。老船长长年混迹于海上，其所言非虚。是以打定主意，决定新造九百石与八百石的船只，船头载忠义之水手，下航羽州能代，志在必得。第二年万事俱全，盈利六贯。刚显商机，便购入大米木材棉花，又想购置盐田，并不失时机从养鸟之乡收留一养子，用心调教，终于成为有身份者，远胜于从前头脑简单者，能够如愿以偿，获得无上荣耀。此乃用团水浸牵牛，凭借有趣的想象所编造的故事。花亦美满，故事亦美满。花之风情如故事所述，人之领悟多不似故事所言，着实可惜。

木芙蓉

　　木芙蓉，叶养眼，花亦美。秋日里盛开的鲜花之中，除菊外无有与之媲美者。听闻有一名叫晴雯的女子，死后变成专司此花之神，多情男子恋爱情深，在此花绽放之前，不顾黄昏露重，磕头膜拜，敬上群花之芯、冰鲛之鳞、沁芬之泉、枫露之茗等此四物，吟诵其呕心沥血所作文章以祭之，如此故事，煞是有趣。桥场某人的庭院更为宽敞，见有更多木芙蓉花开，那年秋日的黄昏，见一男子在此痛哭，楸榆飒飒，蓬艾潇潇，黄昏中初月光稀，西风猎猎，见此花更加艳丽，左右徘徊，浮想联翩。故事皆非真事，然仔细思来，我亦不逊于彼男子也，虽其后不禁自嘲，而如今再度思之，本愿变得更加贤明，孰料却越来越愚蠢了。

（明治三十一年三月）

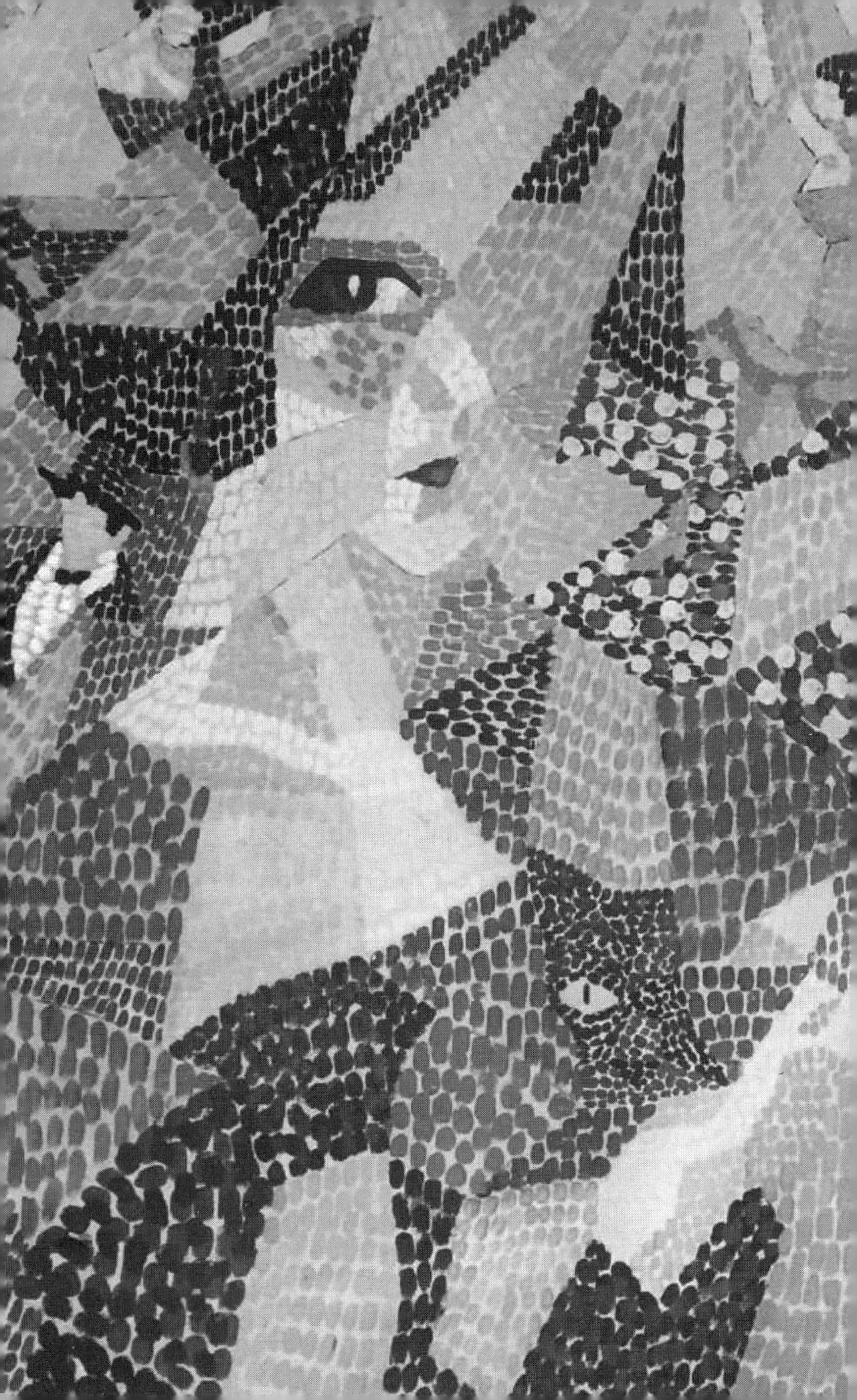

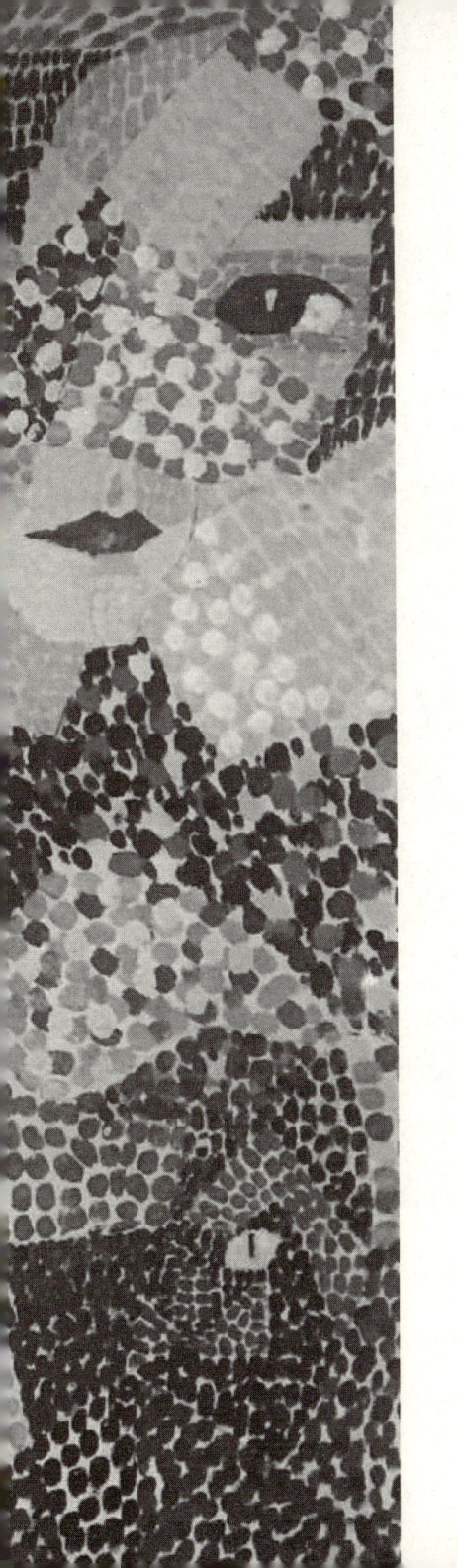

命运即是开拓

这里先假设一个婴儿出生了。若这个婴儿出生于什么都不缺的华族①，其人生自然是比较幸福的。若这个孩子生在连吃饭都无法保障的贫困之家，父亲又不知在何处飘荡，家中只有一个妇人孤单度日，此时这个孩子自然是比较不幸的。不曾做过什么善事，也未曾做过什么恶事，仅仅是出生在富贵之家与贫困之家，一个孩子的命运就有着极大的差别。将这种差距归咎于这个孩子是毫无道理的，这只是这个孩子所背负的既定的命运。而且，即便同为婴儿，也有生得容貌俊美的，也有容貌不佳的，没有人能够做到想生得漂亮就能生得漂亮，也没有人想要生得貌丑，这仅仅是天生的容貌遗传自父母，或者像祖辈，又或者像某个人而已，但是生得貌美与貌丑，却会顺其自然地带来不同的命运，所以说，命运既定，这是确凿无疑的。

生而像郑伯②一样的人是不常见的，故而也有人被奇妙的命运所缠绕。郑伯名叫寤生，一种说法是他的母亲在睡梦中生下了他，也就是梦产；另外还有一种说法，生产时他胎位不正，是难产逆子，总之他的出生使母亲非常不快，但是这当然不是这个婴孩自己故意这样做的。然而，因其母心情不悦，即使他身为嫡子也未能避免其母对他的疼爱日益淡薄。而且他的母亲因为这个缘故，非常喜爱继他之后出生的弟弟，甚至想让他把国君之位让给弟弟，由此引发了骚乱，大动干戈。此为历史所载之事。这等奇妙的命运是自他出生时就背负的，是一件支持命运既定论的罕见的事件。虽然稀有之事不能成为争论的强有力的论据，但是从这样少有的事件中却让我们想到，无论是谁都无法自己选择出生的时间，出生的地点，出生的家庭，自己的体质相貌等等，自然会让人觉得命运既定论至少有一半是真理吧。不存在命运这种东西，这是无论多么骄傲自大的人都说不出的话吧！

---

① 华族：日本明治二年（1869年）授予以往的公爵、诸侯的族称，是享有特权的社会身份，昭和二十二年（1947年）废除。
② 郑伯：郑庄公（公元前757—公元前701），姬姓，名寤生，郑武公之子，春秋时期著名的政治家，郑国第三任国君，公元前743年至公元前701年在位。

但是命运既定仅仅有一半是真实的事实,如果认为全部的命运都是既定的,那就大错特错了。伴随着命运既定说,衍生出了算命,也就是各种各样的占卜之术,有人把此当作很神圣的东西,这其实是在蹂躏生而为人本能的希望,也就是上进心这种高贵的品质,最终会堕入卑屈的思想境地。此举甚为不妥,陷入了与现在相悖的过错之中。人只要活着,就不能舍弃向上进步的希望,这才是最直截了当的眼前事实。想要违背眼前事实,就是与现在相悖的无聊之举。

如上文所提的占星术一样的事例有很多,为什么如今的人要在意这个呢?诸葛孔明辞世之时有明星陨落,他的敌人司马懿观此天象判定孔明已死,故而大举进攻。虽然这样的故事作为军事谈资很有意思,然而这也仅仅只是故事而已。如若为事实,人人都和天上的一颗星星一一对应,那星星的数量就一定得和人类的数量一样多了。英雄豪杰为红色之星,美人才女为靓丽之星,凶恶之辈是扫把星,平凡之人则是满天繁星或者看不见的星星,奇怪的人为夜之星,岂会有这等愚蠢之事!真无法忍受根据出生年月日来决定人的命运之事。如果丈夫一边翻黄历查十干十二支,一边对产妇说:"刚好是个好日子,上上吉的好日子,这个孩子嘛,就今天三点生个男孩吧!你快点一口气生出来吧!""今天日子不好,你再忍耐忍耐,明天早上再生吧!"这样的事更是难以令人接受。即使在古代,亦有明事理之人,汉朝有一个叫王充的人,他曾论说道:"秦赵交战之时,秦国猛将白起杀了四十万赵国降兵,这四十万人皆是同年同月出生吗?"如何?想想这件事,就能明白,出生年月并不能决定不同的命运啊!路西塔尼亚号[①]的沉没、前几年的大地

[①] 路西塔尼亚号:英国客船路西塔尼亚号载着一船的平民乘客,由纽约开往利物浦。在它航程的第六天,一艘德国潜水艇发现了它,并发射鱼雷偷袭它。鱼雷击中了船体,并在船上造成又一次的爆炸。英国宣称第二次爆炸是由煤尘造成的,而德国则认为是船上装载的弹药造成了爆炸。过了20分钟,船沉没在了爱尔兰的南部海域里,大约1200人丧生。这次海难也引发了一场也许会改变历史进程的争议。

震,瞬间就使很多人丧失了生命,这难道也是由出生年月造成的吗?二十八星宿、七曜、九星等各种占卜方式所占卜出的不幸预言是否都能应验?我们不得而知,但是认定相安无事的日子为什么会出事了呢?难道这不是就像做梦一样吗?根据方位来推算过往行动的吉凶祸福,在两千年前,兵法家尉缭子就已经嘲笑过此举了,他曾说过方位的好坏怎么会决定战争的胜负呢,真是太可笑了。中国古代之士已然明白如此道理,为什么今天的人还会持有这等无聊的念头,还不如古人明事理呢?

人的相貌骨骼也不是本人自己能够决定的,所以首先要承认命运既定说有一半是对的,因为生不为美人者难得男子爱慕,生为丑夫亦难讨妇人欢心。很多世人对着镜子怫然沮丧,然而幸运的是我们得以生而为人,而非牛马。因为能够自我提升,即使不勉强去做隆鼻或者学习美容方法,只要明白"此处虽有不足,若能在别处添彩增色,也能以此完善自我"这个道理,便不会有什么苦闷了。比如说,无盐君虽为丑女,却能创出卓越成就。小町虽为美人,却落得卒塔婆①小町的悲惨境地。据传中国大哲人老子的母亲就生得非常丑陋。希腊贤人中也有貌丑之人,这是人尽皆知之事。诸葛孔明为圣贤之人,却娶奇丑女子为妻,当时甚至有人作小曲来哄笑此事。在日本也有一位被称作毛利麒麟儿的英雄,他特意效仿孔明之举。无论是孔明的妻子还是老子的母亲,丑妇亦可活得风光无限。Alcides Escobar是一位具有雄才伟略的美男子,其结局却未能善终。澹台子羽因其貌不扬曾被孔子轻视,但是他潜心修德进取,后来连孔子都感慨自己识人有误。美丽与丑陋确实能够带给人好处和坏处,但是这也未必就是利与弊。俗话说美人薄命,因为貌美而遭遇不利的例子,在历史传说中都数不胜数。在相面先生看来,很多时候,世俗认为美丽的却不宜,世间认为丑陋的却甚佳,关于美丑之论正如前文所说,未必就能决定这样或那样的命运。而且,在遥远的两千多年前,学者荀

---

① 卒塔婆:立在墓地上的塔形木牌。

子曾著有非相论,粉碎了以相貌决定命运的思想。单从相貌来说,孔子酷似一个叫阳虎的无聊之士,甚至到了被认错人的地步,但是阳虎的为人与命运却与孔子大大不同,这一点任何人都没有异议。

自古以来反对相面先生之说的有多少为俊秀之人我们不得而知。退一步讲,假定人的命运由相貌骨骼决定,而相貌是不断变化的,那么命运自然亦会随之改变,因此也可以认为根据人品、行径、境遇的不同命运也会不断变化。即便有人拥有长寿之相,如若过度食用河豚,酗酒淫乱,其或许能长寿的卜算将面临挑战,平素他长寿的面相怎能不发生变化。粗大之烛置于通风之处也会迅速燃尽,细小之烛置于背风处却可持久明亮,正如此理,人世间壮健之人英年早逝,羸弱之人却长命百岁的例子不在少数。虽有人易发牢骚"体弱多病却长寿",世间这样的例子实际很多。生来面相丑陋者亦可由善良之心变得俊秀,这也是让人从某种程度相信面相的理由。

这就是面相的有趣之处,技高一筹的相面先生能够成功占卜也是因为深知这变化之处。如若相貌生来便一成不变的话,相面论会与现今相悖,难以成立。因为相貌是变化的,相面论才不会与现今相悖,故而一半认可命运既定说,另一半由心术决定命运好坏的命运非既定说也相伴形成。举例来说,同一人醉酒后与清醒之时其容貌相异,虽说醉酒后骨骼不变,但一两个小时内气色却难逃变化。虽有人醉酒后亦面不改色,但十有八九会失态,即发生恶变。心难守其舍,则生浮动泛滥之相,故其相会变为易犯错之相。照此道理,心存诡计会生恶相,心怀善意则成善相。因此佛经中有云布施乃美之源头,道理是仁心即是布施的根本,始终怀有仁心的话,会自然散发馨香变得美丽。齐国贤人管仲书中曾言恶女充满怨气,丑妇满腹怨恨时相貌丑陋到了极致,且面相愈来愈恶。但无论恶女多恶只要怀有仁心,未必一定显得丑陋。相随心变,相貌会根据人品、行为而变化,因此命运也是不断变化的。

故而命运既不能说是既定的，亦不能说是非既定的。可以说一半生来既定，而另一半则根据人品、行为或变好或变坏。如若把取决于天生自然的部分说成先天命运的话，其因人品、行为而形成的部分则为后天命运。通过自身修养来开拓后天命运，或将先天命运善上加善或变恶为善，这才称得上真正的优秀人才。因此名垂青史的大都是开拓了后天命运之人。

空谈命运者即使是圣贤也让人敬而远之，凡夫俗子以身论命、预测命运的行为简直就是以蜉蝣之身撼动大树，无趣至极。因此，比起忧虑"该会怎样"，考虑"该如何去做"对吾辈来说才是明智之选，这亦是真切地传达给吾辈的忠实教诲。

新幸福观

幸福的实际内容不是既已确定的。只要自己感到幸福，哪怕在旁人看来是痛苦的事情，对其本人来说也是幸福的。如果自己感到不幸福，在别人眼中明明是幸福之事，在本人看来也觉得不幸福。有钱就是幸福吗？然而也有人因为有钱而苦恼，因为有钱而感到不幸，正如民间谚语所说的"房梁高处无幸福"。话虽如此，但事实上，在茅草屋内啼哭的人也很多。富贵也好，贫贱也好，都不是直接影响幸福与不幸的因素。

有一个富有的老太太，站在销售各类奢侈品的商店前放声痛哭，有人询问她如何这般哭泣，老太太叹息道："你看那些贫穷的人们多么幸福啊！他们不管在店里买了什么，都会感到幸福，像我这种感情既无的人，在这里找不到我想要买的东西了。因为我所有的东西，都比这个店里的贵重，故而找不到一样可买的。我越发觉得自己是何其不幸。"这种事情虽说很少，但毕竟还是存在的。

古印度阿苏卡王喜欢布施，短短几年便逐渐散尽了全部家财，此事大约并非谎言吧。对于短命之人而言，能够长生不老即是最大的愿望，是令人羡慕的最大的幸福。但是一年接一年地长长久久地活下去，果真会有如此好事吗？我看大可怀疑。

在中国，有一个名叫彭祖的人，长生不老且精力充沛，老来愈加精神。然而中国后世的文学家在仔细考察了彭祖的生活后，不禁哑然失笑。这是为何呢？原来彭祖因为长生不老，其妻子过世之后又复娶妻，如此这般死了娶，娶了死，故此他的妻子多达六七十人。他曾经数次同满脸皱纹的老太太一起生活，又为每位妻子举行葬礼，共举行过六七十次葬礼，一次一次地痛哭流涕。四面八方都是妻子的坟墓，忌日一天接着一天，一年连着一年。他妻子们又为他生下了数百个孩子，照顾小孩更是烦不胜烦。娶媳妇、嫁女儿、生孙子、生曾孙、出葬礼、做法事、火灾、地震、洪水等各种各样的事情都遇到过。最后，他连最末一代的孙辈们的面也未见过，名字也不记得了。如此大户人家，户籍本都要自己一页一页查找，以便随时应付自己的孩子们，他便是如此度过了枯燥无味的日子。如此看来，自己在为长生不老、实现返老还童的愿望而得意的同时，换来的却是一种极其平淡极其无聊的生活。我想，无论举止多么奇怪的男子都会举手投降吧。与其做神仙头领，倒不如当一名阿弥陀的随从更痛快。

许多人都祈求获得幸福，然而一旦实现也许就变得非常不幸福了。用讽刺的眼光看，在感到不足时才会有幸福。在感觉不到有什么不满足时，事情也怎样都可以了。

原本幸福与不幸福就是互相对立的，就如同有了右边柱子和左边柱子牌坊才会立起来一样，幸福和不幸福也是如此。许多人年复一年从牌坊底下经过，还来问我什么是新幸福观，我应该如何回答呢？一定有人认为新就是幸福，然而越是新的东西就越容易变旧，这一点，新的不幸福也无法避免。

首先，新与旧、幸福与不幸福是对立的，这真的是非常奇妙之事。一般的人一提到新就有好感，一提到旧就觉得讨厌，一谈到富贵、荣华、长寿就认为是幸福，一提到贫贱、短命就会皱起眉头。这些都乃人之常情，无可厚非。然而也有如下之事，原来很要好的朋友却一下子变成了奸细，你真心喜爱的妻子却和别的男子私通，原本自己相信的真正的感情，也许一下子变成了欺骗自己的感情，变成了内奸，变成了有情夫的女子。故而万万不可掉以轻心。

你可以竭尽全力去追寻幸福，如果将其握在手中时能够感到是真正幸福，自然更好。正如觉得奢侈品也不再是奢侈品而哭泣的老太太，抱着一大本户口簿的彭祖，人不一定就不会遇到让自己愁眉苦脸的命运。因此，单单诠释幸福的定义是没有意义的，也绝非什么时尚之事。

谁都不喜欢纤细的东西，财大气粗的食客总是点又粗又大的鳗鱼。然而像萝卜一样大小的鳗鱼，吃起来味道也好不到哪儿去。想要染出漂亮的颜色，然而若是红色涂了一层又一层，就会变成黑的了。香水的香味需用酒精加以稀释，使其淡雅一些才好。玉露茶味道过浓，就成了药。换而言之，浓度要适当。让人听起来就觉得心情好的音乐，音色要强弱适度。太低的音不好，太高的音震人耳膜。好的音乐会使每一个听众的耳朵都感到不高也不低，因此，不管做什么事，重要的是适度。

然而，这个适度亦因人而异。味觉、嗅觉、听觉，皆因人的素养、教养不同而不同，决不可一概而论。每个人都感到的幸福也是如此，新事物使人有幸福感也是一样，不可琢磨之处反倒妙趣横生。幸福的实质有如赋予睡眠的葫芦，稍微一碰就转个不停，倒也十分有趣。

（大正十四年一月）

旅行古今

您是说，让我说点关于旅行方面的经验吗？

您不必客气。我并没有过能称得上正经旅行的旅行经历，所以即使我想谈一谈，想答应您这个话题，也无从谈起。即使说再多经历，比如在哪儿哪儿的山里迷过路，或者在这里那里的海岸露营过，这些话即便是写成文章，文章中是否有诗意般的气息，是否有些许的趣味，都未可知。但是只是为了想说点什么，说的却是全然无趣的事情，所以我不谈这个。

不谈经验，说一说"空想"如何？

在日本本土旅行已经无须任何顾虑就可出行了。铁路、轮船的发展已经将文明之光传播到各处的海陬山村，故而旅客无须任何辛劳空手即可飞离家门，之后再哼着歌回家。与此相对，可以说不知不觉间二三十年前像诗一样的旅行就这样自然而然地消失了，即使不情愿也无能为力了。

当今时代，上下火车有"小红帽"照顾，车厢内有服务生帮忙，有餐车，有卧铺车，旅店会有专人在停车场迎接。如今的中产阶层如同古代大名一样，被人手把手交替地接待，备受重视，无须登山，也不必辛劳爬坡了。特别是有些人，不知道他们是中国人还是病人，一绅士淑女起来，自己就什么也不做，而是极其趾高气昂地指使别人，甚是傲慢，也在当今时代啊。因此像这样的人去旅行，什么也没做，变成了一个"御茶壶"啊！"御茶壶"是古代将军御用之物，带至江户，御茶壶虽然实为茶壶，但是无眼无鼻、手脚不能动，然而其威势盛大，一路高呼"退下、退下"，以这种规格从东海道来到江户。因此，古风之士有时将"御茶壶"之事讲给当代人听，无不喷饭大笑。我听到有人评判说见到当今绅士旅行之态，此举太过奢侈，就像变成了"御茶壶"在走路一样，我觉得甚为奇怪。有钱有地位，傲慢耍威风，就变成了"御茶壶"啊。非常有意思。

话说，能够变成"御茶壶"的旅行，也是托了文明发展的福气，所以今后已经不再需要"草鞋""藏青的遮光罩布""深草帽""桶油斗篷""肩搭行李"之类的苦蛮之物了。男士有眼镜，隐形眼镜，梳子，衣服刷子，手杖上的金饰闪闪发亮，帽子一尘不染，鞋子亮得可以映出小狗胡子的倒影，万事齐整漂亮，可以慢慢悠悠地以极其优美雅致之态旅行。更何况女士们对披着"虫垂披风"的时代、衣服塞入腋下、穿草鞋、用碎纸束在后背之类的古事，做梦都不可能见到了。母亲在中间，孩子在左右的"三宝荒神"等，除了在浮世绘中其他的画里也见不到了。因此，与万事皆可奢侈安乐的旅行相对，即使是芭蕉、西行法师这样的名人，面对着在停车场接来送往的人们，即使被高喊芭蕉万岁，也作不出"引马列平野，兵队齐整杀气漫，杜宇声声唤"这样妙趣横生的句子了，能够赋予旅行更多趣味的"野趣"已被大大抹杀了。话虽如此，但是现在故作风雅地在铁道旁边走走停停这样的事，是如论如何也做不出来的。这样看来，无论野趣被抹杀了多少，今日毕竟是今日，不可凡事都薄今厚古，文明带来的好处能利用还是要利用的。

　　然而，虽然古代俳人歌人的云游也避免不了带有些许商业气息，但其中藏有那种自发的、想要认真锤炼自己的意义，跟出去游山玩水那种简单的轻而易举的旅行不可同日而语。修业旅行一事，是文明的威力渐渐浸透到各个角落、拓宽到大山深谷的结果，如今首先在日本内地，是几乎未能成立之事。修学旅行这种旅行是不能称之为修业旅行的。作为文明完全开化发达的结果，如今日本内地的旅行，首先让人想到的就是所谓的"参观江之岛镰仓""参拜石尊""伊势参拜""环游大和""环游箱根七温泉"等旅行一样，其实就是游山玩水的旅行。虽有"爱子要让他去旅行经风雨"这句俗语，但是当今时代内地的旅行皆是游山玩水之旅，即使让爱子去旅行也经历不了什么，相反的，最后可能却学会了在旅店饮酒，约会女孩子这种事。如果想要让旅行真正地接触大自然，置身于野趣之中，获得些许修业旅行似的得益，即使是普通的旅行，也会特别有意思的吧。如果苗头不对，漂亮有为的年轻人，就会变成令人悲悯的"茶壶"，仅仅是从这边走到那边而已。那么今后好像还是国外旅行好一些吧。

食用之菊

菊之季节已至。无论是其清清爽爽的花香，还是温文尔雅的花姿，抑或是其花枝伸展的姿态，花叶的色彩，世间再无他物能比它更撩人心绪，诱人到美好世界的了。

但是菊花，特别是人工栽培的菊花，有令人生厌的庸俗之气。尤其是最近流行的什么球什么球之类的，就像从欧洲传入的大花绣球一样，让人未能对其产生好感。然而在无论什么都求奇好新的人群中，这八九年来却最好此类大丽花香气的菊花。或许是因其艳丽吧！

但是，说到美丽的品种，两色菊、花瓣的里外颜色各异的蜀红菊等旧品种已经进一步得到改良了，但是不禁让人觉得这渐渐偏离了菊花的本性之美。不知这是否也是老人的情感。陶渊明因为爱菊而为众人所知，但是我们却不知渊明所爱之菊是何种样态的菊花。据传，他所爱之菊即为后世的大笑菊这一种类，如此说来这种菊花并非什么气派的品种，只是小小的菊花。如此风流人物，想来不是像忙忙碌碌的种花爷爷一般悉心照料，而是自然栽种、不费功夫任其生长，那些菊花或者纤长，或者乱蓬蓬，或者四处伸展，想来他赞美的就是菊花倚靠在破旧篱笆上盛开的自然之态，绽放出的星光之美。而非宋代诗人范石湖一般，力求满足园艺美感而刻意栽种菊花。然而，事实是否果真如此，究竟是何种样态，都未可知。

说到食用菊花，虽然有些许野蛮羞愧之感，然而在一出戏的腔调却有所不同："你死后不送到寺庙，而是烧掉磨成粉末和酒饮下。"其实，爱到极致，不忍看其枯萎，随便摘取一点来尝尝其清香秀色也不必太过苛责。《楚辞》中早就有"餐秋菊之落英"的句子，然而，这里的落英之"落"字有些棘手，因为菊花凋零并非落英缤纷之态。前些日子有人问到过我"落"字如何解释，把它看作和"艸"有关的落成的"落"字，落英则就是指盛开的花朵之意，但是我总觉得这是一个不够稳妥的粗陋解释。关于菊花的"落"与"不落"，在王安石和苏东坡之间还曾有过小争执，但为了避免跑题，这里先不谈此事。言归正传，食用菊一般是黄色的千叶菊或者万叶小菊，被称为料理菊，在市场上也常能见到，但是这只能作为配菜，并不值得好评。偶尔也和酱油醋、三味调和醋等拌在一起，放在小碗小碟子中单独食用，但是这也构不成一个话题。然而，菊花原有甘苦两种，形状像葫芦一样，而且葫芦形状的好看的菊花多是苦的，如果将它放入酒中，即使过去很长时间也仍然会带有苦味。菊花中花大，肉厚，色好的，多为苦的。但是，甜的菊花种类也很多，不像普通料理菊那样平淡无奇。我从秋田的佐佐木先生那里得到了一种胭脂色的菊花，花瓣呈管状，长六寸有余，肉厚，真是既美观又美味。

因为有"菊""薏"二字，其他大型菊花中也常常会有甜的。将这类菊花保存在梅肉中，经百日有余，仍可保存其色香，因此像我等不富裕之家的寒厨中，也随时可以拿出一点有意思的下酒菜来。说到花中美味，还要数牡丹，但是此花并不易得。夕菅花也微甜，也是值得喜爱的，但是这总归不过是山人的野味罢了。甘菊大者着实非常喜人。自从匆忙搬到不满一坪①的新家后，我失去了所有的菊花，现在连一株甘菊也没有了。深秋时节饮酒时，我只能咬上一两瓣连作料理菊都不够资格的白色的小菊花，再喝上一大口酒。那菊花真苦啊，但即便如此，也有一股清香渗透到齿缝中，浸润到肠胃之中，品尝着味外之味的淡淡喜悦。

菊花的名字中也有各种各样的复杂难题。两百多年之前，岚雪曾大喝一声：莫如无有！然而如今菊花不仅名目繁多，甚至越发复杂。而且，古代的名字究竟是何含义，如今也变得不得而知。作为食用菊、药用菊的"濡鹭"这种菊花，是德川时期的名字，被视为佳物流传下来。然而不知何故"濡鹭"此名却没能流传下来，所以我早就想得此花而观之，但是却总未遇到真正的"濡鹭"菊花。此花既然能入药使用，必然强烈地保留了菊花本性所具

---

① 一坪，面积单位，1坪约合3.3平方米。

有的情趣吧！也许是改良了，但是西番莲菊那样的菊花，我更想看一看顽强地保留着菊之本性的菊花。如此一来，观赏野菊、山路菊、鬼脑菊亦足矣，确是如此。观赏富士菊、户隐菊就可得到满足，亦是同理。

（昭和七年十一月）

无难

如今到处都可以听到"难、难、难"这个词语。世上怎会有如此多的难事？现实生活中，就职难、升学难、事业难、发达难、经营难、生活难、娶妻难、嫁人难等话题时时可闻。并且，这些难、难、难确实存在，总也回避不掉，解决起来非常困难。但是省去客套虚礼，恕我直言，事实上我并不认为有如此多的难事。

诚然，就职难确实存在，但坦白来说，这是因为求职者的才能力量抵不上他所希望的位置，所以才找不到工作的。或者说，比他更优秀的人抢了先，已经没有空位子留给他了。

譬如黄金无口，不能自我宣传，亦不可东奔西走，以求出世之道。其出自边鄙远国之深山，埋于地下坚硬的矿石之中，却仍然会被开采出来，为世间所用。世上随时都可以找到黄金。珍珠潜藏于深海的贝中，珊瑚附着在深海里的岩石上，海龙藏在人迹罕见的荒寒小岛。然而这些东西，也都被开采发掘出来了，以至于其存量逐渐减少。黄金、珍珠、海龙，不会嚷嚷就职难，如果人也像这些宝物一般，存在被世间通认的真正的价值，那么也会被世间开采争夺。

"千里马常有，而伯乐不常有。"如此感慨，古已有之。然而这却不是事实，良马既存，又怎会无人将其识别出来呢？相扑，并不是大技，稍稍强者就会入幕于世间，不吝授之于以"三役"之位置。不仅如此，还会热切希望他能夺取"大关""关胁"的位置。故而，我想劝苦于求职难的人，这世上没有什么就职难，只要你有真本事，今天马上就可以就职，即使你的顶头上司对你有些不满，对你使小心眼，只要你有难以掩盖的价值，就一定会被录用。我这样一说，你肯定会责怪我冷酷无情，然而这的的确确是真话。比起那些抱怨就职难的人来，为了适应工作而努力提高自我素质的人，必定前途无量。

经常听人说世上无人。对于用人单位来说，总是时刻希望得到能够胜任工作的优秀人才。如果你适合做月薪一百五十元的工作，那就以一百二十元或一百元为目标吧。只要自己的技术确实具有一百五十元的价值，不久单位就会重用你的。如果你只知道斤斤计较，非二百元或一百八十元的工作不可，那就真的变成求职难了。别人无法判断你有多大能力，又如何会付给你你所要求的酬劳呢？不是有人说购物时若不知实际价格就先还价一半吗？连太阁那样的人最初也给主人拿过草鞋，后来才渐渐被认可，到寺院、神社工作。如果他认为"我可不是给人提草鞋的"，这就是求职难了，说不定一生都不会发达。

　　太公望到八十岁才在世上抛头露面，也可以说八十岁之前是就职难吧。所幸被发现了，如果再有十年不为人所发现，每天只能守着老伴儿，最终只不过是一个默默死去的老头。然而，真正的大人物，哪怕垂钓，也会和做大官一样，平平静静过日子，因此，也不会叫唤什么求职难。

　　然而，对于抱怨求职难的人而言，最好的办法就是提高自身的素质，稍微放低身价，让别人逐步认识到你的实力。如果只知一味把求职难挂在嘴上，那是最愚蠢的。真正的大人物，不会因低贱的工作和粗卑的职业而羞愧，只会为自己价值含金量太少而羞愧。

　　世间经济景气的时候，劣等货也能卖个好价钱，不像样的工作也有可观的收入，没有过硬的技术也能受到工厂的欢迎。然而，有朝一日，经济萧条忽然袭来，就如同暴风会首先折断受伤的树一样，价值低的人会先遭到淘汰。虽然也有例外，有幸运和不幸运之分，然而大体上基本如此。这时，求职难的呼声就越来越高，但是仔细观察一下的话，不难发现主动降低自我身价，尽快就职，对于本人来讲方为上策，对社会而言也颇有利益。会叫的鸟能引来雌鸟，但无论怎么叫唤求职难，也不会叫来新的职业。一切人类世界的事情都必须考虑时间，白白虚度时间是最大的损失。一味叫嚷求职难，就是最大的损失。

升学难亦同理。因为成绩不好，所以才会觉得升学难。毫不客气地讲，就是这样。如果说得委婉一些，是因为学校少而希望升学的人多，就算通过抽签决定升学，也还是会听到有人抱怨升学难。因成绩不够而抱怨升学难，实则是在宣传自己学习能力的不足，对于本人而言并不能增加什么价值。说实话，如果要进入低于自己学习能力的学校，就一定能成功。但想进入高于自己学习能力的学校，就成了升学难。不深刻思考而一味叹息，"难"这种事均来自勉强，不勉强也就无所谓难。用九尺木板欲盖一丈沟，当然难，如果改用一丈五尺的木板盖一丈沟就不难了。口袋里只有二元五角钱，偏要买一只金手表，当知购买到底有多难。事情就是如此，还是认真彻底地考虑一下才好。

事业难亦是同样的道理。有人抱怨没有什么可做的事业。此事在他眼里是如此，从他的手段经验来看也是如此。如果基本上用自己的小眼镜看东西，能见度就很小。望远镜越精巧，视野内所能看见的星星就越多。显微镜越精巧，看见的东西就越多越清楚。眼睛不好，再戴一副粗劣的眼镜，当然看不见东西。事业有的是，高叫事业难，只能说明自己没有能力胜任。世界尚未彻底开化，不管走到哪里，都会有不满意之处。事业难等，尤其不会有。天地广阔，以指测海，以为指尽即为海深，如此想法，大错特错。

天地广阔，职业、事业皆应有尽有。即使没有，自己亦可以创造。世间所谓有用之人，即能亲手创造事业、职业者。只要是有用之人，世间想埋没也埋没不了。一切难事总有产生的原因，因为难度绝非平白无故产生的，与其说求职难，不如说用人单位求人难更恰当。认真思考一下，就不会有"难"了。若是这样考虑，就会鼓起勇气，大胆开辟前进的道路。只知一味在嘴里叫嚷难、难、难者，是最愚蠢的。

（大正十五年三月）

幸福树与不幸树

幸福和不幸，二者相反相成。自己觉得幸福，在别人眼中视其为不幸，则未必是幸福。在别人眼中视之为不幸，自己觉得幸福，则未必是不幸。自己认为幸福，其后却变为不幸，自己则以为不幸，之后却又可能变为幸福。他人所说的幸与不幸也同样会发生变化。然而，这样近乎诡辩派哲学家所说之事，与现实的社会实践相距遥远，乃是脱离常识的空洞议论，不能触及痛痒。因此，不管怎么样，若是以常识而言，既有幸福，也有不幸，才是社会现实。

自以为颇具才力且被他人所认可的青年，因为家庭情况和其他一些事情，未能如社会寻常所见那样按部就班地获得学历，枉费了青年时代，因此他自己和别人都认为这是不幸之事。家庭贫穷，自己身体不健全，中途放弃学业，在可以发达的阶段没能一步一步地按顺序不间断地进行下去，比起承接学历井然有序的人来说，自然处于不幸之地位。如此看来，虽然先天没有什么天分，然而生在富裕圆满之家，拥有父母良好的教育，又接受了优秀的学校教育，一步一步前进，哪怕有一两次落榜，最后还是从最高学府毕业，毫不费力地踏上了社会第一阶段，因此，在他人眼中这是幸福的，自己也一定认为是幸福。

这两种事都没有错，然而不论哪个时代，只要看看那个时代的历史你就会发现，世间重大的事情，未必都是那些幸福的人们所为。任何人都清楚，历史告诉我们的是，反倒是那些不幸的人们，在创造人类文明的过程中起到了重要的作用。

纵观现实世界也确是如此，比起那些一直身处在幸福中的人，能够创造出幸福生活的人，沉沦于不幸境地的人要多得多。猛然看来或许觉得可笑，但是反过来仔细想想也不足为奇。如果不是这样，平家诸公将永远繁荣，源家子弟将永远屈于人下。好在这样不公平的道理并不能成立。开拓平家一代辉煌和繁荣的平清盛，年轻时穿着瘦小破烂的衣衫，踩着一双吱吱作响的破木屐，被人骂作小瘪三，然而他正是从这种穷困潦倒的不幸境遇中抬起头来的。

此外，还有那些身处逆境，甚至生来就不具备正常资质、原本注定沦为社会失败者和落伍者的人，经过奋发图强，终于成为了天下首屈一指的人物，这样的例子也很多。帖木儿是炙手可热的豪杰，可他原本是个瘸子，山本勘助也是瘸子。汉尼拔只有一只眼睛，伊达政宗也是独眼英雄。阎若璩①是低能儿，祐天上人也是低能儿。尽管是天生的残疾和低能，但他们竟成为了一代豪杰或才德优秀的高僧。这样的例子不胜枚举。还有另一种情况，孤儿、偏执儿，悲泣于各种不幸命运里的人，从闪闪泪光中看到了自己的世界，这样的例子很多。释迦牟尼出生时丧母，成吉思汗幼年时代就失去了父亲。大凡重大的发明或创造都出自于命运不济的人们之中，这是什么道理呢？先不管这个道理如何，总之这样的事实很多。

孔子绝非一个好发矫激之言的人，他垂范以平稳中正之教。孔子甚至说："遇病实，沉沦于不幸之境涯者，其愿当得以成就。"这是圣眼看破社会实际之言，而不单单是为了告慰那些不幸之人。就举现在的例子，一个身体有残缺的人，最后反倒成为演艺明星。盲人很容易成为优秀的音乐家，这不仅是盲人的习性，同时也可证明盲人有极强的记忆力。平家琵琶大家京都的藤林氏，能背诵平家全部曲子。这说明，由于身体一方面的缺陷而产生的不幸，反倒变成了另一方面的长处，并由此获得了幸福。那位塙保己一②就是人尽皆知的例子。

---

① 阎若璩，字百诗，号潜丘，生于明崇祯十一年（1638年），卒于清康熙四十三年(1704年)，山西太原人，侨居江苏淮安府山阳县。清初著名学者，清代汉学（或考据学）发轫之初最重要的代表人物之一。

② 塙保己一（1716—1821）日本江户后期的盲人国学者，文献学者，生于武藏（仅琦玉县）农家，原姓荻野，其5岁失明，13岁往江户求学，曾入贺茂真渊门下潜心于国学。以惊人的记忆力学习日本史和古代制度，1793年（宽政五年）在幕府支持下建立日学讲谈所，门下才子辈出。著有《群书类从》《武家名目抄》《萤蝇抄》。

因此,《阴符经》上就这一事实指出:"如果你成了盲人或聋子,你也可以做出大量的成绩来。"双目失明,这是任何人都不喜欢的事情,耳聋也是人人都不希望的事。但是如果一旦成了盲人,有可能反而是一件好事。这话实际上生动地道破了人和社会微妙关系。如此看来,连这种非同小可的不幸也成了幸福,较之拥有大资本者更容易获得幸福。缺乏教育者较之受教育者,在某种场合可以说是上天所惠。我们决不可以诅咒造物主所赋予我们的命运。这种道理不仅对人,也可以放到草木上考虑。有的树有好的土壤,施以充分的肥料,并在周到的管理之下生长。这种树不用说就会青翠葱茏、枝繁叶茂。有的树长在丛生的杂草之中,这种树劲头不足,为杂草所压抑,看不出像样的姿态来。

那么,生于花园肥沃土地上的树木,就一定能长成参天大树吗?那也不一定。荒山之中为杂草压抑的树,就会很快枯死吗?那也未必。长在肥沃土地上的树,反而易遭虫害,自有许多烦恼之事,自然懒于向远处扎根,一遇风灾,就缺乏抵抗力,容易倒折。因为平时娇生惯养,但凡遇到天气巨变,管理上稍有懈怠,就会瘦弱而枯萎。与此相反,艰苦成长的树木,只顾拼命扎根,很少被风刮倒,也很少因寒暑而受伤害,或因营养过剩而招致虫害。幼小时生长和发展得极为迟缓,等长到一人多高,就会从杂草丛中伸出头来,茁壮成长。参天大树,大多是由生于此种境况的树木成长而成。观察这种状态,谁都会感到非常有趣。

再者,不妨说说佛教中的檀木,牛头檀是檀木中最为珍贵的。这种牛头檀据说生长于茂密的伊兰树林中。伊兰树是一种很臭的恶木,闻了这种树的臭气,人畜都要受害。当檀树幼苗刚刚在伊兰树林中长成的时候,为伊兰树所压抑,檀树始终处于奄奄一息的状态。然而,在这种艰苦环境中,檀树渐渐长到五分或一寸,再到成长为一株独立的树,并渐渐散发檀木特有的香气。一旦放出香气来,檀树就会日渐长大,而恶木伊兰树则日渐衰微。到头来，一棵檀木的香气压倒繁茂的伊兰树的臭气，人畜不再闻伊兰树的臭气，而是沐浴在檀树的香气之中，故而感到心情舒畅。

实际情况究竟如何，不得而知。且权当作一种有趣的现象而接受下来。幸福之人，奋起于不幸的生涯之中，亦与此相同。哭泣的泪光中发现了美好的笑容，也是一样。恶浊不堪的时代中产生了卓越的教义，也是这个道理。死于诞生之时，释迦牟尼出世之世，怎么样呢？极其腐败的世界产生了极为清澈的教范，极为欢快之事来自极端悲痛之中。溺水者足近水底方易于浮。透过一切现象，俨然存在着这样的道理。

因此，不管遇到何种不幸、不济、不如意，都不要诅咒自己的境况，而安然置于此种境况之中，还要感谢和祝福自己获得了大发展的机会，这样不是更有意思吗？

啊，我真无能，啊，我真倒霉，啊，我没有人同情，啊，事业上不景气，我真受不了，这等言论，可谓小孩见识。只想成为花园中一棵玩具小树，未免太寒酸了。把自己看作荒山野草丛中的不幸之树吧，尽情扎根，奋斗生长，安然自若，长成参天大树，岂不快哉！只有在伊兰林中才会产生檀木之香。如果甘心被环境所征服，那是最没有出息的。阳光、空气和水，任人摄取，也任草木摄取。一只眼睛也罢，一条腿也罢，干脆认了，争取做一个环境的征服者。

（大正十五年一月）

van Dongen.

L'Arrivée.

细微琐事实乃重要之事

世人有各种各样的举止动作，简言以概之，可分为处事与接物这两类。所谓处事，即是面对眼前发生的某事，自己执何种态度视之，以何种心胸待之，如何开口应答，身体如何而动，如何智慧思考，如何用力等诸如此些事。

所处之事，非常多样。无论如何，此处所发生之事，因其呈现的形式总是多种多样，故而应对之策也绝非一两种。大体上皆应服从正确的道理，美善的人情，然而又无法断言一定如此。因处事之时，有时要手段强硬，有时要至诚至信，而有时又需要权宜行事，才能使处事达到最佳效果。

因此，处事暂且不提，来说一说接物，此处所指的物与事不同，乃是指死物。所谓事，因其为发生之事件，千差万别，变化多端无穷无尽，但是所谓物，虽然此物是指万物，数量之多亦不可胜数，但是它却是静止的。

譬如说，此处有茶碗、有茶桌、有陶壶、有铁壶等，此类物件数量之多无法估量，但皆为我心外之物。能用所谓物质一词概括的东西，即为这一个个固定之物件。当然，物质本身也并非没有变化，例如水会变为热水也会变为冰，但是这种变化与人生之事的多种多样、错综复杂、变幻无穷比起来，就太过简单了，因此接物比处事要单纯得多。但是即便如此，要想做到真正充分地接物，拥有相当的智慧分辨能力以及锻炼修行是必不可少的。

不能很好地接物，在世间就无法很好地处理这百般人情世故，因此我们不得不首先从接物开始锻炼修行，不断积累。但是大部分人，对别人的东西既不开口询问亦不抵抗，就这么随便地去应对，自己犯下过错乃是常事。对于中小学程度的东西尚不能处理得得心应手，却贸然去接触远胜于此的高中的事情，肯定难以好好应对。连接物都尚不能做好之时，就想巧妙地去处理事情，这就好像连假名都不会的人妄想写出复杂的汉字一样。这是不可取的。

比方说，就像我的帽子、我的衣服一样，这些都是我的东西，虽说如何处理都可以，但是要想妥当地处理，与一个人内心的善恶紧密相关，其内心的差别会产生不同的结果。比如说，戴帽子时丝带的打结是应在左边还是应该在右边呢，其中肯定有一边是正确的，那么另外一边就是错误的。如果不管到底是哪一边随便处理的话，就丧失了正确的接物之道。有人穿和服裙裤不系带，把裙裤的后腰穿到前边，这样的举止就闹出了笑话。和服的裙裤是谁都明白的事情，不管是谁都能应对得当，但是面对其他的物品时，却不见得如此，很容易犯下戴反帽子、穿反裙裤这样的错误。

虽然有人觉得这些事本算不上什么，都是些微不足道的小事，但是实际上这却是非常重要的事情。所以处理得不得法，可以看作是这个人内心的状态表现，可以看出这个人的事业是否进展顺利。把这些看成微不足道的小事是错误的。如果有人说穿反裙裤、向右递刀这些事算不上什么事，那么很显然，这个人是有心理缺陷的。这种人作为朋友不是值得庆幸的事。更何况被这样的人所用，或者使用这种人，都是值得思量的。之所以这么说，是因为这种人表现出的是一种强词夺理、过于自我的性格，简而言之，是非常不懂事理的人。

像戴帽子、穿裙裤这种事谁都知道，所以也不会做错。但是更进一步来看的话，与此类似的事情也有各种各样的处理方法。比如说，日本人家中的房屋大多是正方形或者矩形，几乎找不到圆形或者三角形的。因此，房间内的各种物品也是只要按照畳①的大小数量来归置就非常合适。然而，只要在一处放置一个四角的火盆，或者放置桌子、书箱、烟具盆等东西的话，有很多人就不再按照畳这一数量单位来放置了。这样一来，房间内马上就变得混乱不堪，不像样子了，也因此生出许多不便。但是对此毫不在意的人，即使他的性格很好，也体现出这个人在待物之道上既没下功夫，也没有修业学习。混乱、不像样、不方便是好事，这是毫无道理的。

这只不过是放置东西的事儿，堆积物品也是如此，如果小物件在下大物

---

① 畳：张。日本用来计算榻榻米数量、表示房间大小的量词。

件在上的话，其结果也不甚乐观。这种程度的事情是无须考虑谁都知道的，但是事实上，在小件物品上摞着大件物品的事情屡屡上演。小声嘟囔口袋书怎么跑到菊型纸①下了，我的笔记本怎么没了，这种事也是经常会发生的。这些的的确确是些微不足道的小事，但是大事往往正是从这些小事开始引发的。

虽然这些只不过是对待物品的处理方法，但是其中蕴含着人们待物之时的用心，正是这份用心，可往往很少有人做到。关于待物时的用心，无论在何处都要爱护、重视，要尽力发挥出这样东西的道理、强度、必要性，这样才是正确的。如果缺少这份用心，对一件物品来说，未能尽其必要，未能发挥其效力，未能保存其之美好，就草草了事了。

比如说，即使是一支笔，如果不能以待物之道正确应对，也就不能立刻发挥其功能。一把刀，在削完苹果之后不加擦拭就扔到一边的话，定会生锈，不能再用。即使是一把锯，比起外行人使用造成的损坏，不正确的使用方法导致其成为无用之物，这种情形更多。即便是一个茶碗、一个陶壶，如果使用不当，也会马上变成废物。像铁壶这种坚硬的东西，如果注满水后粗暴地放在火炉上面，也会造成破损而漏水。一滴墨、一支笔也是如此，如果不遵循其使用之道，发挥不了多少作用就结束了，别说充分起有效作用了。就像机器，使用方式如何、用心程度的好坏都会造成极大的差别。像钟表一样，该上弦的时候就一定要转发条，这才是正确的使用之道，即使用十年、十五年，也一样可以愉悦地使用。但是有时上弦，有时不上弦，或者有时特别粗暴地对待它，那么它很快就会被损坏，变成无用之物。从钟表再前进一步，说说船舶用的精密仪表，一定的用心是必不可少的。一旦精密仪表运作失常，将无法得知船只在大海中的位置。精密仪表的价值虽然仅在此处，但是一旦在烟雾中无法准确测定船只的位置，将有可能引发大事故，像发动机

---

① 菊型纸：日本《用纸规格基准》制定以前使用的洋纸尺码。636×939毫米。也指这种纸的16开书籍的规格，比A5型开本稍大，为218×152毫米。

这种东西的应对就更加重要了,飞机坠落事故中,大部分是发动机故障而造成的。

那么,究竟该如何对待物品呢?

爱护物品、用心去应对才是最重要的事情,这,就是仁。

理解这件物品,正确对待它,仅次于重要的用心,这,就是义。待物之道,亦是仁义第一。

(大正十五年二月)

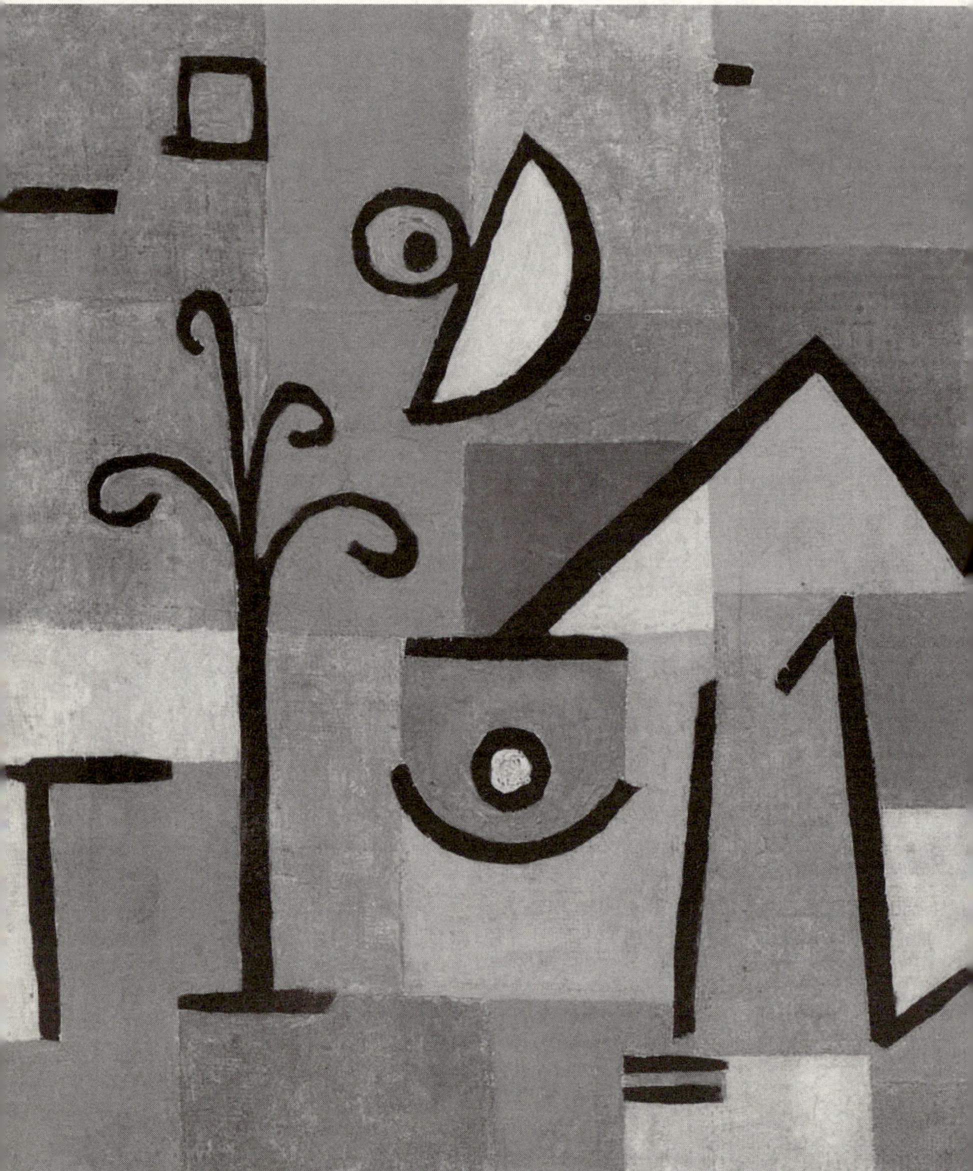

水

一切味觉若不借助于水，便不能散发出其味道。人若突然口干舌燥至极，即便有熊掌抑或鱼翅，又有何用呢？味道唯有借助唾液才能被了解，才能为人所喜，才能为人所感知。若唾液不存，则五味皆无用了。唾液由水构成，因存在粘蛋白这种物质而发粘，实是弱碱性之水，只是其中含有酵素的酵母菌。由于酵母菌可助消化系统一臂之力，加上粘蛋白可以缓和外物的强烈刺激，因此才让感觉得以存在。了解一种味道并将此传达于人，其实是水的功劳，体内的水的用途也是如此。而体外的水也起着解味以及传达给人的重要作用，譬如，青黄红黑等各种颜色，皆是借助水之功劳而得以染成着色，若无水，则色彩绚烂之美，锦绣之文，皆不可得。故善染之物因水而论，善味之物亦因水得品。蜀锦之所以如此闻名，皆是蜀水善染之故。加茂有好水，故京染之名也得以流传，染色的工匠也可凭借好水成大器，而借助美味之水，则会发展得更大。

其中，酒与茶借用水之功尤盛。酒因有水而成体，茶因水发挥作用。虽说滩酒在于酿酒技巧的精益求精，但是滩酒有佳水得天独厚，因而能名冠天下，这是不争的事实。酿酒之家，贵水、爱水、重水、吝水，确有所起。铸剑者铸剑之时需用水淬之，水质不佳则必败。酒家酿造美酒，兼具方法、技巧、材料、工具，虽然难，但若无佳水，佳酿终究不可得。制作豆腐虽然无酿造一般难事，但因水而成体这一点，与酿酒无异。故佳水得佳品，无佳水则佳品亦不可得。京城衹园的豆腐，也是因其水佳而得名。至于茶，其味更是在极其细微之间，所以水的意义变得更加深奥广大。东山氏用园内的清泉水，丰臣氏在宇治桥间汲水。不如说我个人是偏袒丰臣氏的。小泉水之清虽难得，但其或不胜长流之水。坚田祐庵精于品水之味。传闻人取琵琶湖之水让其辨之，在甲处汲取的水与在乙处汲取的水，他辨别得毫无差错。可称得上茶博士之人，确实应当如此。中国的西泠之水，闻名天下。为士者特此汲之，为文者特此记之，甚多。长江之水，自然有佳处亦有不佳之处，而郭璞周边，取得的水为最佳。凡是论及品水的书籍，自唐代的张又新、庐仝等开始，及宋元明清，好事之士亦时有撰著。如同苏东坡赏真君泉，葛懒真赞扬蓝家井，诗词杂记论及此道的，亦为数不少。而在我国，除了乘化亭的书以外，寥寥无几，少有听闻。千氏片桐氏等，以茶技闻名，虽也有品水之道，但是只面授，并不笔传。所以有散见之言，却未有成书。

江户盛世，泉井以外，西有玉川之水，北有绫濑之水。玉川之水，时至今日市民犹用之而生活，但却已是明澄有之，真味已失。精于味道之者说：管道之水，有明矾之味。绫濑之水，今已不堪饮用，混浊污腐，昔日地方志对此称赞不已，实在令人生疑。江户川之水，若久旱无雨，御熊野周遭，今犹觉古人诚不欺我。然而上游人家渐多，恐怕会渐如绫濑之水一般。好事的人如同汲水者一样，终究不过是过往一梦而已。利根川之水，忍耐甚佳。"忍耐"之义，因其"流急水快，忍耐方能溯流行舟"之意而命名。位于三堀，注入鬼怒川的利根川，是两股水流冲击交汇之处。水品之美，诚如赤松氏在《利根川图志》所记一般。我曾数次尝试，山本氏的《清风》虽不是茶之至美，但是其神味陡然增加，让人觉得灵气沁于心胸。然而，如今的鬼怒川河口，因河身改造，在其以下一里之余，不知忍耐的水味，是否依旧存在。

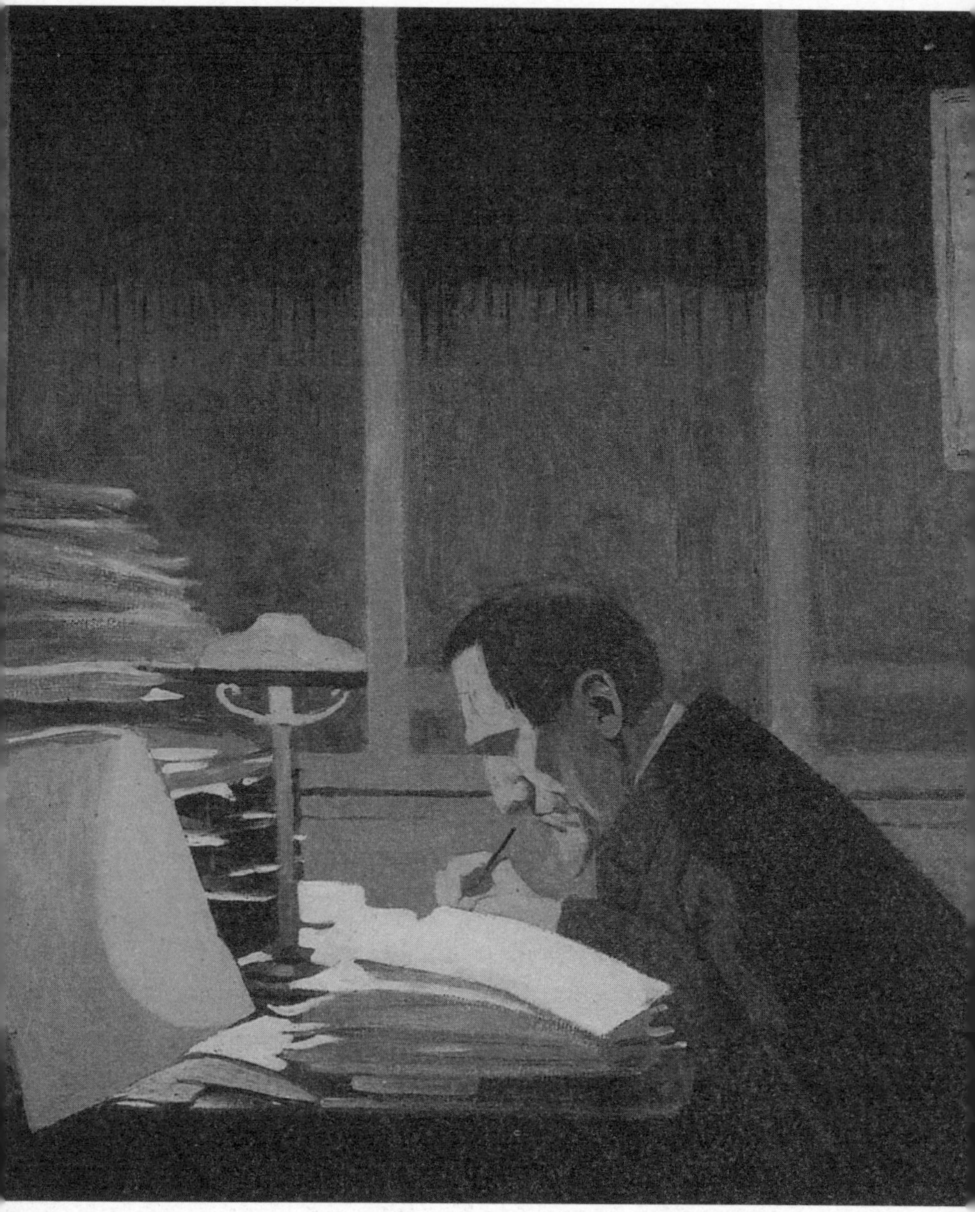

水上东京

上野的春天鲜花灿烂，王子的秋天红叶繁盛，叙说陆上东京有趣之处的人很多，如今我也再说不出什么了。只是说到水上东京的话，或者是别人不知，或者是我不知别人说过，自古时江户时代直至近些时候，似乎不曾有人说过，因而我想试着谈一谈。东京之地势为沿河枕海，潮汐涨落之处，船行所至之处，岂止一二，实则宏大繁多之极，故而若是让我以一己一笔之力于一朝一夕间叙述详尽，真真是无可能之举。从草间升起，又落入草间，是武藏野古时的月亮，而今城中八百零八町人家林立，四方邻里门户相望，东京的月亮真可谓是从人家户里升起，又落入人家户里之间。然，思及水上东京之大，月亮当是从水上升起，又落入水中。当月亮从东边三枚洲的航标朦胧处爬出，乘着涨势之潮攀升，然后慢慢落入西边芝高轮白金的树影斑驳之中，无论是谁看到，都会忍不住呼喊：真是宏大啊，这水上之东京！因此，今日我仓促执笔，纵使我有心将其上至荒川下至渡口皆详尽描述从之，然水上之东京是如此之宏大，于我笔下必有遗漏错误。我仅仅是想将水上东京的些许景致，写给那些害怕渡船却在迎着大南风摇摆或讨厌坐船的人，还有那些不知道水上东京的景色、风情与好处的人，而非写给那些本就熟知水上东京的诸人。本文也不过是则消遣的读物，还请读者万勿责备。

虽说东京很大，但是不经隅田川而直接入海的河流，除了赤羽川与汐留堀之外也寥寥无几了。因此要谈论东京的水，举隅田川而谈之，实在是方便得很。隅田川于水上东京而言，就如同渔网上的网绳、衣服上的衣领，先说网绳即可提及网眼儿，先说衣领即可言及衣摆，与此理相同，应该先谈及隅田川，而后即可自然言至东京诸流之势。因此这里应该先从隅田川说起，再逐渐谈及东京其他河流，最后归结于大海。欲言东京之水必先谈隅田川，就好像研究水经之百川要先从黄河说起，这是必须要遵从的叙述顺序。那么，说起隅田川时往往要节外生枝、插入其他话题，这又如黄序中所言，谈论伊洛必言及熊外，说起漆沮终会谈到荆歧，这是自然而成的对偶，不可分离。

荒川，即隅田川的上流被叫作荒川。隅田川是因流经隅田而得名，流经隅田村上游千住宿的河流被称为千住川，比这再往上的河流人们习惯称之为荒川。秋日里从隅田堤眺望远处的西方，目之所及皆是绿色，那就是秩父郡的山峦，河流的源头便在这些山峦之间。大滝村位于这条河流最上游的村落，虽然从此处再往深处去，详情不得而知，但是想来应该发源于甲斐境内的高山幽谷中。水源地附近的样貌，可以阅读我所写的《秩父纪行》以及《新编武藏风土记》等作品。距离荒川的东京流域不远，就是丰岛的渡口一带了。

丰岛的渡口，要从荒川的河口方向流转几个弯，位于流经过的丰岛村与宫城村之间的地方。从丰岛村往渡口方向走不久就到荒川堤了。大堤与赏花胜地向岛堤相连，经千住车站，而后又与远处的川上北侧相接。从丰岛的渡口开始，河流改变方向，流向西南，后收于石神川，又改道向东而去。石神川是秋日游玩之所，锦绣风光、泷川村河段令人流连忘返。上游是旧石神井村三宝寺的水池，可称得上是真正的石神井川。这条河流虽不具备舟楫行船之便利，但是流经泷川村的金刚寺后，因王子的造纸厂，得以积攒些许功力注入荒川。古时水质甚清为人们带来诸多便利，居住的人家自然很多，河岸也多有古代器物出土，石神井明神的神体石剑，就是其中一例。

尾久的渡口位于荒川流经的小台村与尾久村之间。附近荒川自西流向东，北岸土地潮湿而冷落，别具自然情致。初夏时节新发的芦苇长势茂盛，晚秋时候风声强劲入耳，眺望河面，在樱花与红叶之外，另有一种风情。这里的渔民不仅捕鲈鱼，也打其他的河鱼。从丰岛的渡口经此处的渡口最后至千住一带，一路上泛舟游乐的人着实不少。在连蚊子都没有的夏天，夕阳通红之际，泛舟河面，小酌一杯，风袭衣袂，让人直呼快哉！河流在尾久渡口往下大概经二十条街后又转了一个弯，在千住造纸厂前向东流去，一旦河水流入造纸厂，就会立刻又与主干道合为一体，流经造纸厂前方，最终流至大桥。

千住大桥横架于千叶车站的南组与中组之间，连接东京至陆羽的街道，因而车马行人往来不绝。从大桥看河面，如果没有那些来往的小型蒸汽船，只有河船、驿马、压船的货物、扬帆的小舟、摇曳的橹櫂，会让人喜爱上这份闲静之趣，想要在江风中忘却夏日暑热。在大桥以西，造纸厂的上游，河流的西南侧有成片的榛树形成树阴，很多人会将船系在那里游玩。在大桥头尾之间些许的空间里，若是两岸再有很多伐木屋，那么这一带被木筏连成一片也并非不可能。大约从这一带大桥往下直至永代桥，小型蒸汽船往来不断、川流不息，再加上煤炭烟飞、机器轰响，更显生机勃勃，一派繁忙景象，满载俗世之人来来往往。自大桥往下，往东行进有一座为了便于火车通过而设的铁桥，河流流经此处时，右侧可见盐け村的茅舍竹林，左侧得见蒹葭之茂密，而后河流一转，最终向南而去。这一带河流为东西走向，两岸的土地亦是幽寂空疏，是观赏三秋月的最佳之所。大约赏月之趣味，水上赏之尤胜于山间。虽说有"月初东山上"这样的人必言之名句，实则不如近水楼台的赏月清辉更有趣，且死水又不及活水有趣。虽然水池边的夜色原汁原味妙趣众多，但也不及河面上下与月亮相映成趣之景致。且说即使同为流水，南北流向的河流也不及东西流向的河流。泛舟于南北流向的河流赏月，月出迫于东岸，妙趣横生，然东西流向之河流，月亮直接升于水面之上，极目远眺河身极为广阔，波浪中泛起清澈的月光，如同白银细撒，摇曳着长长的白光熠熠生辉，其中妙趣不可言传。特别是这一带河面宽阔，又可借助涨潮之力，乘大潮暴涨之势河面益发宽广，此时乘着大潮辗转而出的月亮，其形也愈大其光也愈亮，人得瞻之，心中也不尽觉得开阔起来，甚是快活。一年之中潮汐中以秋潮为最大，一月之中以满月之夜潮水为最大，而且月升之时为这一带潮汐涨势最盛之际，故而东京虽大但论及中秋赏月之地，应再无超越此处之地。若是中秋之时泛舟于此，人必感慨此河绝非平生所见之河，此月也绝非平生所见之月,直至今日才知晓此等美景真是此生之憾。古代文人墨客皆未提及绫濑川之上,想是未能偶然得知此地,是以未曾记于诗文传之于世,直至今日也未有记载。

　　盐入渡口位于观月胜地的下流,自墨田堤隔川远眺盐入村,如同观赏吴地等春光画卷,淡雅的风景中不乏诗趣。

　　绫濑川是由荒川一转弯向南流后,与自东而来的河流汇合而成。河面不算宽阔,船只不可通行,既无可观赏之景,也无让人难舍之处。其上游从小菅到浮塚,再远则是从荒川流出,在此处又重新汇入荒川下游的隅田川。上游有支流,其中川船只往来不少,自隅田川向千住道上的绫濑大桥一带望去,一条大河远远注入东边的景色自成一幅幅画卷。

　　赞栽是绫濑川与隅田川汇合之处的南岸的俗称。向来讹传为前栽,是因为此处原为古代御前栽田之地,故以误传。

　　钟渊是纺织厂的旧址,在隅田绫濑两条河相汇的下游。古时候此处有一座名为普门院的寺庙,寺庙里的钟沉入了深渊之中,故而得名钟渊。这个传说在江户名胜图集中亦有所记载,所以恐怕也值得一信吧。大约世上诸国皆有寺钟沉入深渊的传说,想必各地也都有因此而得名之地吧。我猜测,日语中"钟"与"曲尺"发音相同,钟渊中因为落入曲尺,所以河流的形状如同曲尺般曲折,所以得此名。我之所以如此判断,是因为考虑到同样叫这个名字的各地的地形情况,而且这里河流沿岸也明显存在着许多称之为曲尺的地名。

　　关屋里不是一个可以特别指定的地方。在钟渊附近一带,邻近的人著有《隅田川从志》一书,书中将此名作为隅田川附近村落的统称。钟渊的下游又有大河从东边汇入,往深处去河水反倒越浅,这是因为有纺织厂的存在,少不得要为漕运提供方便。

　　自此再往下是水神森林。水神的神社所在地被称为浮岛,因为被洪水浸泡过而得名。这一带的河流,皆是东边水深、西边水浅。在水神森林的对

227

面，是隅田川货物停车场，因而河水汇入西边。这汇集着从上野停车场至各地的火车，虽然还算不上水陆交通的联络枢纽，但是在煤炭及其他物资供给方面发挥着重要作用。从此处再往下游，河流的深处渐渐自东转移向西岸，在流经有名的真先稻荷之后，河流东岸水流变得极浅，西岸水更深。石滨神社虽小但历史悠久，真先稻荷就在神社靠近隅田川之处，其上遥至水神森林钟渊一带，其下可达长堤十里洁白无痕的花之胜地——向岛，一眼望去便将风景尽收眼底，甚为有名。稻荷往下一町左右，有名为思川的一条海水倒灌而成的小渠，因不通船只故而不必多说。思川往南数十步，就是桥场渡口。桥场这一地名是因为古时在隅田川上架有大桥所以得名。所谓石滨，就是指西岸这一带。从前业平所作的都鸟之歌，据说就出自这一带。再往下，左边是小野的某个小松岛园，右边是小松宫御别邸。从小松岛园往下，隔着小片天然草地，就能看见墨田堤，花开之时景色格外迷人，还能隐隐看到白髯祠森林。

寺岛渡口在从寺岛村的平作河岸往桥场方向去的地方。平作河岸是指大河向左分流，直达堤下的小渠附近的空地。平作河岸往下，又有小渠沿着樱组制革厂流至堤下。从这里往东是今户，往西流经寺岛之间渐渐南去，水势也从西深东浅逐渐变成东深西浅。

长命寺下，牛之御前祠的旧址一带，水特别深，墨田长堤也直临水面，阳春三月好时节，水波荡漾花开灼灼，交相呼应，呈现出绝好的画趣与诗情。特别是从此间至吾妻桥上流一带，是府内各学校的学生们以及银行职员们的赛船之处，逢春秋好时节，大堤上与水面上皆涌动着男男女女的嬉闹言谈，欢声笑语不绝于此。

竹屋渡场距离牛之御前祠下游的约一町处，为渡到今户所建，是吾妻桥上游的渡船场中最广为人知的。乘船行至中途，放眼望去，天晴时节可望见远处的筑波，右方能看到长堤，左方从桥场今户起可一直看见待乳山。如果是在秋天的黄昏，能够望见天边一角的富士山之时，渡口的风景真可谓一刻千金，我想即使画家此刻想以美景为题泼墨作画也不是不可能的。

渡船最有名的地方，是一条流向西北的山谷堀，虽然水面并不是特别宽广，但是可以直达日本堤下，古时候出入吉原的风流浪子们经常乘着猪牙船经由此处，唱着"待乳西沉，梢间今户桥，堤坝上，合伞下，见和服夕雨，思君念旧布"，说的正是这条小渠。直到今日，河流南岸的人家还多少有许古时船宿的痕迹。

待乳山有圣天祠，远望墨堤的景色更好。可怜日暮西山，茂睡歌碑无人识，等等，多有文章叹之，某先生曾戏称这并非待乳山的五丁碑，却在山上流传至今，也是奇事一桩。在此处俯视隅田川，月夜的景致四季皆美妙，在飘雪的清晨小酌上一壶酒，再吟诗对歌，岂不更妙！如此方才领悟，仙骨之人所言的登临之快，诚不我欺！

待乳山的对岸，下游就是三围祠。从中游望去，仅能看到神社大门的上半部分，但即使是初次见到的人，也能猜到这就是三围祠。祠堂的附近虽然隔着一条河，但是可以看见近处的浅草观音堂以及五重塔凌云阁等。而且在这附近的堤下，自上而下从柳田边到三围祠前下游的十间川之间，是著名的鲤鱼垂钓之地，即浅草川盛产紫鲤之处，因为这里垂钓收获数量甚多，所以钓鱼的人也不少。河流从此处依次经由山上的宿町、花川户、小梅町、新小梅町之间，往下流至吾妻桥，东岸的水深渐渐变浅，流至中游大概已成西岸水深之势。在新小梅町与中乡之间，有一条小河向东流去，经由枕桥、源森桥到达业平町。这条水路虽然狭窄但是水很深，故而稍大一点的船只也可通过，到达业平町后向左一拐，就出了曳船川，然后经由田圃间向北，到达龟有，最后远至琵琶溜汇入中川。但是在源森川与曳船川之间有一座水闸，而且追着源森川的流势向右行进，就是横川了。横川流经业平桥、报恩寺桥、长崎桥，经过总武铁道火车的发车总站所在的停车场旁边，在北辻桥南

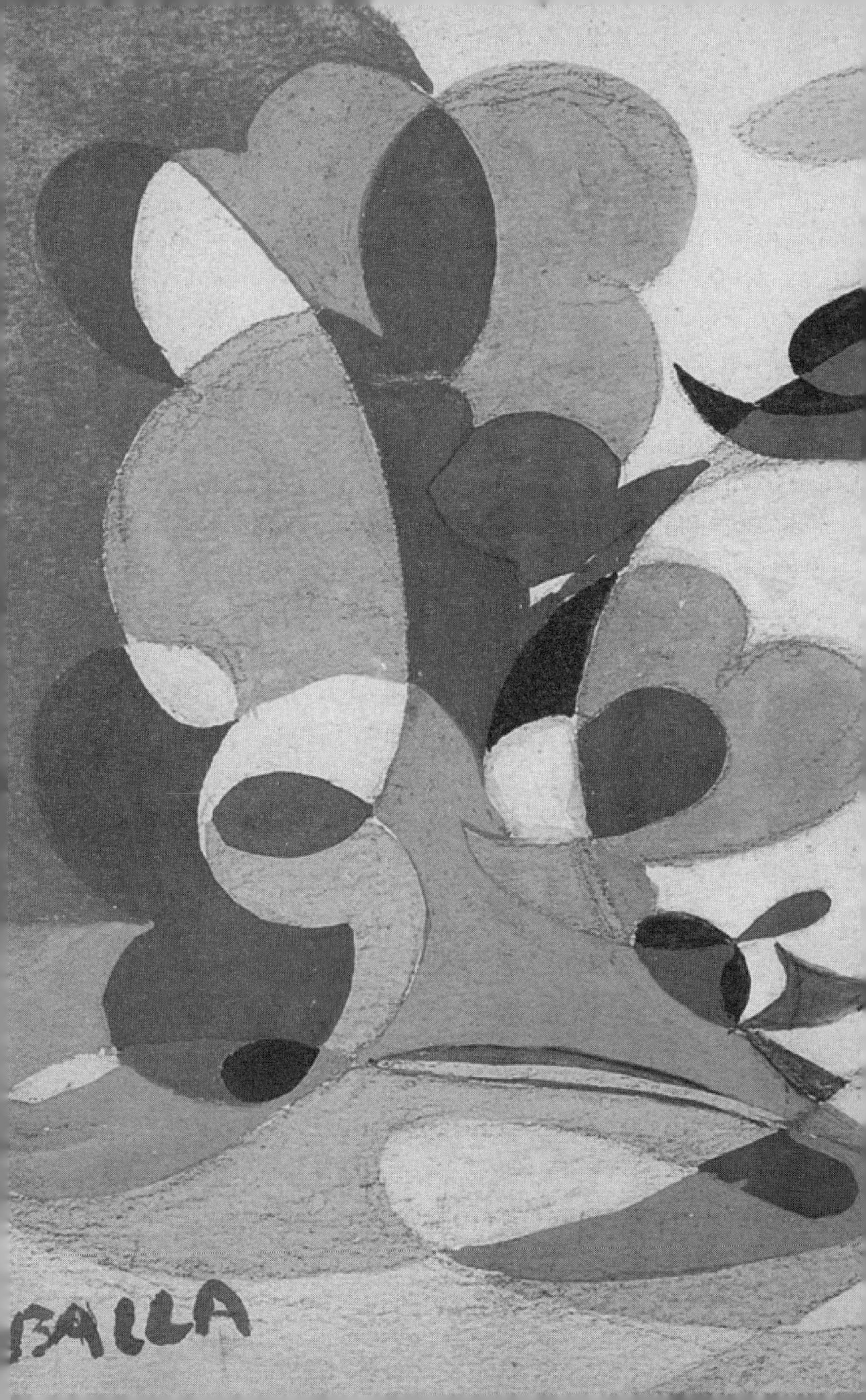
BALLA

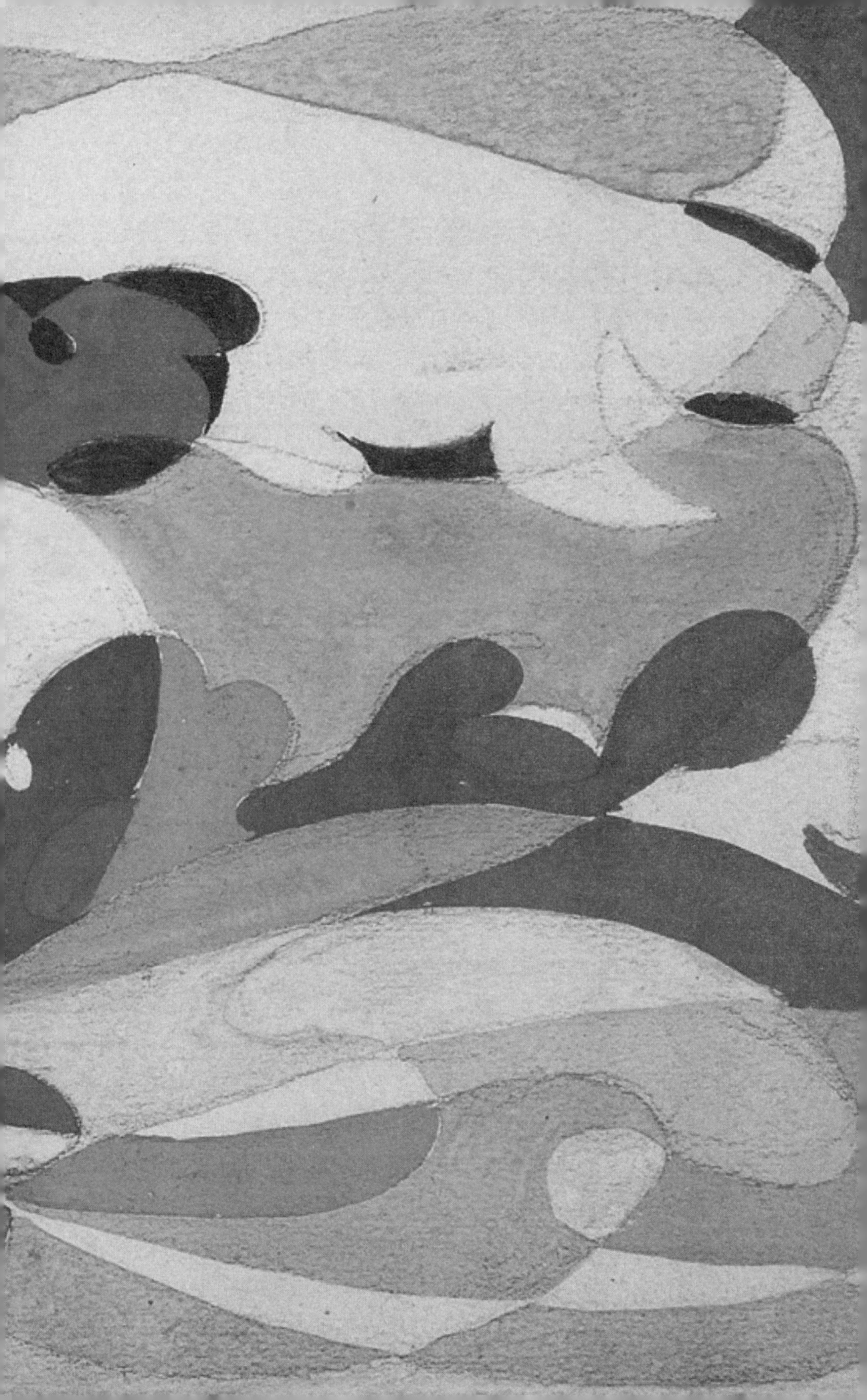

面，隅田川与中川交汇处的坚川相汇，而后流经南辻桥、菊川桥、猿江桥，与小名木川相汇，过了扇桥又与十间川相遇，再往南到达木厂。源森川一路是与之相关的为数不多的甚为重要的一路。日后市区改造之时，将会把源森川与押上的六间川（也称十间川）之间的土地凿通，使两条河流连接起来。如果两条河流不相通的话，这条河就无法直接与隅田川和中川相连，加之这段距离与坚川、小名木川相比要短得多，可以大大增加人们出行的便利，沿着大河南下，左侧枕桥的风景也让人难以割舍。经过花川户的渡场，过了吾妻桥，左边是中乡，右边是材木町，继续往下水势渐渐沿西岸而加深，东岸愈浅。歌姬的词作中著名的驹形堂，在河的右手边即可看到，过了驹形渡船场，左边就是杂院，往下能望见番场的多田药师寺树丛，再继续前行就到厩桥了。

厩桥下面，右岸保存着古代米仓的遗迹，如同歌中所唱"一番堀来二番堀云"，这里小河流为数众多，每条小河又都有水闸。首尾松在这附近可以寻得。猪牙船的制造流程已是难以详细得知，时至今日小型蒸汽船在轰鸣中恶作剧般的撩拨着人们的心绪，无论是游子的旧情还是诗人的想象都已不可得。在米仓旧址内，有一家电灯公司，高耸着冲上天空的烟囱，黑烟正从中冒出来。在此处附近电灯公司的对岸往下，有一条向东流的小河。御藏桥就架设在此处，伸入陆军仓库场内。米仓往下，在浅草文库的旧址下游，又有一条向西流的小河，经过须贺町后，一转弯经由藏前街，分流为两支。向北流去的的分支即为新堀，其沿着荣久町、三筋町等，下至菊屋桥、合羽桥的下方。这条水路甚是狭窄且河水很脏，垃圾还会占住运输其他物资的重要位置，但在这条让人不快之极十分厌弃的水路上，却有不少与河身不相应的大船往来。过去浅草区一带地表潮湿不易干燥，或许是因为这条水路才间接变得干燥起来也未可知，如此看来，浅草区的形成还要感谢这条水路才是呢。

有一条流向西边的河流，经过猿屋町、鸟越町之间，流至下谷竹町的东边、浅草小岛町的西边，这就是三弦堀。虽然这条水路也因又脏又窄令人讨厌，但是也是为了排除湿气，方便漕运，成为了一条重要的水上之路。原本下谷是潮湿之地，西边又背负着汤岛本乡的高地，一遇到大雨暴雪天气，高处的水就会流到低处来，下谷就成了一个巨大的蓄水池。特别是御徒士町、仲徒士町、竹町等处更有成为泛滥中心之势。三味弦町现在已经接收了不忍池的余水，还进一步修整扩建，形成了一条气派的河流，而且还分流出一条水路，经由竹町、仲徒士町等，与南边的秋叶原铁道货物处理所境内的水路相通，一直到达神田川，这样的话，漕运的功能必将大大增加，卫生状况也能极大改善。

沿着隅田川继续往下走，到达浅草瓦町、本所横网町的尽头，就是富士山渡口了。这个渡口是名副其实的观赏富士山的最佳之处。晚霞如火的夏日傍晚，或者是风和日丽、天朗气清的秋日早晨，所观风景或者漆黑高耸，或者洁白晴朗令人神清气爽，让人一时间忘却此刻是置身在尘埃飘舞的都市中。

百本杭在渡船场的下面，是在此处靠近岸边的河水中，用很多木桩围起来的中心地方。护岸的木桩数量非常多，因此得名百本杭。这一带河流的东边水深，百本杭附近水也特别深。这里因为垂钓鲤鱼的人很多，所以广为人知。

百本杭往下，有一条在浅草一侧往西流的河，那就是神田川。河面非常宽广，船只往来之繁多，前后船只舳舻相衔、船舷相蹭，从水路繁华之地直到远处的牛込的扬场水泄不通，以致船只无法通过。这条河也潜于以歌舞弹唱闻名的柳桥之下，又流经浅草桥、左卫门桥、美仓桥等，在丰岛町与一条自左而来的河流相汇。这条河是神田堀的支流，直接向东南而去，于中洲下游汇入隅田川，将日本桥地区一分为二，连接神田川与隅田川，在这条水路上架设有柳原桥、绿桥、汐见桥、千鸟桥、荣桥、高砂桥、小川桥、蛎滨桥、中之桥以及其他诸桥。在材木町、东福田町地带，有一条河流也与这条水路相汇，那就是流经今川桥下的神田堀，是从皇城外的护城河流经龙闲桥以及其他诸桥到达此处的。

护城河由神田堀注入，向右流经神田桥、一桥、雉子桥到达俎桥，也就是饭田川，一直流到堀留，向左则流经常盤桥下。神田川与前文所述的流经柳原桥下的一条支流相汇，在交汇之前，神田川先要流经和泉桥下，后经昌平桥、万世桥、御茶水桥、水道桥、小石川桥下，在饭田桥前与从西北方向流过来的一条江户川的支流交汇，直至流入饭田桥上游的牛込扬场。护城河并非到此为止，只是漕运之便终点在扬场，故而从这以上并不再称为神田川了。

江户川作为水路的支流，其水质清澈，河身虽窄但水流量丰富，但是除小船往来外，其他船只较难通行，故而船运甚少。神田川从水道桥附近开始，直到御茶水桥下游这一段，虽不及扇头小景，然而岸高水阔，树木葱郁，别具幽静闲雅之趣。古时圣堂文人们所说的"茗溪"便是指此处了。从女子师范学校和高等师范学校往下，如今教育博物馆所在地就是从前的大学旧址，现在还保留着大成殿以及其他建筑，其格局风貌也大约与旧时无异，多少还能看出岩谷宕荫在《二十胜记》中记载的痕迹。

从茗溪往下，稻荷河岸作为小船的乘船扬场，自古便众所周知。自美仓桥往下，在左卫门桥、浅草桥、柳桥附近，有很多钓船网船以及其他的游宿船只。从神田川跌水口往下不远，就是架在隅田川上的著名的两国桥。

两国桥之名，但凡到过东京的人没有不知道的，直到今日也是如此。大桥的上下游烟花灿烂、夜晚热闹非凡，这是寺门静轩所记的古时风光，直至今日亦与古时无二。自大桥的下游稍稍往下，有一条向东而去的河流，这就是竖川。

竖川流经一之桥、二之桥、竖川桥、三之桥、新辻桥、四之桥等，过大岛村、小名木村、龟户村、深川出村、本所出村等，沿千叶街道，最后经中川的逆井桥下游，这是甚为重要的一条河流。特别是地处隅田川与中川相连的中间位置，在松井町与一条向南流至小名木川的支流相汇（这条河流中途分为两支，其中一条直接向南到达小名木川，另外一条则几经曲折最后在富川町与小名木川相汇），在菊川町贯穿北辻桥、南辻桥之间的横川，在四之桥东边不远处，又与天神川成十字交汇，故而其交通往来范围甚广，也因此对漕运通行贡献颇大。

天神川因流经龟户天神祠前而得名，南起砂村，北至请地村，在这段流域间为一条南北走向的河流，成丁字形在请地与一条河流相汇，在西中乡变为堀溜。但是东边则过境桥之下，到达中川，变成六间川。天神川与横川占据着相同的地理位置，可以说有着相同之作用。竖川也是如此，其贯穿天神川、横川等，又与隅田川和中川相连接，他日河流沿岸一带也定会是工厂林立之地。

从竖川与隅田川相汇之处到矢仓町的渡船叫作千岁渡。这附近河流流向东南方向，西岸水流较深，流至安宅町之时，在河流东边可以看见沙滩。

安宅渡口位于沙滩的下游、滨町与安宅之间。从渡船场往下经过几个町，就是新大桥了。河流流至此处复又一转向西南而去。新大桥的下游直接就是中洲，横转西边，形成一岛，岛上有不少酒家。中洲的对岸，有一条河流远远注入东边，即为小名木川。芭蕉的旧居就在此河的北岸，满潮涨潮之时，乘着自川角而来的磅礴水势，或对着明月创作俳句，或思念居住于五本松附近、临同一条河流分别在上下游共赏一轮月的友人，实在是想象不出比居住在这里更风雅的事了！

万年桥是架设在这条河河口上的大桥，以前将匪徒流放至伊豆诸岛时，就是从这座桥的桥畔和永代桥桥畔发船的。旧时有个说法是，从这座桥出发的船是会预先约定好归期的，而从永代桥出发的船是不会约定归期的。从大桥往东不远，有一条通往竖川的小河，继续往东就会经过高桥和新高桥之下，后与扇桥、猿江桥之间的横川相汇。再一直往东去的话，就会与天神川形成一个十字，最终与中川相汇。

新川好像要正好与这条河接续一般，从中川开始流向东南，后往东逐渐远去，后从利根川的支流江户川的妙见岛上游流出。江户川沿此路流出利根川主河道，而利根川从此处向下直至铫子。此处水路是如此通达，故而小名木川虽然只是一条细如丝缕的小河，但是货物运输、驿马往来、驳船熙攘、蒸汽船行夜以继日，橹声樯影不绝于此。可以说小名木川是非常重要的一条河流。虽然今天这条河附近的土地多已被工业占用，但是以后的发展壮大实在意料之中。

从小名木川与大河相汇处下行不远，又有一条大河向东南流去，这就是仙台堀，也被称为十间川，再往东去又被叫做二十间川。其流经上桥、相生桥、龟久桥等，流至木场北边，又过要桥、崎川桥与横川相汇，继续往东通过石小田新田、千田新田之间，最后与天神川汇合。从这条河流出天神川稍微往南一点，有一条河注入东海，这就是砂村川。

砂村川过砂村至中川。从隅田川至中川有小名木川，有竖川，所以像这样这条小河看似无用，但是在风向潮汐都合适的时候，对船夫而言还是一处很方便的地方。连接仙台堀和油堀的小河不止一条，在木场附近，还有大和桥和鹤步桥所在的河流以及其他小河，但是一一记来不免繁琐，故而略之。像木场这样沟渠纵横、水多地少，也是无力一一详细描绘。

从仙台堀入口到中洲去的话，有一个中洲的渡船场。渡船场往下一町有余，又有一条小河往东南流去，这就是油堀。这条河和仙台堀一样，都是流到木场的河流，两条河皆因木材船与木筏众多而闻名。深川堀一侧已经说过了，在日本桥一侧仙台堀的对岸，有一条流至神田川的河流流向西北，（旧说）从中洲的背后在箱崎与蛎壳町之间还有一条河，在油堀和大河相汇的地方向下，在下游潜入丰海桥下，还有一条河流向西北而去。

追溯其流向，先是经由丰海桥、凑桥之下，流至铠桥之下。有一条河流过铠桥上游、思案桥、亲父桥到达堀留；也有一条河流流经荒川桥、中桥之下，同样抵达堀留。若是不入支流，随主河道而上的话，将至江户桥、日本桥下，最后在流至一石桥时注入护城河。护城河西始泷之口，南抵吴服桥、八重洲桥、段冶桥、数寄屋桥，此流域船只不通。从丰海桥至一石桥这一程水路，于西南分流，其中一支经灵岸岛与龟岛町之间，自新龟岛桥、龟岛桥以及高桥而下，注入本澪。在兜町地的另一支流向西南流去，过兜桥、海运桥、久安桥及其他诸桥，与京桥川相汇。

永代桥是架设于隅田川最下游的大桥，从此处往下再无其他大桥（后来又建有相生桥）。桥下水深河面宽阔，远眺海上风光，让人心生浩然壮阔之感，其景致丝毫不逊于大河河口。在大桥下游，河流横跨形成佃岛、石川岛和岛月岛上的一座大岛，这就是人工修筑的三角洲，也正因为如此，河流在此处形成自然分流，最终注入大海。

三叉石之名也由此而得，一支沿筑地流向西南，一支沿越中岛流向东南。往西南方向流去即为主干河流，被称为本澪。本澪水深，故而大船往来停泊甚多。自永代桥起至下游，河面甚为开阔，加之前文所提，本澪分流为两条支流，为了方便先将其分别记为东流与西流两支。西岸这条支流是自永代桥而下不远即向西而去的一条小河，与经一条过三之桥、二之桥、一之桥这三座桥后流经龟岛桥下的大河相汇。

大川口的渡口就在这条小河下游，连接深川与越前堀留。从渡船场往下一町有余，可以看见两条来自西北方向的河流。右边那条流经高桥即从龟岛桥下而来，左边那条流经京桥下。流经京桥下的这条河流，从护城河上的锻冶桥南经比丘尼桥、绀屋桥而来，在京桥东、炭谷桥、白鱼桥下流出，在此处往南与真福寺桥下流过来的一条河流相汇，往北则与一条从兜桥流经弹正桥的河流相汇，在樱桥东又与一条自南而来的小河相汇，最后经中之桥、稻荷桥抵达此处。这条河流顺流而下，在本凑町、船松町之间有一条水流，与明石町、居留地之间往南流的新荣桥下的一条河流相通。在船松町与佃岛之

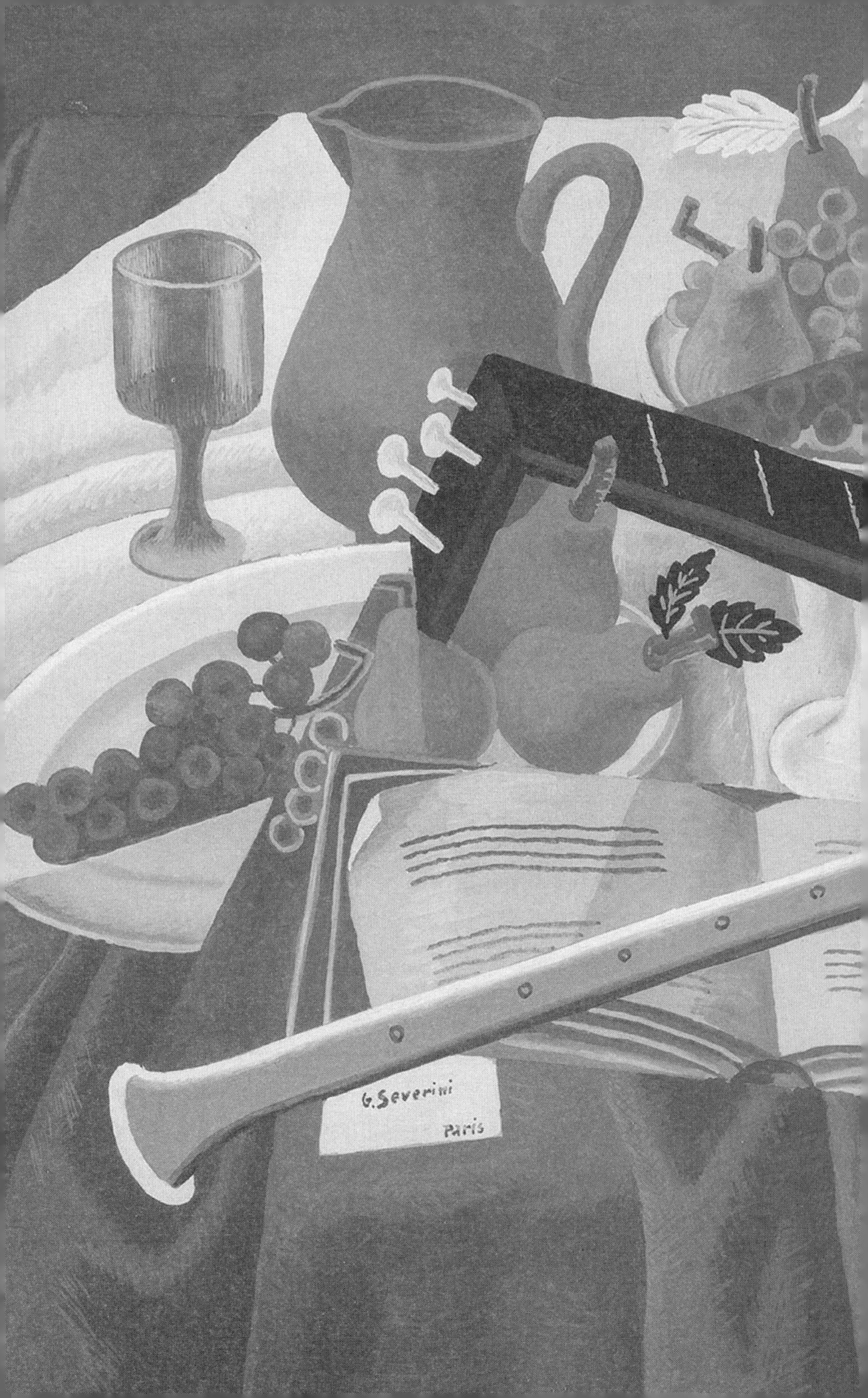
G.Severini
Paris

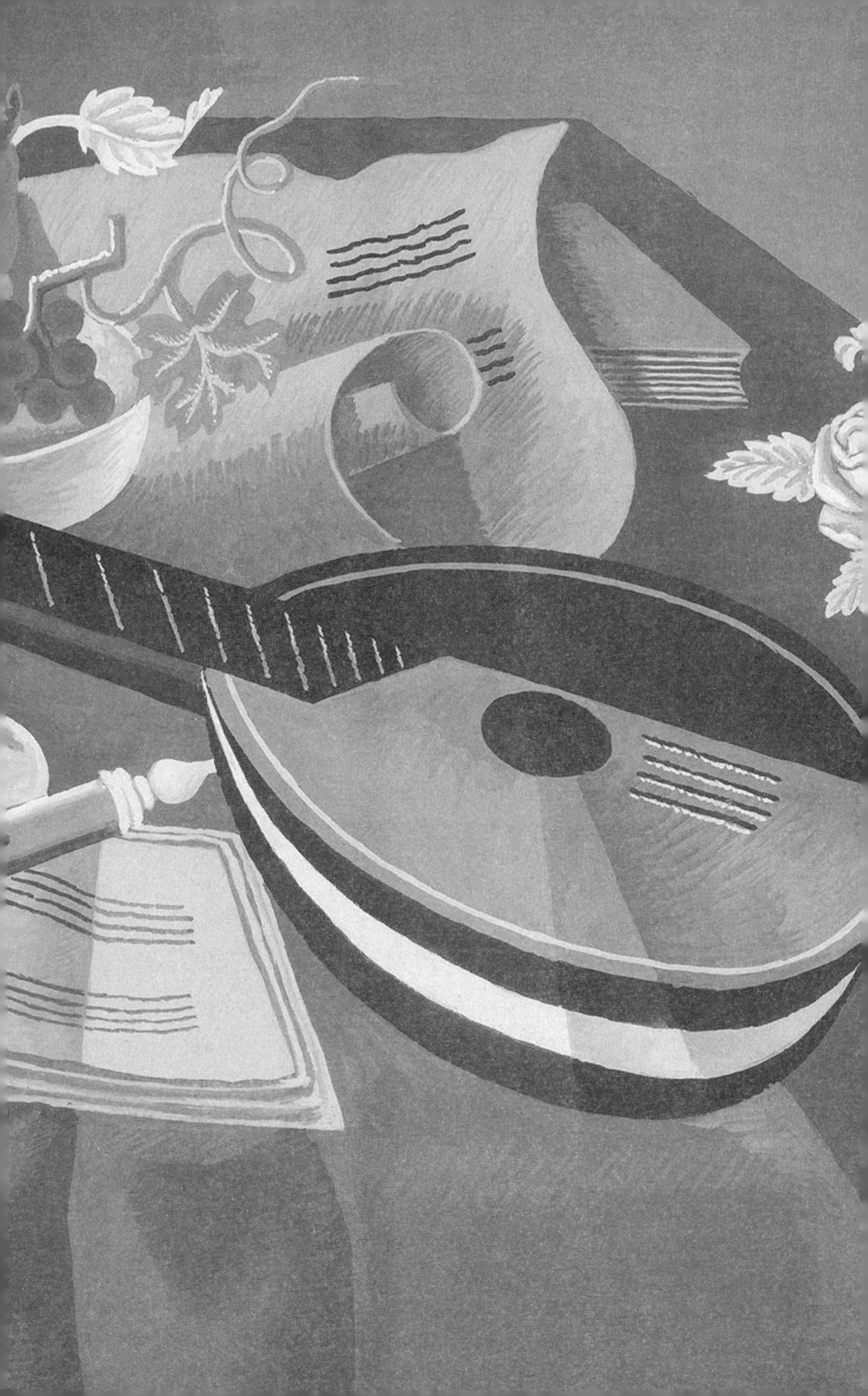

间有一个渡船场。

在明石町南边明石桥下有一条河流,与一条围绕筑地的一丁目、二丁目、三丁目后流经采女桥、万年桥、祝桥、鬼井桥、合引桥、筑地桥、轻子桥、备前桥、小田原桥、三支桥等的河流汇流,而后过荣桥、新荣桥流到此处。

在南小田原町之南、海军部用地之北、安逸桥之下,有一条河流经过三之桥的下游,还有一条河流从三之桥上流往南沿海军部用地过尾张桥,从滨离宫注入澪河,这两条河是相通的。

在滨离宫以北,离宫与海军部用地之间有一条河流,如前文所述。此外,经离宫之西与汐留町之间,直入大海的那条河,流经土桥、难波桥、新桥、蓬莱桥、汐先桥,又被称为这条河的末端。

与流经三十间堀即真福寺桥的河段相接,流经丰仓桥、纪国桥、丰玉桥、朝日桥、三原桥、木挽桥、出云桥等的一条河流,与前面的一条河流在新桥下游、蓬莱桥上游呈丁字形相汇。新桥河与护城河相通,所以也可到达土桥以西,但是因地势高低悬殊,故土桥以西船只不通。

从汐留堀以南至品川之间,只有一条赤羽川。赤羽川流经涉谷桥的下游,虽说自遥远的幡谷而来,但是其漕运的功能,上溯始于燃气公司与芝新滨町之间的跌水口,止于金杉桥、将监桥、芝园桥、赤羽根桥、中至桥附近,仅为这一流段而已,从中之桥往上到一之桥附近只能勉强容小船通过。

那么,让我们来说一说永代桥以南的深川的走势,这条河流从熊井町沿大岛町经中岛以北,与福冈门前町并行至木场,又自南往东,到达远处的洲崎游廊。那么所谓内川就是这条河流吗?在艺伎口中,置身振鹭亭中,大河的恋风拍打着多情的脸颊,内川的朝阳自睁开双眼后就一直睡意蒙眬,想来流经古石场町、福冈门前町的河流,指的就是这条河流吧。另外还有一条河流经熊井町、中岛町向北,将油堀与仙台堀相连接。深川一侧的河流大致如此。

佃岛与月岛之间，月岛六丁目与七丁目之间，又有各种小河流，用于本澪方向与上总澪方向之间的往来之便。

东京的诸沟渠大概如上所记。只是下田川之名称的由来尚未有定论，虽明治之前的杂书上记有下田川之名，然另有一条河流也被称为下田川，实际所指的仅仅是永代桥下游即隅田川主干靠近佃岛这一河段。

关于河流的大致情况记载如上，接下来我想写一写海上的一点情况。简言之，东京南面临海，伴随着隅田川在南边入海而发展起来，在芝区以及品川西南环海形成港湾，除此以外未有一丘一沙遮挡视线。而大川的水从土沙中自然流出，形成了极其自然的状态，塑造出平浅的海底，流至佃岛东的本澪远处的南品川的河面，至佃岛西的上总澪的月岛下游，就只有两条略深的水路，既没有岩礁潜伏，也没有特别的潮路往来。如此想来，也许是东京前面海面平浅，隅田川、中川和江户川中的土沙自然堆积，故而此处的沙滩面积格外的宏大，除了前文所列的两条的水路外，难有大船巨舰的通行，也就不足为怪了。本澪在第五、第二炮台之间向南流去，水深大约在二寻①以上，上总澪的水深则远不及此。正因如此，自北品川的堤岸往东北的海面上，散布着造船厂、第一台场、第五台场、第二台场、第六台场、第三台场，除了未完工被搁浅的第七台场附近的地方稍深之外，月岛下游地带、芝滨冲，以及东边的月中岛冲、木场冲、洲崎游廊冲、沙村冲，大体上都是在春末的大干潮时才露出来的沙滩。这些沙滩即是东京都的淑女们观赏潮汐的乐土，春末夏初，风和日丽之时，她们或用红寇玉手捞蛤蜊，或手持鱼叉抓牛尾鱼、比目鱼。也有很多的钓鱼场、网鱼场建在这些沙滩之上。为了收海苔，在海中立有一种用树枝做成的叫作"簇"的东西，也建在这些沙滩上或者其附近的地带。中川的水路在洲崎的河心方向自东而来横向展开，连同本澪、上总澪、台场等附近的这些水路一起，又都是钓鱼的好去处。东京湾虽

---

① 寻：长度单位。中国周代为8尺，日本为6尺（约1.8米）。

241

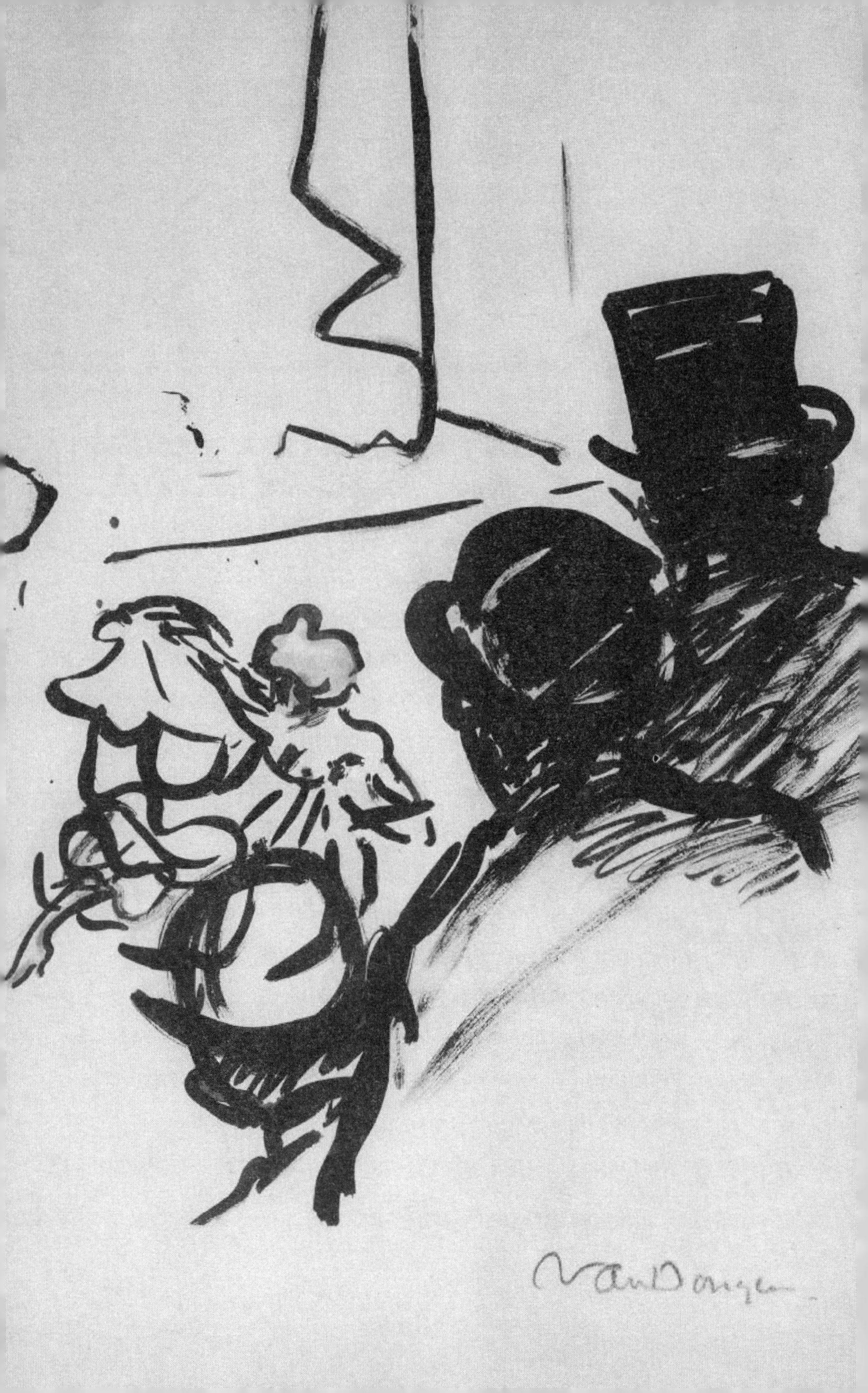
Van Dongen

然甚是宽广，但是品川以北、中川以西即东京前面的海面大抵如前文所言。

原本就非一朝之间所能略说详尽之事，大概也只能叙述至此了。古时北魏的郦善长[1]俊采非凡，博识广记，读尽天下奇书而著《水经注》四十卷，然最后他被困于阴磐驿站，断水而力竭，终遭贼人所害。我今日虽谈及东京，但是所述不甚详尽，想是不会沦落到无水的惨境吧。

（明治三十五年二月）

---

[1] 郦善长：即为北魏郦道元，字善长，故文中作者称其为郦善长。

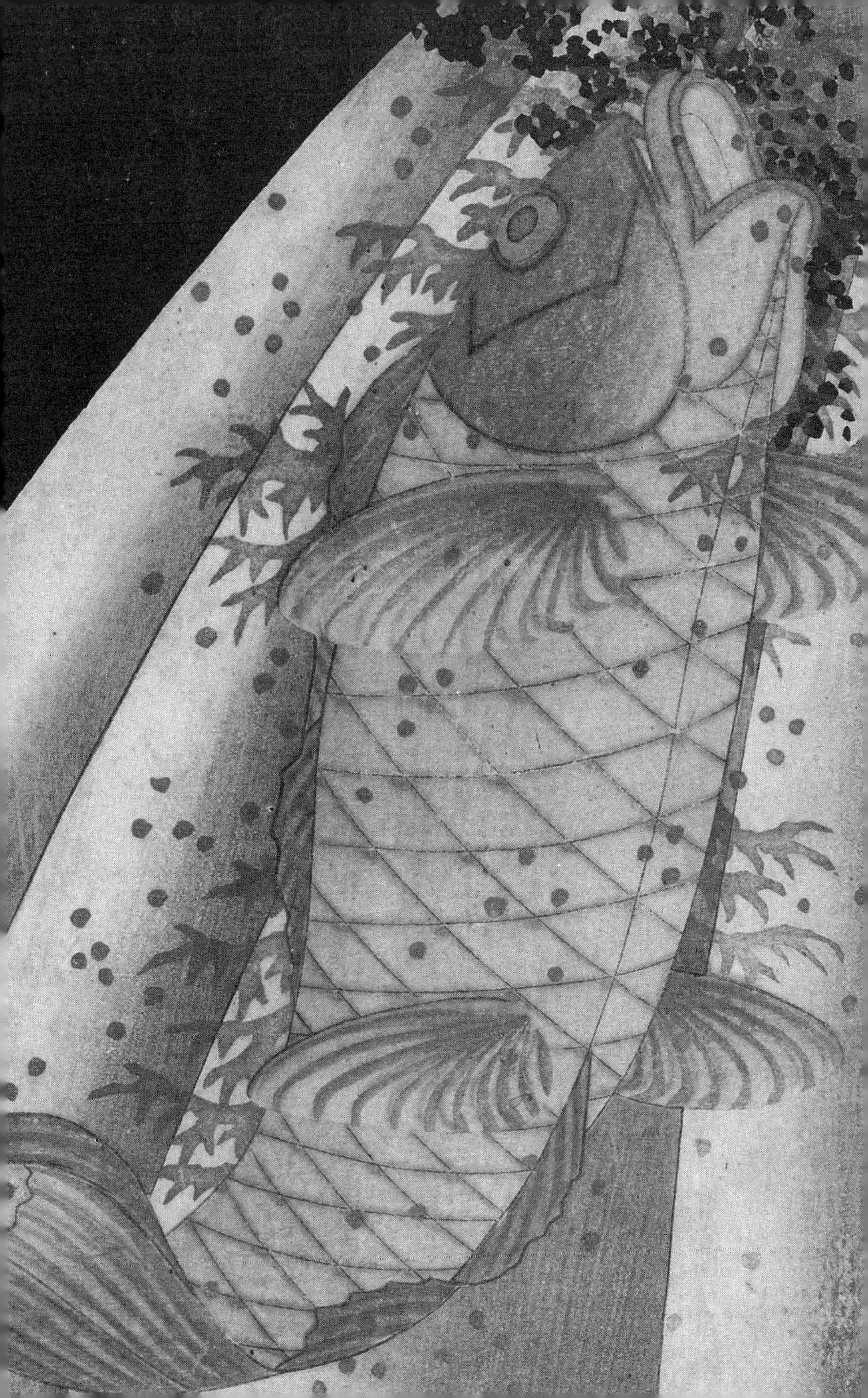

江苏文艺
世界大师
果壳宇宙

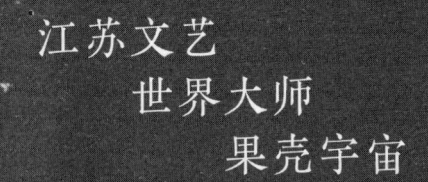

热情

情怀 勤勉 革新

善良 豁达 澄明 睿智

沉稳 平衡 神秘

浪漫

人类的过去,书写在这里;你的未来,藏在你读过的书中。

人类是一根连接在兽类与超人中间的绳索——
一根悬于深渊上的绳索。
人类之伟大，在于它是桥梁而非终点；
人类之可爱，在于它是过渡也是没落。

● 每个不曾起舞的日子都是对生命的辜负/尼采

荣光时刻/丘吉尔

不要因为走得太远而忘记为什么出发/纪伯伦

这里有我对生命全部的爱/加缪

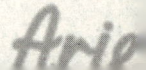

这个世界既不属于富可敌国者，
也不属于权势滔天者，
它属于那些有心人。

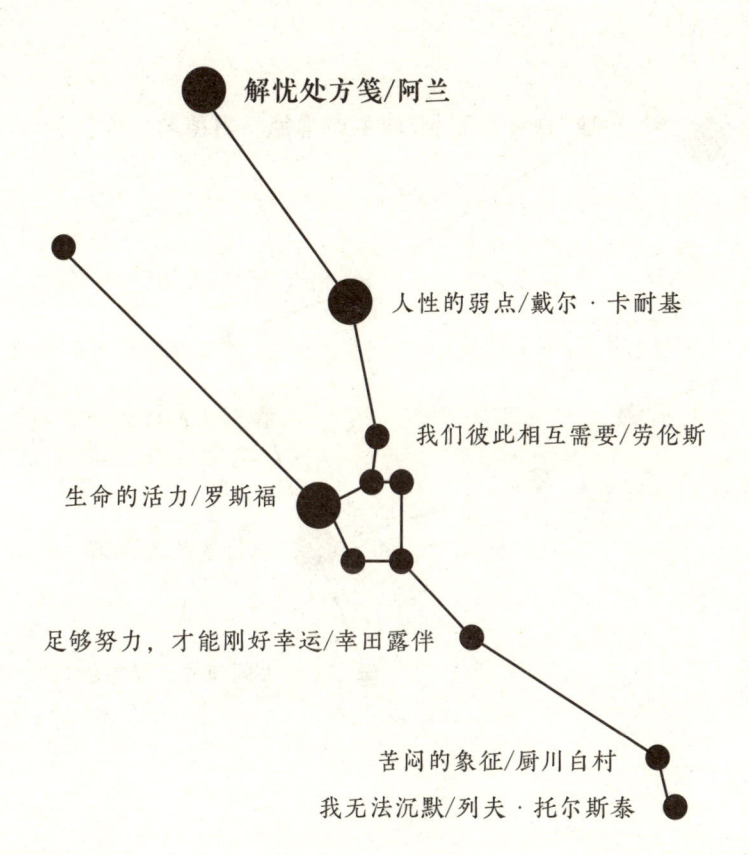

解忧处方笺/阿兰

人性的弱点/戴尔·卡耐基

我们彼此相互需要/劳伦斯

生命的活力/罗斯福

足够努力，才能刚好幸运/幸田露伴

苦闷的象征/厨川白村
我无法沉默/列夫·托尔斯泰

革新

生活的不确定性,正是希望的源泉。

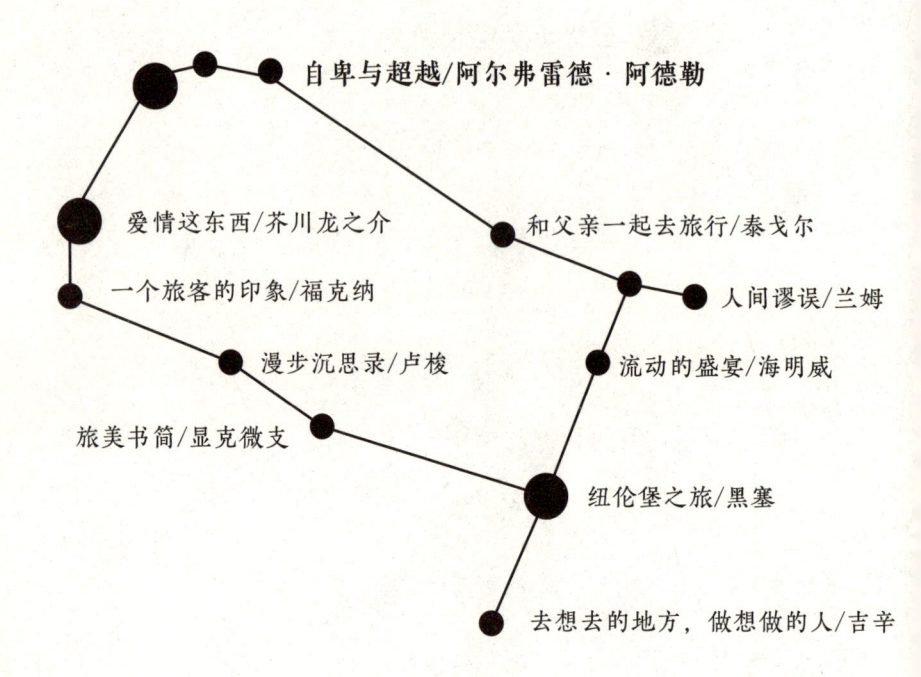

自卑与超越/阿尔弗雷德·阿德勒

爱情这东西/芥川龙之介　　　　和父亲一起去旅行/泰戈尔

一个旅客的印象/福克纳　　　　　　人间谬误/兰姆

漫步沉思录/卢梭　　　　流动的盛宴/海明威

旅美书简/显克微支

纽伦堡之旅/黑塞

去想去的地方,做想做的人/吉辛

Gemi

坚定你的信念吧，天会破晓；希望的种子深藏于泥土，它会发芽；
白天已近在眼前，那时——
你的负担将变成礼物，你受的苦将照亮你的路。

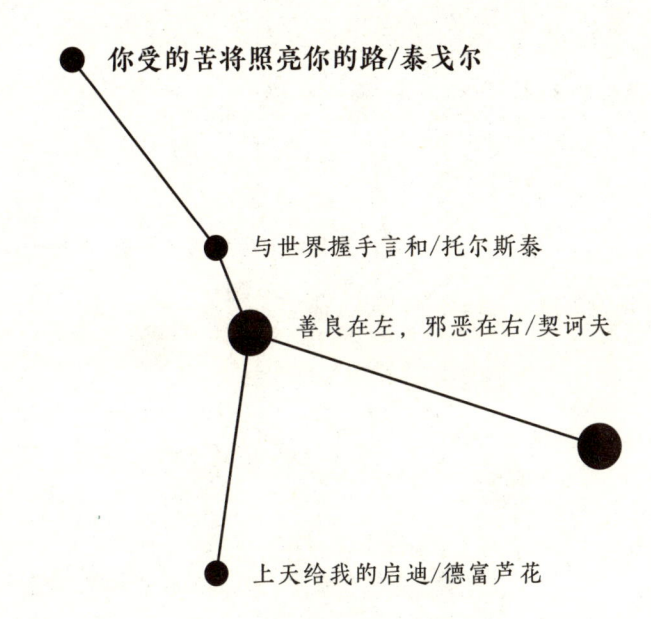

你受的苦将照亮你的路/泰戈尔

与世界握手言和/托尔斯泰

善良在左，邪恶在右/契诃夫

上天给我的启迪/德富芦花

诗意地理解生活，理解我们周围的一切——
这是童年最可宝贵的馈赠。

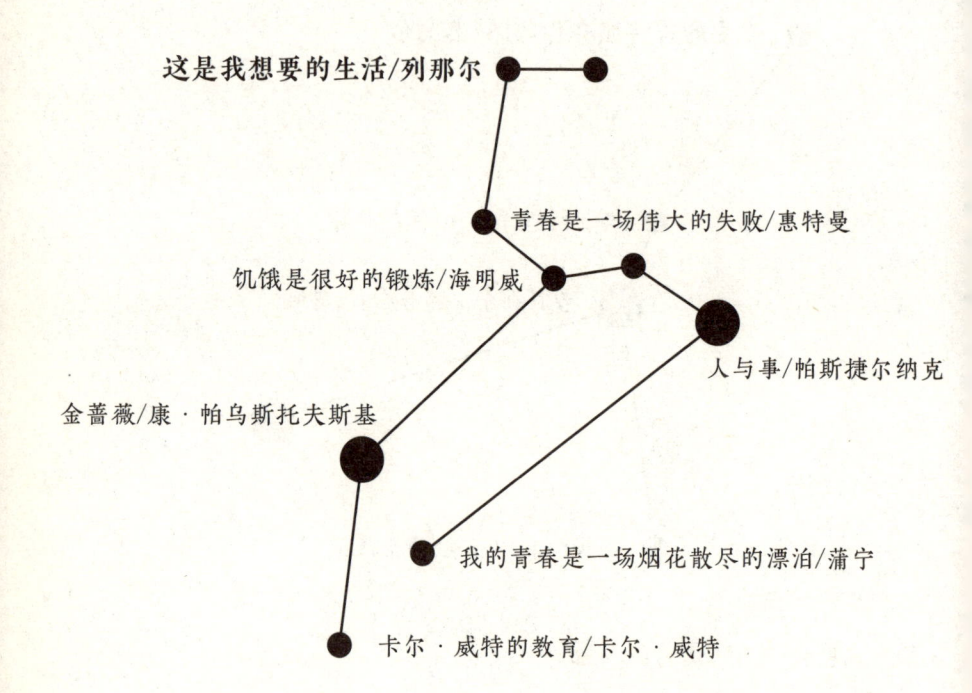

这是我想要的生活/列那尔

青春是一场伟大的失败/惠特曼

饥饿是很好的锻炼/海明威

人与事/帕斯捷尔纳克

金蔷薇/康·帕乌斯托夫斯基

我的青春是一场烟花散尽的漂泊/蒲宁

卡尔·威特的教育/卡尔·威特

我们在这世上的时日不多，
不值得浪费时间去取悦那些卑劣庸俗的流氓。

要么孤独，要么庸俗/叔本华

西西弗斯的神话/加缪

先知/纪伯伦

沉思录/马克·奥勒留

你的善良必须有点锋利/爱默生

文化与价值/维特根斯坦

查拉图斯特拉如是说/尼采

乌合之众/勒庞

单向街/本雅明

偶像的黄昏/尼采

思想录/帕斯卡尔

人类的未来会好吗/爱因斯坦

沉思录/马可·奥勒留

平衡

"可能"问"不可能"道："你住在什么地方呢？"
答曰："我就在那无能为力者的梦境里。"

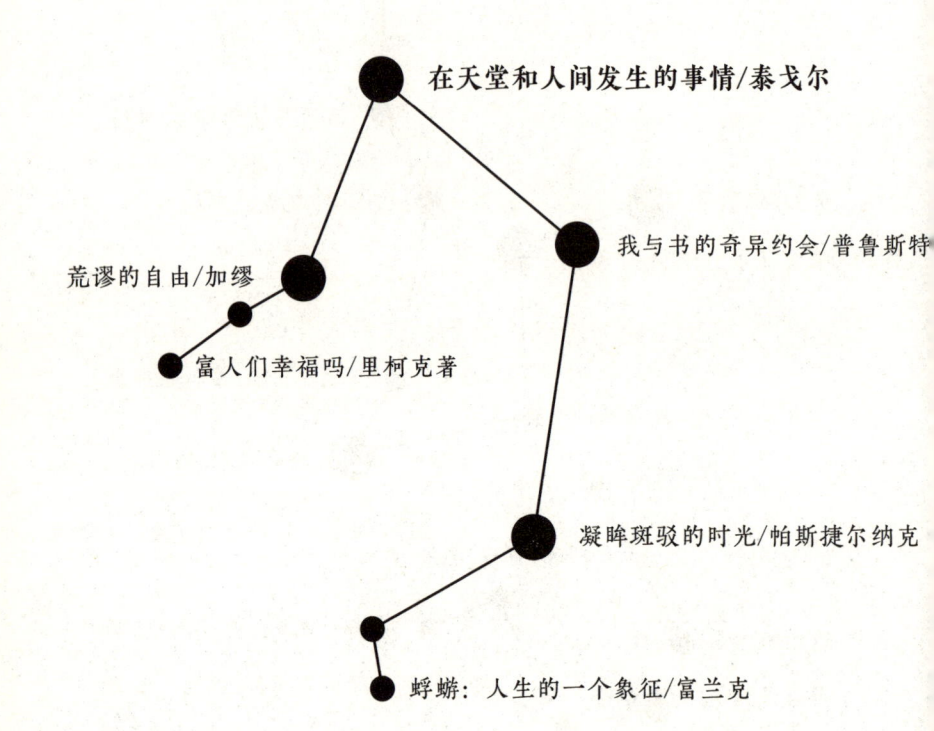

在天堂和人间发生的事情/泰戈尔

我与书的奇异约会/普鲁斯特

荒谬的自由/加缪

富人们幸福吗/里柯克著

凝眸斑驳的时光/帕斯捷尔纳克

蜉蝣：人生的一个象征/富兰克

这莫名其妙的世界啊，无论如何令人愁肠百结——
她，总还是美的。

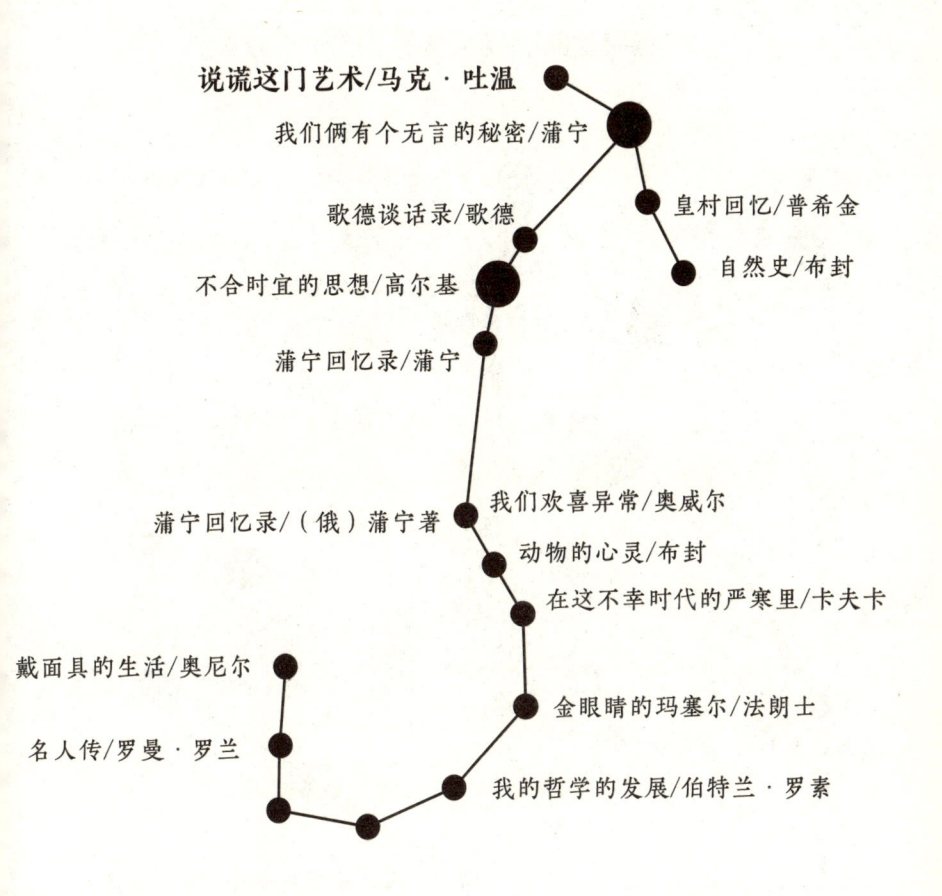

说谎这门艺术/马克·吐温

我们俩有个无言的秘密/蒲宁

歌德谈话录/歌德

皇村回忆/普希金

自然史/布封

不合时宜的思想/高尔基

蒲宁回忆录/蒲宁

我们欢喜异常/奥威尔

蒲宁回忆录/（俄）蒲宁著

动物的心灵/布封

在这不幸时代的严寒里/卡夫卡

戴面具的生活/奥尼尔

金眼睛的玛塞尔/法朗士

名人传/罗曼·罗兰

我的哲学的发展/伯特兰·罗素

世界上最宽阔的是海洋，
比海洋更宽阔的是天空，
比天空更宽阔的是人的胸怀。

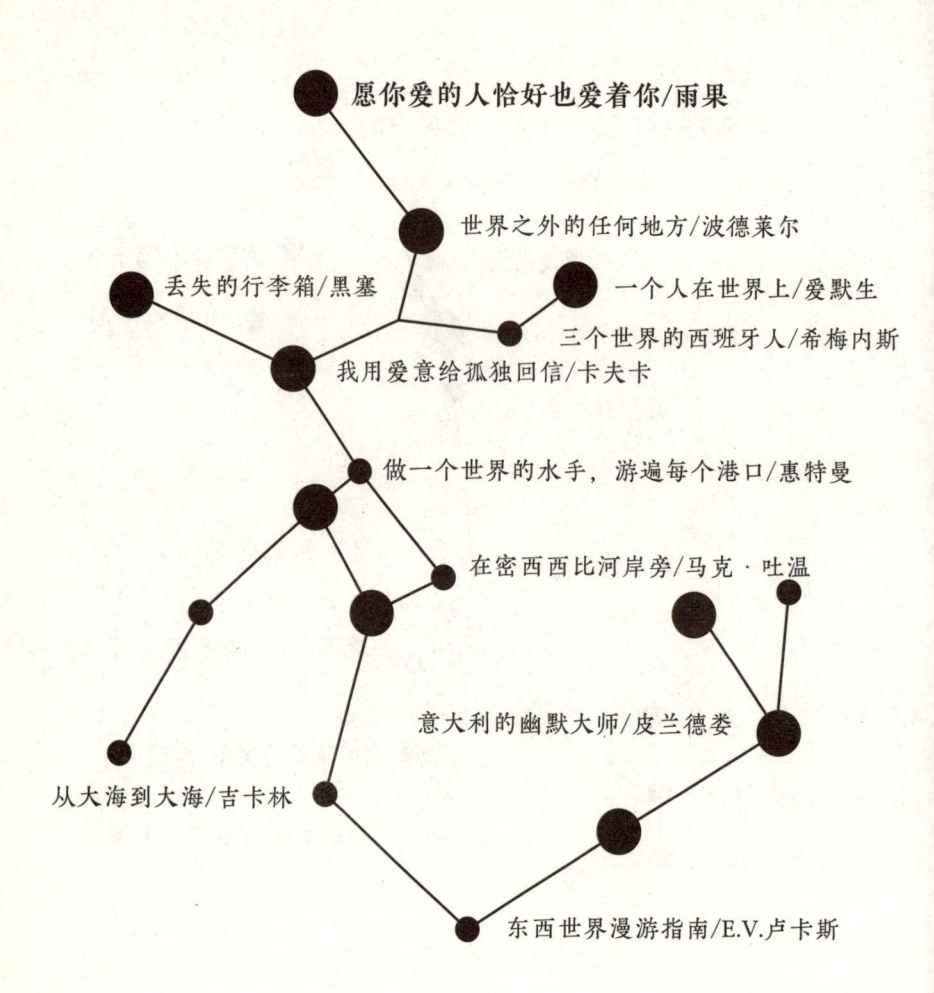

愿你爱的人恰好也爱着你/雨果

世界之外的任何地方/波德莱尔

丢失的行李箱/黑塞　　　　　　一个人在世界上/爱默生

三个世界的西班牙人/希梅内斯

我用爱意给孤独回信/卡夫卡

做一个世界的水手，游遍每个港口/惠特曼

在密西西比河岸旁/马克·吐温

意大利的幽默大师/皮兰德娄

从大海到大海/吉卡林

东西世界漫游指南/E.V.卢卡斯

谁将声震人间，必长久深自缄默；
谁将点燃闪电，必长久如云漂泊。

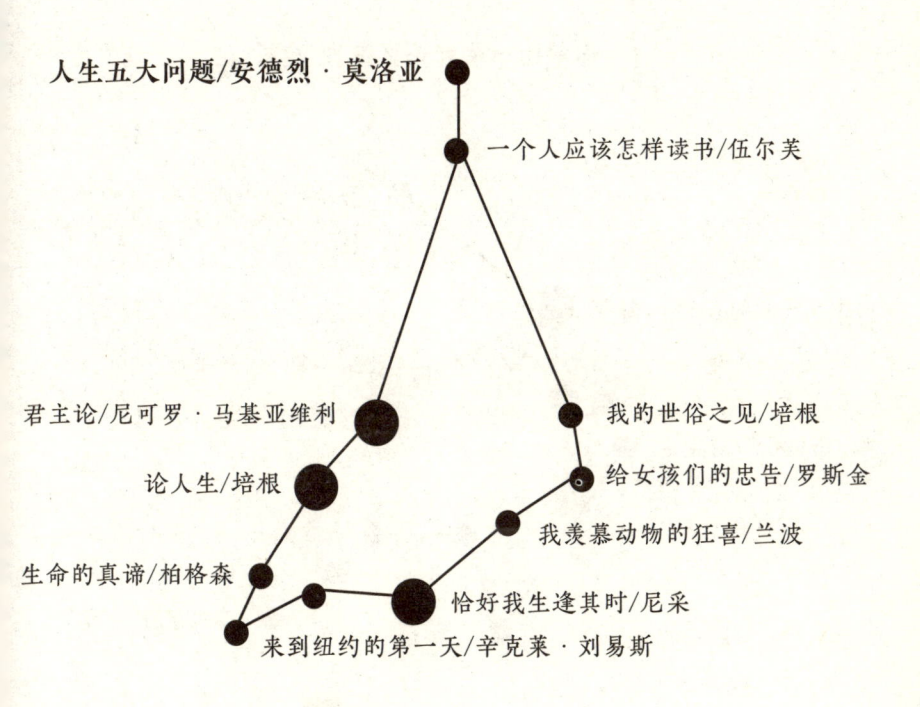

人生五大问题/安德烈·莫洛亚

一个人应该怎样读书/伍尔芙

君主论/尼可罗·马基亚维利

我的世俗之见/培根

论人生/培根

给女孩们的忠告/罗斯金

我羡慕动物的狂喜/兰波

生命的真谛/柏格森

恰好我生逢其时/尼采

来到纽约的第一天/辛克莱·刘易斯

我们的整个生命是一场惊人的道德之争，
人，你本该活得荣耀。

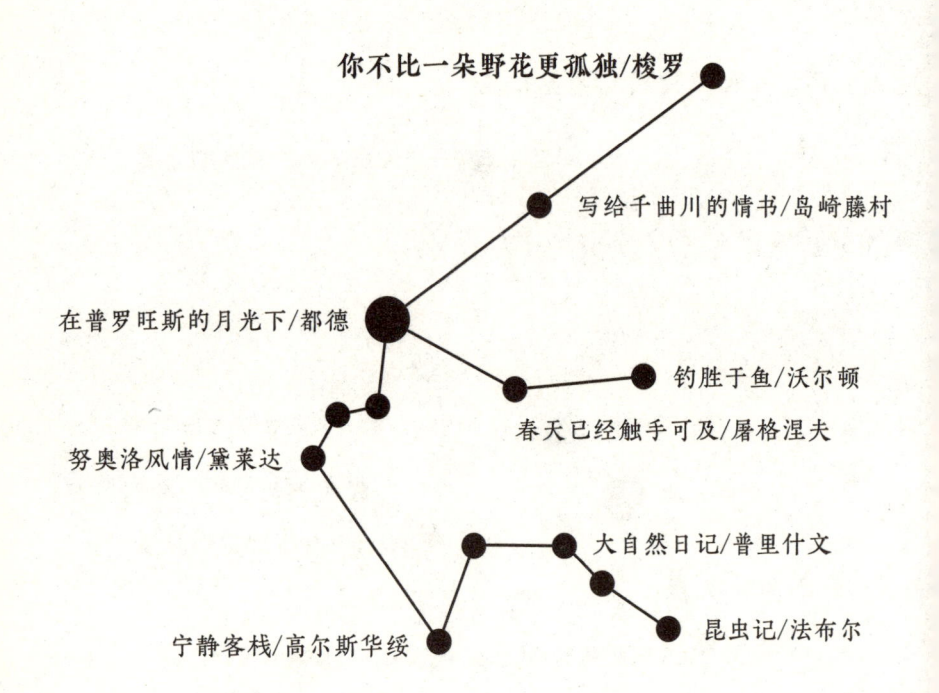

你不比一朵野花更孤独/梭罗

写给千曲川的情书/岛崎藤村

在普罗旺斯的月光下/都德

钓胜于鱼/沃尔顿

春天已经触手可及/屠格涅夫

努奥洛风情/黛莱达

大自然日记/普里什文

宁静客栈/高尔斯华绥

昆虫记/法布尔

你我相知未深,
因为我不曾与你同在一片寂静之中。

我想为你连根拔除寂寞/夏目漱石

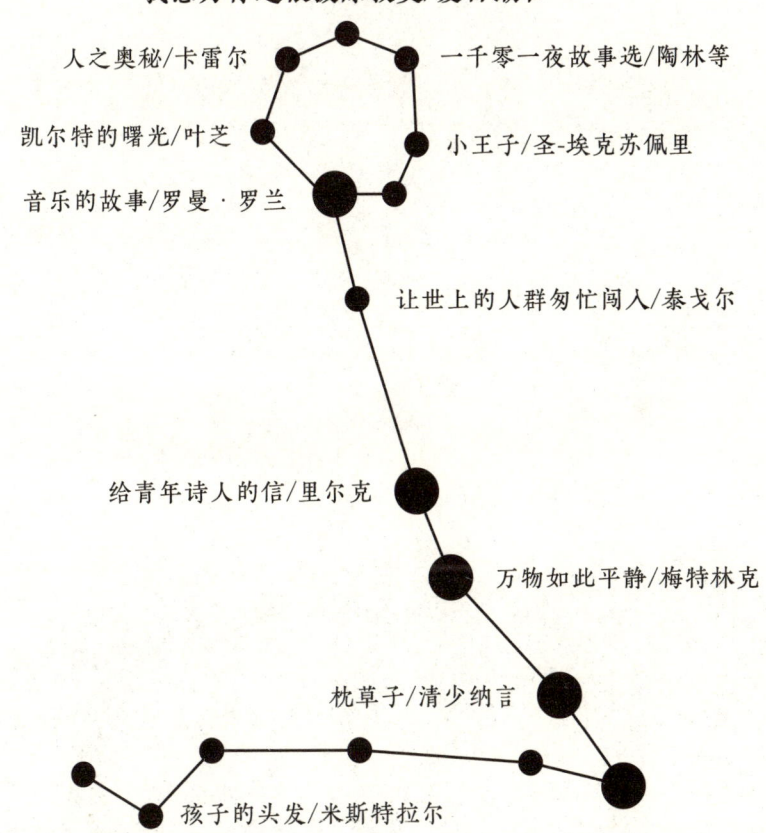

人之奥秘/卡雷尔　　　一千零一夜故事选/陶林等

凯尔特的曙光/叶芝　　　小王子/圣-埃克苏佩里

音乐的故事/罗曼·罗兰

让世上的人群匆忙闯入/泰戈尔

给青年诗人的信/里尔克

万物如此平静/梅特林克

枕草子/清少纳言

孩子的头发/米斯特拉尔

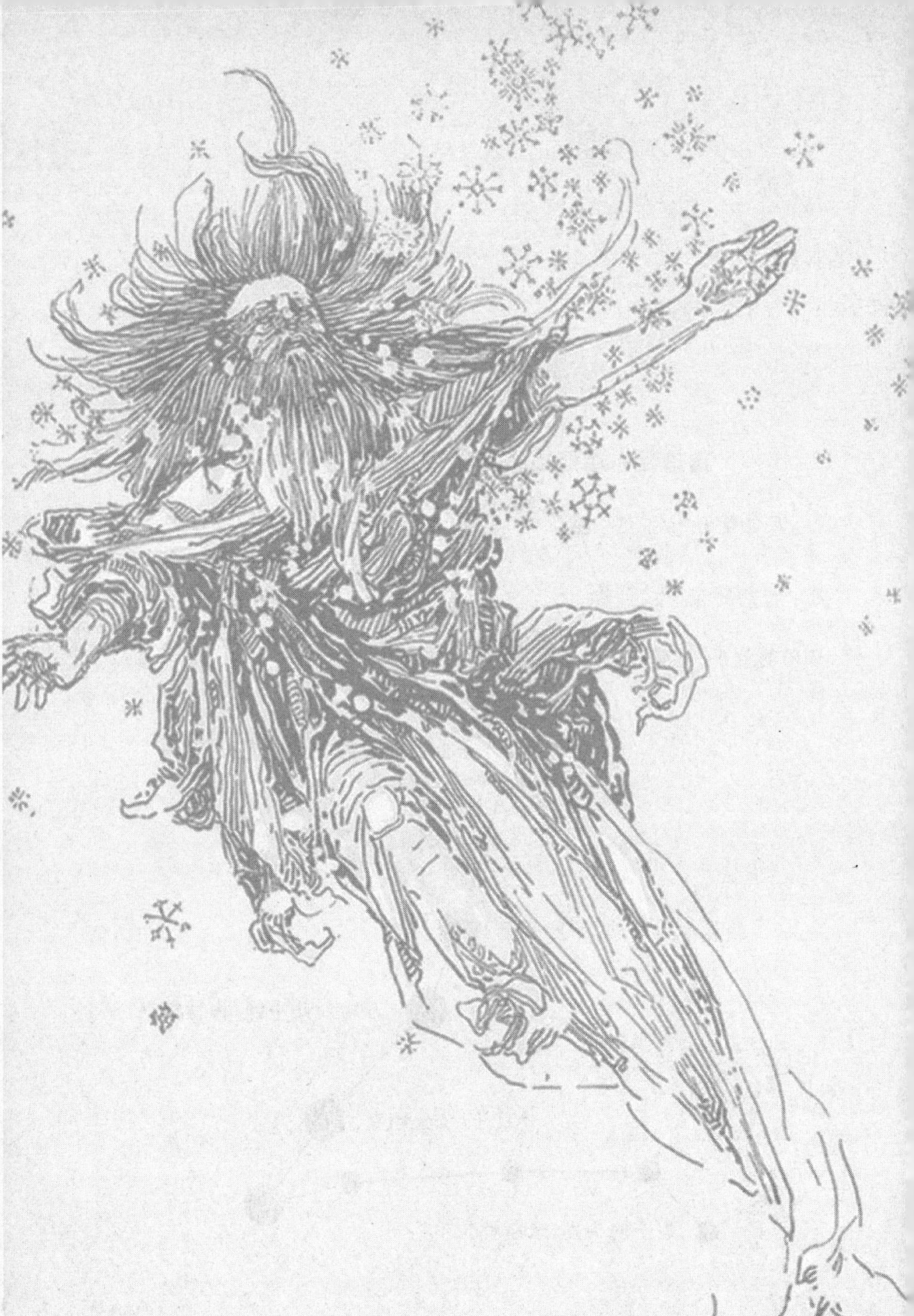